新潮文庫

この気持ちもいつか忘れる

住野よる著

新潮社版

11769

この気持ちもいつか忘れる

本編

どうやらこの生涯っていうのは、くそつまんねえものだ。大人達がこぞって十代の頃が一番楽しかったと言うのがその証拠だ。この何もない毎日のことを賛美して羨《うらや》ましがるなんて、俺が今いるこの場所から浮き上がることがもうないだなんて。

同様の危機感を、周りの奴らも抱いているものだとばかり思っていた。でもそうじゃなかった。奴らはそれぞれに、何かしらで無理矢理自分を納得させることが出来ていた。例えば本を読み、例えば音楽を聴き、例えばスポーツに打ち込み、例えば勉強に没頭し、自身を慰めているようだった。

ある一定のルールに従い、ある一定の能力を身につけ、極度の不幸に見舞われなかったから生きてはこれた。食事は美味《うま》いと感じるし、睡眠は心地いいと感じる。でも何をやってたって、つまんねえんだ。つまんねえんだよ。

毎朝飯を食って、登校し、昨日と同じ教室に入り、決められた席に座る。特に誰かと意味のあるコミュニケーションをとることもない。友好も結ばないし危害も加えない。

ただ机を見て、時が経《た》つのを待つ。

顔をあげ周囲に目を向けたところで、なんでもない子どもが三十人ばかり集められただけの教室に、特別な存在なんていない。もちろん俺も含める。

俺とこいつらのわずかな違いは、俺が自身のつまらなさを忘れずに生きているということだ。何かしらで人生を彩《いろど》り、自分が特別であるかのように勘違いして生きている奴らを、俺は等しく軽蔑《けいべつ》している。

途方にくれる。途方にくれるしかない自分にも、途方にくれることすらしない奴らにも、怒りが湧《わ》く。

つまんねえってことに怒り続けている今が、人生の最高潮らしい。

本当に馬鹿みたいだ。

なあ、頼むよ。

誰か俺の気持ちごと連れ去ってくれ、こんな意味ねえ場所から。

＊

以前は暇つぶしで本なんて読み漁《あさ》っていたこともあった。しかし無駄な知識を色々と蓄えた以上の収穫は特になかった。専門書やノンフィクションもそうだが、特に人の考えた物語なんてものはまるで希望になりえなかった。

「鈴木《すずき》、五行目から次の段落まで読んでくれ」

「はい」

俺は国語の教科書を持って立ち上がり、指定された箇所を声に出して読み上げる。反発なんてしない。クラスの不良を気取っている奴らが、だるいだのなんだのといちゃもんを付けているのを見ると、つくづく何も理解していないように思う。だるければ指示された通り動けばいい。流されることが最も人の時間を簡単に進ませる。休むという選択肢をとらず、何かしらの理由があり登校してきているのだったら、だるさを軽減する方法などこれしかない。もしくは本当はだるくもなんともなく、ただ誰かに構ってもらうことで自らのつまらなさを軽減出来ると思っているのなら、人として更に下だ。

授業は受けていれば終わる。昼休み前に四つ。ただ座って人の話を聞いているだけでも腹は減るので、毎日食堂に行き食事をする。一人で空いている席に座り、その日なんとなく選んだものを口に運ぶ。いつも本当に食べたいものとはどこか違うものを漫然と食べる。

食事を終えれば、特にだらついたりもせず教室に戻る。ざわつく教室の中で自分の席に座ると、周辺にいた奴らが少しだけ距離を取る。素直にありがたい。積極的に関わったところでいいことなんて何もない。

あとは朝と同じようにこうしてじっと、退屈の痛みに耐える。大体いつもそれは成功する。

「鈴木ってさ」

今日は途中で邪魔が入った。前の席の女子生徒である田中《たなか》が、椅子《いす》に横向きに座って、つまらなそうにこっちを見ていた。口から紙パックジュースにストローが伸びている。

「何が楽しくて生きてんの？」

ふざけんなよ、と思う。何も考えてねえくせに的を射た問いを投げかけてくることにも、まるで何か生きがいを知っている自分が俺より尊い人生を送っていると言いたげな態度にも。

「別に何も」

「ぶちギレるのやめてくんない？　ガッコ終わったら何してるわけ？」

「走ってる」

「誰と？　部活やってないじゃんね？」

「一人で」

「んだお前、アスリートかよ」

「いや」

「分かってるよ、馬鹿かよ。もっと楽しいこと見つけたらどうなん？　いっつも机睨《にら》みつけて、鈴木の顔見たらこっちまで暗くなる」

余計なお世話だ。迷惑はかけてない。どうして他人の気分まで気にして生きてなきゃならない。こっちだって、誰にでも馴《な》れ馴れしくすることが自分の価値だとでもいうように振る舞うつまんねえクラスメイトに話しかけられたら、退屈さに拍車がかかる。

「ねえよ、楽しいことなんて」

「くらっ」

思い切り顔をゆがめる田中に対し漏れそうになった溜息《ためいき》をかみ殺した。クラス内に敵を無暗《むやみ》に作る気はない。退屈なだけじゃなく面倒になる。

「ま、退屈だってのには賛成。こんな田舎さっさと出ていきたいよねえ」

くだらない意見だ。心の底から。

ここが田舎だろうが都会だろうが意味ねえよ。電車や車で移動してたかだか一時間やかかっても二時間そこら。意味ねえよそんな時間に。その時間で、俺ら何か特別なことの一つでも出来るかよ。俺もお前も場所なんて関係なくつまらない人間なんだよ。

これ以上の会話は不要だと目をそらす。しかし田中はまだ俺で暇を潰《つぶ》す気のようで、独り言のふりをして反応を求めてくる。

「お、うちのクラスの暗い奴、女代表が帰ってきた」

振り返らなくとも、誰が教室に戻って来たのかは分かった。

「鈴木はあの子と暗いもん同士で喋《しゃべ》ったりしねーの？」

どうだったらこいつは満足なんだろうか。世の中には必要のない質問がはびこっている。

「喋ることねえよ別に」

「話合うかもよ、いっつも二人して机じっと見てんだから、どの机の表面が綺麗《きれい》だねとか喋ったらいいじゃん」

自分の言ったことに自分で笑う奴が、俺は嫌いだ。

暗い者同士。俺と、今教室に入って来たのだろう斎藤《さいとう》が外側からは同じように見えたとして、それをくったところで何の意味もない。

前の席の田中がようやく俺に飽きていなくなり、じっと待っていると昼休みが終わった。掃除の時間、今週は教室の担当だ。適度に床と黒板を綺麗にし、適度に机を並べる。掃除は他にやってくれる人間がいない場合、生活に必要な行為だ。最初から面白みを求めずにすむ作業はとても楽で、昼休みよりもずっと気持ちが落ち着く。

五時間目も六時間目もやり過ごし、帰りの挨拶《あいさつ》も終えれば、教室にはなんの未練もない。大抵のクラスメイトは自由になったことに気持ちを弛緩《しかん》させ、幾人かがこれから部活が始まることに緊張して、奴らはどいつも数秒教室を出ることを躊躇《ためら》う。だから結果的に、俺と、あと一人だけがタイムロスなく廊下に出る。

どちらかがどちらかの背中を見ることになるというパターンの違いはあれど、廊下で俺達の間に関わりが生まれたことは一度たりともない。

今日は斎藤の方が前だった。出席番号の近い彼女が特に急ぐ様子もなく靴を履き替えるのを、俺は黙ってじっと待つ。ほとんど毎日、俺達はここでの数秒を共有している。会話をしたことはない。

一言も発さずこちらを振り返りもせずに斎藤がいなくなってから、俺も静かに靴を履き替える。

俺と斎藤の話が合う、とか言ってたな。あいつの中にあるのもきっと、他の奴らとコンマ数ミリずれただけのつまらなさに過ぎない。気持ちを共有出来る相手が同じクラス内にいて救いになってくれるなんて、この世界には、少なくとも俺みたいな人間には起こらない。奇跡も運命も特別なこともありはしない。

＊

「あー香弥《かや》、おかえり」

家に帰ると、母がちょうど出かけようとしていた。喪服を着ている。

「ただいま」

「間に合ってよかった。お母さん、出かけてくるから。香弥は会ったことないけど、おじいちゃんの妹が亡《な》くなってお通夜《つや》に行ってくるの。お兄ちゃんにも伝えといてくれる？」

「分かった」

「冷蔵庫にある夕飯チンして食べといて。あとおやつも」

「うん」

「誕生日までには帰ってくるね」

「うん。──見つからないように」

母を見送り、俺はありふれた一軒家の二階にあがって自室で鞄《かばん》を下ろす。制服からジャージに着替え、一階に下りて冷蔵庫を開けると、ドーナツの箱が入っていた。冷やすもんか？　と思いつつ箱を取り出して開け、一番カロリーがありそうなやつを手に取った。走る分のエネルギーがいるからだ。

静かな家の中、リビングのテーブルでドーナツをかじる。うちは、どこにでもある家庭の一つで、父は今頃身を粉にして働き、兄も午前中から大学に行って午後はバイトに精を出している。母が出かければ、この時間は自分以外の人間がいない。彼らは平凡に生き、それなりの毎日を送っている。一番年下の俺に向かって、十代の頃が一番楽しいんだぞ、なんてクソみたいな人生への諦《あきら》めを口にしながら。

ふと気がついて席を立ち、リビングの隅に置かれているラジオの電源を入れた。普段なら母がラジオを聴きながら家事をするため、俺が帰宅した時は常についている。

そういう環境で育ってきた為か、無音よりもラジオの音が俺の耳から余計なものを奪っていってくれる気がする。つけるとちょうど戦争に関するニュースをやっていた。最近はこればかりだ。

口の中の水分をドーナツに吸収されたので、冷蔵庫から牛乳を取り出しグラスに入れて飲んだ。小さな頃から牛乳は割と好きだった。だから平均よりも高い身長を手にしているのかもしれない。残念ながら、背が高いことで有利になるスポーツに興味を持つことはなかった。

腹が減っているから食べ物は美味い。食うのは結局生きるためだ。つまらないなら生きている意味なんてないじゃないかと思う奴もいるだろう。しかし自殺って選択肢は今のところ俺にない。死ぬことへの恐怖は当たり前にある。でもそれ以上に、つまんねえから、今死んでも。今死んだってどうせ、前の席の田中みたいな奴に、やると思ってたなんて言われて終わりだ。なんの意味もない。

三十分ほど消化のために休憩をしたら、俺はラジオを止め電気を消し、ランニング用のスニーカーを履いて出かける。家の前でストレッチをして歩き出し、徐々にスピードを上げていく。コースは毎日同じで、山の方に向かう。悩んだりしない。何かあった時のために、とりあえず体を鍛えている。多少の爽快感《そうかいかん》がないではない。

走ってる最中は、何も考えない時間と、何かを考えている時間が交互にやってくる。考えている時は大抵、どうすればこんなつまらない毎日を抜け出せるのか模索している。中学の頃から、走っている最中に思いついては、不良の行動をまねしてみたり、突然部活を見学に行ってみたり、音楽と共に生活をしてみたりした。「これだけか」と自分に失望するまで続け、そしてまた考える。この繰り返しだ。今度は何をしよう。

真冬の間は部活できつい練習に耐えているような気分だったけど、二月も後半になり随分と走りやすい気温の日が増えてきた。

いつもの田舎道で目印となる鉄塔を折り返し、走ること計一時間程度だろうか。帰り道、それなりに息があがった状態で、ラストスパートとして途中にある林の中へと入っていく。舗装されていない道を登っていくと、やがてボロボロのアスファルトの道に出て、道路沿いに進めばそこに一つのバス停がある。俺のランニングのゴール地点だ。

使われなくなりさびて茶色くなったバス停には、もうどれだけ待っても来ることのないバスの時刻表が貼《は》られている。横には必要もないだろうにプレハブ小屋のような待合室があって、俺はいつもスライドドアを開け、中のベンチに座る。

息が整い、鼓動が落ち着くと、待合室には鳥の鳴き声以外は届かなくなる。目の前のアスファルトの道には車一台も通らない。何年も前にこの林を迂回《うかい》する綺麗な道路が出来てからは、皆がそちらを利用するようになった。

この場所をゴール地点にしている最も大きな理由は人が来ないからだ。これは自分でも上手《うま》く説明の出来ない感覚なのだけれど、俺は人に走っているのをやめる瞬間を見られるのが嫌いだ。走っている最中や出発するところを見られても特に何とも思わないが、やめる瞬間だけは自分のものとしておきたい。

また、これは俺の中の妄想というか、なんというか、ここでだけは夢想することが出来る。こんな場所に座っていたら、いつか不思議なバスがやってきて俺を連れ去ってくれるような、そんなバカげたことも一人きりでなら思うことが許される気がしてしまう。ファンタジーが現実ではないことくらい知っているし、そんな夢想をする俺が、自分を慰めている奴らと同じくらいくだらない人間であることも知っている。だから他ではしない。ここでだけ、許されることにしている。一日に二度、本当に一人きりになるここでだけ。

誰や彼やにも夢想の場所はあるだろうか。いや、必要のないものだろうな。

汗がひくまでそこでじっとして、気持ちのリズムが整った時を狙《ねら》って立ち上がり、再びつまらない自分を知るため待合室を出る。妙に曲がりくねったアスファルトの道の右にも左にも人影はない。

三十分ほど歩いて家に帰ると、兄が帰宅していた。リビングでなんでもない挨拶を交わし母からの伝言を渡した。

「あれ、香弥誕生日今日だっけ？」

「明日」

共に生活するだけなら過不足ない家族に、反抗する意味はない。階段を上がり、自室で着替える。夕食の時間までは、ランニング中に次の挑戦として浮かんだ山登りについて調べた。人と競ったり、人がこれまでに作った記録と戦ったりするスポーツは、歴史に名を残せる人間以外がしてもなんの意味もないだろう。しかし、自然が相手というのはいいかもしれない。普通の生活をしていては見られないものをこの目で見れば、自分の中で何かが変わる瞬間もあるかもしれない。もちろんどんな美しい景色を見ても、「これだけか」で終わる可能性も十分にある。

山に登り続け人がたどり着けない境地に至った坊さんがいる、という動画を見ているあたりで、腹が減ってきた。

一階に下りて母の用意した飯を食い、それなりに美味いと感じて、兄とどうでもいい会話をし、また自室に戻る。かつては俺が自室にこもりがちなことを両親は心配していたみたいだが、最近では特にそういうこともない。毎日の夕食後、俺が予定を入れているのを知ったからだ。

今度は一時間ほど、部屋で登山に必要なものなどを調べて時間をつぶし、俺はもう一度ジャージに着替える。そうして一階に下り、リビングに向かう。

「行ってくる」

「ああ、見つからないように」

気のない返事を無視して、玄関でスニーカーを履く。外に出ると流石《さすが》に肌寒い。でも、少し前までもっと着こまなければ夜出られなかったことを考えると心地がいい方だ。

俺は夕方走ったのと同じ方向にもう一度、足を踏み出す。家族は俺が毎晩、健康のため見通しの良い場所を走るとでも想像しているようだが、違う。部屋にいるとあらぬ心配や意識を向けられるのが分かって以降、俺は家族の団欒《だんらん》なんてものから逃げ出すように、たっぷりと時間を使って闇《やみ》の中を歩くようにしている。

夕方と違う点は速度だけでなく、もう一つ。今度はまっすぐあのバス停へと向かう。林の中を通ったりせず、ぽつりぽつりと外灯のあるアスファルトの道をゆっくりと歩く。

暗くともまだ人が住んでる家があるうちは特に何を考えることもなく歩ける。しかし見えるものが間隔の広くあいた外灯や空き家、たまに通る自転車だけになってくると、一応は気をつけて歩かなくてはならない。ひかれないよう手首にじんわりと発光するバンドをつけてはいるが、ぼうっとしていると自分から田んぼや畑に落ちてしまう。助けを求めようにも、いつ人が通るか分からない。

とはいえ基本的にはほぼ毎日通る場所だ。今日も問題なく例の林まで辿《たど》り着く。外灯達から見下ろされ、真っ暗な中アスファルトを踏みしめながら歩いていくと、あのバス停が見えてくる。

バスが来ない場所に灯りは必要ないのだろう。外灯と外灯の中間地点に置かれ、ちょうど一番暗いポイントであるにもかかわらず、バス停を照らすものは月以外にはない。待合室のスライド式の扉を開ければ壁に蛍光灯のスイッチはあるが、俺はつけたことがない。だから灯りがつくのかさえ分からない。

待合室の中は風が遮られているので、体感温度が外よりも上がる。俺は扉を閉め、そこにあるのかすらもおぼろげなベンチに腰を下ろす。

いつものように胡座《あぐら》をかいて、手首のバンドを外しポケットに入れた。この闇の中で、その灯りは邪魔だ。

真っ暗。それ以外になんとも言い難い待合室。外はほんのりと明るく、それがまたこの場所とつまらない外とを違う世界のように感じさせてくれる。

ここは唯一《ゆいいつ》、俺の夢想が許される場所。一日に二度だけ、俺がつまらないままであることを許される時間。

俺は、迎えに来てくれるかもしれない特別な何かを待つため、じっと目をつぶる。

＊

既に用済みのバス停が撤去されず残っているのには理由がある。この田舎町に残る、妙な言い伝えのようなものだ。使わなくなった建造物はしばらくの間、壊さずに置いておく。人気《ひとけ》の絶えたそこを、先祖が使うかもしれないから。下界におりてきた先祖が、そこを必要としているかもしれないから。俺達の町には空き家がぽつりぽつりと不気味な姿で建っている。

言い伝えの発祥も、現在まで伝わっている理由もどうでもいい。しかし、その馬鹿げたお伽噺《とぎばなし》のおかげで俺は毎日、一人で心を休めることが出来る。

しかしいくら心を休めると言っても油断しすぎた。

待合室の中、いつのまにか眠ってしまっていた。

以前にもうとうとしたことはあったけれど、気温があったかくなってきたからだろうか。昨日あまり眠れなかったこともあるだろう。

とにかく、目が覚め眠っていた自分に驚き、ポケットから取り出したスマホで時間を見てまた驚いた。十六歳になっていた。

葬儀場から帰宅したのだろう、母から来ていたいくつかの電話とメール。メールは心配と説教が混じったような内容だった。俺は半分正直に、公園のベンチで休憩してたら寝てたすぐ帰る、と打ち込み母に送信した。

夜中になって静けさと暗さがより濃くなったような待合室は、まるで自分が眠ったままなのかと錯覚する朦朧《もうろう》とした気分を抱かせた。

自分の体から少しずれてしまったような呼吸を感じ、整える。すぐに帰ると言ったけれど、夢想の場所から外の世界に出るのには少しの準備が必要だ。自分の中のリズムを外に合わせなければならない。

ゆっくりと息をする。待っていると、やがて体がこの世界に合っていくのを感じる。

立ち上がって、体にまとわりついてくる暗闇の胞子をはらいのけるように一歩進み、スライドドアの取っ手に手を伸ばす。

「いつもどこに行くの？」

後ろから声がした。

取っ手にかかっていた手が跳ね上がって、ドアに揺れる音をたてさせた。

息を急に吸いこみすぎてしまう。肺に痛みが走る。

心臓が大きく鼓動する。

一瞬パニックになり、暗闇の中ふらついて、壁に手をついた。ざらりとした手触りがして、ほこりか壁の破片かが、ぱらぱらと地面に落ちた。

落ち着けと、頭の中で自分に言い聞かせる。

一度息を吐ききって、もう一度吸う。

なんだ今の。

確かに声がした。

声が。右後ろの方から、恐らくは、女性の声だった。

気のせい、だろうか。ありうる。寝ぼけているのかもしれない。

このまま外に出るべきだろうか。

考えている間だった。

「今日は、あなたも眠るってことを知れた」

きちんと聞こえた。ハスキーな、女性の声。

背中の神経が、ぞわりと沸騰《ふっとう》するのを感じた。

最初に想像したのは、幽霊だった。耳にこびりつくほど聞かされた言い伝えも手伝った。こんな古びたバス停でしかも夜中、出るのには絶好のタイミングなのかもしれない。が、疑問はある。どうして今日、突然出てきたのか。そしてもう一つ、幽霊だとして、俺のような普通の人間に声が聞こえるものなのだろうか。

次に想像したのは、俺が寝ている間に誰かがここに来て暗闇にひそんでいたのだという普通のこと。しかし、何のために。

乱れた息と心臓をおさえこみながら、振り返っていいものなのか、全力で悩んだ。今この時が分かれ目なんじゃないか。振り返って見た途端に、危害を加えられるなんてことはないだろうか。

恐れ、悩み、しかし結論はふいに出た。

馬鹿か。

自分はなんて間抜けなんだ。

悩むようなことじゃない。

やるべきことは一つしかない。

毎日、自分が何を考えていたのかにようやく思い至る。

待っていた。

毎晩毎晩、こんな寂れたバス停に来ては、何かがやってくることを、つまらない自分に反吐《へど》が出ながら、待っていたんだ。

それが予告もなく突然起こった。それだけ。

せめて、何が起こっているのかを確認するべきだ。それもせずに今ここを出て、後悔しながら先を生きて何になる。

息をもう一回大きく吸って、同じ分だけ吐き出した。

恐ろしい想像も十分にしながらだった。正直、足がすくんでいた。ゆっくりと、相手に感づかれないような慎重さを持って、振り向く。

闇の中。

人らしきものは、いなかった。

動物らしきものも。

ただそこに、何かがあった。何かは分からなかった。

凝視する。

暗闇の中で淡く緑色に光る小さな物体が、いくつも浮いていた。

この待合室の中に何かを照らす光源はない。だからつまり、自ら光を放つ何かが浮いている。

ベンチの上、数十センチのところに二つ。ベンチの座る部分から少し上に、十。地面近くに、九、いや、二つは重なっているようにも見える、それならこちらも十。

上の二つと、他の二十では形が違う。動きも違っている。上の二つはなんだろう、楕円形《だえんけい》に近い。アーモンドのような形をしていて、並んだそれらは時々同時に消える。他のものはというと、少し小さく丸い。それらはもぞもぞと規則正しい虫のように動く。

こいつらが言葉を発したのだろうか。

見ていても、小さな光が危害を加えてくる様子はなかった。勇気を出して、それらに近づいてみる。

「どうしたの？」

また同じ声が聞こえてきて、全身の皮膚がざわめく。

進めかけた足を止める。声が今度は正面から聞こえてきた。明らかに、俺の行動に対して発せられた言葉だった。

意味のある言葉を投げかけてきている。会話が出来るのか？

ごくりと唾《つば》を飲み込んで、今度は声を、こちらからかけてみることにした。

言葉に迷う。

「誰の、声だ」

問いかけに反応が、あった。人が息を吸う時の音が聞こえた。それから二十の小さな丸がもぞもぞと動いて、上部の十は少しだけ位置を上に移し並び順を変えた。高いところにある二つは、先ほどより大きくなり、楕円形から真円に近づいていた。

「どうして？」

女性の声が驚いているように聞こえた。上の二つの光が、信号機の点滅のような頻度で消えたり現れたりを繰り返す。

疑問の意味が分からずに黙る。そしたら、再度息を吸う音が聞こえた。

「私の声が聞こえる？」

「……聞こえる」

上の二つはまた大きくなる。小さな二十のうち、上部にあった十、その半分が上の二つに近づいていき、縦に並んだ。

「どうして、突然」

声と共に、上の二つがまた何度か点滅を繰り返す。パチパチと。

パチパチ。

「あなたは、生きてるの？」

「い、生きてる。そっちは」

「まだ、生きてる」

会話が成立する。

生きてるかどうかを訊《き》いてくるということは、こちらを幽霊だと思っているのだろうか。一方、光だけでは声を出している奴が生物なのかどうかなんて分かるわけないが、曰《いわ》く、相手も生きているらしい。

仮に、何かしらの生命体なのだと考えて質問してみる。

「どこにいるんだ？」

「どこって」

ここに。と、その声は答えた。だから、どこに？

「その、虫かなんかなのか？」

「虫？　人だよ」

人には見えない。ただぞろぞろと、光が連なって揺れている。

「人には、見えない」

正直に伝えると、少しの沈黙があった。考えている気がした。

「私には、あなたは人に見えるけど」

「人だ」

「あなたに私は、どう見えてるの？」

俺に見えているものをそのまま説明する以外の答え方はなかった。俺の胸くらいの高さに二つの楕円形の光、ベンチの座る部分より少し上に小さな連なる光が十、地面近くに同じようなものが十。

「なるほど」

どういう反応が返ってくるものか予想も出来なかったのだけど、納得するような声が聞こえた。そうして上の二つが、同じタイミングで縦に揺れる。

「あなたが見ているのは、私の目と爪だよ」

「目と、爪？」

突拍子もない回答に、思わず息を飲んだ。

言われてみて、凝視すれば、上の二つには光の中に層があるような気もしてくる。白目と黒目みたいに。

時々消えるのは瞬《まばた》き？　大きくなるのは見開いているから？

さっきの縦の揺れは頷《うなず》きか。

爪、は、十ずつあるのが手と、足？

目と爪だと仮定すれば、その他の部分が闇の中に透けているということだ。体勢としては座っているのだろうか。

透明人間、ということかと思った。しかしそれを伝えると、すぐに「普通の人だよ」というレスポンスがあった。どこがだ。そもそも本当に人なのかも分からない。

「まさか、あなたにも私の声が届くなんて」

相手は、どうして目と爪だけが見えているのかなどの説明をしてくれることもなく、そう呟《つぶや》いた。意味を考える。

「こっちの声は、そっちに届いてた……？」

「うん」

目だという光が上下に揺れる。また、頷いたのか。

「昨日までは、あなたの声しか聞こえなかった。私が何を言っても、あなたが××することはなかった」

「え？」

言葉の途中が聞き取れなかった。ラジオの周波数が合っていない時に鳴るノイズのようなものに邪魔された。

「今日になって突然、あなたが××したから、驚いた」

またただ、金属を砂でこするような音。文脈から考えると、先ほどと同じような意味の言葉が聞き取れなかったらしい。

「急に、あんたの声が聞こえたんだ」

正直に喋ると、目の前の彼女、彼女で良いんだろうか？　声は女性のようだけれど、まあひとまず彼女は、「どうしてだろう」と自然な疑問を口にした。

「さっき、あなたは私のことを、透明人間って言ったけど、私の姿、目と爪以外は××に見えていないの？」

「光ってる部分以外は、何も」

指さすと、上二つの光が下方向に動いた。「ああ」と納得したような相槌《あいづち》が聞こえる。口がどこなのか分からない為やってくる声が突然で、意図を捉《とら》えるのに神経を使う。おまけにまたノイズ。

「その、光っている部分以外に、体があるのか？」

「もちろん」

信じていいのかは分からないが、もし本当に目と爪だとすると、全身の輪郭をぼんやりと想像できなくもない。目の位置を鑑《かんが》みれば、手の長さも脚の長さも人間であったとして不自然ではなさそうだ。

「私からは、あなたの体が××に見えてるよ」

まただ。

「俺の体が、何かって部分が聞き取れなかった」

「×、×」

ゆっくりと発音してくれたようだったけれど、やはり聞き取れない。このノイズはなんなのだろう。

「はっきり、しっかり、だったら分かる？」

「ああ、うん、それなら分かる。聞き取れない部分があるんだ。えっと、つまり俺からは、あんたの目と爪しか見えないけど、そっちからは、俺の体が全部見えてる？」

「うん。こっちの声が届く前から。私はずっと、ここに現れて何もせずに消えていくあなたを見て、そういう死んだ人だと思ってた。返事はないけど、話しかけたりしていたの。だからさっきは驚かせてしまって」

少し長めに、目の光が消える。あちらが俺よりも落ち着いていることに納得がいく。

「なんで、俺からは目と爪しか見えないんだ」

相手の言葉を信じるとするのなら、不思議で不平等だ。

「……考えてみれば、当たり前かもしれない。こんな暗いところで、光ってない部分が見えるはずない。むしろ、私からあなたの全身が見えていることの方がおかしい」

「暗い……」

いや、そうじゃない。目と爪の奥、俺にはうっすらとではあるけれど、壁やベンチが見えている。今そこに、彼女の体はない。

一つの提案をしてみる。

「灯りを、あてて見ても？」

「灯りは禁止されてる」

「禁止って、誰に？」

「もちろん国に。×××、知らないんだね」

あなたに訊いてみたいことがいくつもある、と、彼女は呟いてから、目らしき光を大きくしてこちらを見た。

「あっ」

それまで冷静な様子だった彼女が、怯《おび》えたような声を出した。ゆっくりと、光る爪の元となる手を目の横に添える。耳を塞《ふさ》いでいるように見える。

「サイレンが鳴ってる。そろそろ行かなくちゃ」

サイレンなんて、鳴っていない。外に意識を向けてみても一向に聞こえてこない。

「さよなら」

代わりに、唐突な別れの言葉が聞こえた。

「え」

「行かなくちゃ、生きてるから」

「ちょっと、いや、待ってくれ」

突然の出会いに、突然の別れ。まだ何も分かっていないのに、まだ何も感じていないのに、訳が分からずとも、この特別が去ってしまうことを俺は咄嗟《とっさ》に恐れた。

「あなたは、行かなくてもいいの？」

彼女は冷静な声色で言う。

「俺、は、いや、いいんだけど」

親が心配している程度だ。

「あなたがどこから来て、どこに行くのか知らないけど。生きていたら、またここで会えると思う」

本当にそうだろうか。特別はここで終わりで、もう自分の人生に二度と起きないんじゃないか？

俺はまたつまらない毎日に戻って、予感だけを持って生きて生きて、そんな風になる自分を想像して、怯えた。

目と爪だけの彼女は、そんなこと思いもしない様子で、目の位置の動きで見る限り立ち上がったのだろう。もう一度「さよなら」を言い置くと、俺がいるのとは反対方向の壁に向かい爪の光を動かしていって、それからぶつかる前に消えてしまった。

「おい」

呼びかけてみても、返事はなかった。もう一度同じように呼びかけるも、やはり返事はない。

いなくなったのか、もしくは無視されているのか。どっちだとしても、もうコミュニケーションは取れないようだ。なら、話しかけても意味がない。訳が分からなくても彼女の言葉を信じ、立ち去ったということにしておく、ほかない。

本来そうであるべきように、再び待合室で一人になった。

彼女が去る間際《まぎわ》、分かったこと、いや、推測出来たことが二つある。

一つは目の位置から察するに、身長はおそらく人間の女性と大差ないということ。百六十センチくらいだろうか。額から上が異様に長かったりすれば分からないが。

もう一つは、体の他の部分は見えてはいないけど、彼女の言うように存在しているのかもしれないということ。立ち上がった彼女が体の向きを変えたようであった時、片方の目の光が見えなくなった。頭部が存在して、角度的に目が隠れて見えなくなったのかもしれない。

暗くて、静かな、バス停の待合室。ただのプレハブ小屋の中に一人取り残されて、俺は狼狽《うろた》え、興奮していた。

臆面《おくめん》もなく、心臓が恐怖や運動とは違う理由で、高い音をたてていた。

わずか数分の出来事にすぎない。

なんだったんだ、今のは。

放心状態の中、しばらく動けず、ひたすら、今起こったことを頭の中で繰り返し再生していた。そして現実なのかどうかをずっと考えていた。分からない。夢かもしれない。だとしたら最悪だ。しかし同時にこうも考えた。つまらない俺の想像力で、あんなわけの分からない外見の生き物を作り出せるだろうか。目と、爪しか見えない、人間の女性に似た生き物。

一体、なんだ。一体なんなんだ。俺の目の前で一体何が起こった。

無暗な喜びを感じるにはまだ早いと分かっていた。

次があるのか、それすらまだ分からない。彼女はまた会えると言ったけれど、根拠なんて何もない。これで終わってしまえば、さっき実際に出会っていたとしても、夢を見たのと大差ない。

どちらにせよ、今ここにい続けて何が出来るわけでもないことは分かった。彼女の言葉が本当なら、明日ここでまた何かが起こるかもしれない。

もしこれが夢だったとしたら、だとしても、目覚めてその事実を知らなければならない。いつまでも特別な夢の中にいるわけにはいかない。俺は意を決して、今度こそ、待合室から出ることにした。

取っ手に手をかけて、扉をスライドさせる。外に出ると、冷たい風が吹いていた。

けれど、それで目が覚めるなんてことはなかった。

俺はまだこの世界に立っていた。まだだ、まだ、喜ぶのはまだだ、分かっているのに。

そこで俺は、誰にも見せられない表情で、数秒、立ち尽くした。

＊

寝られるわけがなかった。不眠のまま朝を迎えリビングに顔を出したら、昨晩の帰宅時に受けたのと同様の叱責《しっせき》と共に、誕生日の祝いを貰《もら》った。

いつもの朝と同じように、ラジオを聞きながら朝食を食べて着替え、自転車で学校へ向かう。徹夜は久しぶりだけど、日頃から体力づくりをしていたのが良かったのかさほど辛《つら》くもなかった。本当に眠ければ休み時間にでも寝ていればいい。

特別なことが昨夜起こった。とはいえ、日常に変わりはない。俺の表情はきちんと俺の気持ちを表したものになっていたようで、駐輪場から校舎に向かう途中で出会った田中が俺を見るなり、無関心、といった様子の顔をした。それでも「よっ」とわざわざ挨拶《あいさつ》をしてくる。つまらない奴に使うつまらない自分のエネルギーが惜しくないようだ。

「ん」

「なんでそんな不機嫌な顔してんだ？」

「してねえ」

嘘《うそ》だ。していた。

「してるしてる。んな顔してたら女の子達よりつかなくなるよ」

そりゃ願ったりかなったりだ。しかしもちろんそんなことは言わない。

「別にいいよ」

「顔が良い奴はこれだからな」

あまりに無意味な意見に返す言葉を思いつかないでいたら、田中はいつの間にかどこかに消えていた。教室に着くと、前の席の田中がやかましくクラスメイトに自分の犬の写真を自慢している。

席についてからの時間を、いつもであればただ退屈を眺めて削り続ける。しかし今日は違う。待合室の彼女について考えることが出来た。やはり幽霊だろうか。この町の言い伝えのこともある。生きていると言っていたのは自らが死んだことに気づいてないとか。もしくは宇宙人や未確認生命体だろうか、読んだことのある物語や体験記にはあんな光だけの女性は現れなかったが。

自分の知識の中で彼女の正体について様々なことを考察してみる。そもそも、また会えるのかどうかすら分からないが、意味のあることなんてどうせ起こらない毎日の中なんだ。特別かもしれない可能性を考える今この瞬間は無駄ではない。考えることは、無駄になるまで無駄じゃないから。

一番に考えなければならないのは、もう一度会えた場合、どうやったらこの出会いで俺の人生を変えられるかということだった。人間ではない存在に一度会った、それだけで、特別な人生を歩めはしない。そこから先、例えば彼女しか知りえない知識や情報を教えてもらい、今後の人生に生かしていくなんてことが出来て初めて意味が生まれる。彼女が幽霊だったら、死後の世界を見せてもらえたりしないだろうかとちらり考えたけれど、創作的すぎる。

とにかく、もう一度会いたい。

普通に授業を受けて、今日は下駄箱で斎藤を待たせ、家に帰ってからは走りに出かけた。彼女と会える可能性のある行動がバス停に通うことしかないのだから、いつもの生活以外の行動を起こす意味がなかった。

メニュー通りに走ってバス停に辿り着く。当たり前にそこにはいつものバス停があった。アスファルトが夕陽を反射し照らされた待合室内には、幽霊が出る気配も何もありはしない。室内でじっと待機してみたが、特に何も起こらない。やはり夜の闇の中でないと出てこないのだろうか、もしくは既にいるけれど、明るい故《ゆえ》にこちらからは見えないということもあるだろうか。そう思い話しかけてみるも反応はなかった。なんにせよ手ごたえがなく、俺は夕飯の時間直前まで待って、帰宅した。

家では誕生日を改めて祝われ、ランニング用に心拍数を測れる腕時計を貰った。今まで特に意識せず走っていたけれど、心拍数を維持するように走ることも体力をつけるのには大切だと聞くので、活用させて貰う。

夕飯を食べ休憩後、いつもと同じようにウォーキングに出かけた。今日は公園で寝ないように、と母から注意を受け頷いたものの、俺は今日もそういった嘘をつく気満々で家を出た。少なくとも日付が変わるまでは待つ気でいた。ひょっとすると彼女が現れる時間帯は深夜限定なのかもしれないと思っていたからだ。

待合室に着く。誰もいない。いつもの場所に座って、じっと彼女を待った。現れてくれるなら、どういう風に現れるのだろう。昨日彼女が座っていたと思われるのは、入り口から見て待合室の奥、スライドドアを正面に見ている俺の右側あたりだ。突然ぱっと、あの光が現れたりするのだろうか。それとも昨日消えた時の反対で、どこかからここに歩いて現れるのだろうか。

寝不足ではあったけれど眠くはなかった。まんじりともせず、じっと彼女を待ち続け、やがて十二時を迎えた。名残惜しくはあったけれども、バス停を出ることにした。もちろん一夜分の恐怖が積み重なってはいた。昨日の出会いが夢であった可能性、もう二度と、自分の身に特別が訪れない可能性が高まったわけだから。

次の日も、俺は同じリズムで生活をした。その次の日も。しかし、彼女が俺の隣に現れることはなかった。

俺は焦《じ》れた。焦《あせ》ったところで何も変わらないとは十二分に分かっていたが、それでも全身を延々くすぐられるような感覚に身をよじっていた。いつもより格段にイラついている様子が周囲にも伝わっていたかもしれない。ここ数日、田中達が絡《から》んでくることもなかった。

何かの病気の発作のようなものであるように思った。気の持ち方で焦燥から逃れようとしても、皮膚の上で蠢《うごめ》く感覚は確かにあってどこにも行ってくれなかった。治すには、彼女にもう一度会うしか方法がないのだと分かった。そうでなければ俺はこの感覚を持ったまま、生涯バス停に通い続けるかもしれない。最悪の人生だ。

今日こそいてほしいという願いと、今日もどうせいないのだろうという半ば諦《あきら》めの中で一日を過ごし、いつもと同じように、夜になって出かけバス停に辿り着いて、待合室のスライドドアを開けて閉める。

「また会えたね」

聞こえてきた声と、そこにあった淡い光に、全身のざわつきが一瞬、急激に増し、そして嘘のように治まった。涙が出てきそうですらあるくらい、劇的な治癒《ちゆ》だった。

「会えてよかった」

自分が発した言葉かと思ったけれど、彼女の言葉だった。

「あなたには訊いてみたいことがいくつかあったから」

「俺も、訊きたいことがあった、だから」

　会えてよかった、と、座りながら歯の浮くようなセリフを高揚のあまり発してしまい動揺した。彼女は相変わらずのハスキーな声で、「うん」とだけ漏らした。

「てっきり、そっちはもっと遅い時間にしかいないのかと思ってた」

　言ってから腕時計を確認すると、時刻はまだ午後の八時半。

「いつも同じ時間とは限らない。それに×××もいくつかあるから、私としては、会えるのはもっと先になるかもしれないと思っていた」

　また先日のノイズが聞こえ、あの日が夢ではなく今日と繋《つな》がっていることを実感した。

「悪いんだけど、また、何がいくつもあるのか聞き取れなかった」

「避難所なら、分かる？」

「ああ、それなら」

「伝わらない言葉があるっていうのはどういうことだろうね。知識の問題なのかな」

　何気《なにげ》に失礼な言い草だ。

「いや、聞いたことがない言葉っていうんじゃなくて、聞こえないんだ。ザザザッてノイズでかき消されてるみたいに」

「ますます不思議だね」

相変わらず目と爪だけの彼女は、十の爪を人間で言えば下腹部のあたりで横に並べ、前後に動かした。膝《ひざ》をさすっているのだろうか。不思議といえば、そんな外見の相手を受け入れて会話しようとしている俺もまた不思議かもしれない。しかしそこで立ちどまっていては前進のしようがないから、無理矢理目に見えているものを自分に納得させている。

「まず、基本的なことを確認したい」

俺は、相手がこの世に実在しているのかどうかとかそういう話は抜きにして、まずは一番簡単なところから訊いてみたいと思っていた。どれだけ時間があるか分からないから、話の先を急ぐ必要があった。

「あんたは、誰なんだ？」

馬鹿みたいな質問だけれど、彼女は笑わなかった。

思えば、個人に興味を持ち情報を知りたいと思うなんて、忘れて久しい感覚だった。

「私？　例えば、どんな情報が必要かな？」

「えっと、じゃあ、人だって言うなら、性別は？」

「女。あなたは男？」

どうやら、彼女という三人称であっていたようだ。

「そう。年は？」

「生まれてから何年経《た》ったかって意味でいい？」

「うん、ちなみに俺は十六年」

「私の方が長いね。十八年になる」

高校三年生、もしくは大学生ということか。幽霊ならば、生きていた頃にその年齢で、今は何歳か分かったものではないが。

コンマ一秒くらい、敬語を使うべきなのか考えたけれど、まあいいかと思って年齢にしては少しハスキーめな声の主に、引き続き質問をぶつける。

「名前は？　俺は、鈴木香弥」

「スズキカヤ。変わった響きだね。私は、××××××」

これまでで最も長いノイズが耳を襲った。

「ごめん、名前が聞き取れなかった」

不快に思われるかもしれないと謝ったけれど、彼女は特にそんな様子を見せなかった。ただ見えない鼻や口や眉間《みけん》には表れているのかもしれない。

「名前もなんだね。それは不便かもしれない」

そうだろうか。

「決めようか。なんでもいいんだけど、何かあなたの中で普遍的な女性の名前があればそれで呼んでくれれば」

「普遍的」

「本当になんでもいいんだけど」

幽霊だなんだということに関係なく、平坦《へいたん》な声色で、他人の名前ならともかく、自分自身の名前をなんでもいいと言い出す彼女は、多少変な思考回路を持っているのかもしれない。

「ところでスズキカヤっていうのは、それが個人の名前なの？　家族の名前はないの？」

「え、っと、鈴木が名字で、そういう言い方をするなら家族の名前。香弥が俺個人の名前だ」

「へえ、カヤって短くて呼びやすい名前だね。でも不思議、カヤは外国の人なの？」

まだあまり交流のない相手に突然下の名前で呼ばれて、心臓のふちを撫《な》でられたような気分になった。いや、それよりも。

「外国？　日本だけど」

「ニホン？」

「日本」

「ニホン？」

らちがあかない。

「えっと、この国の名前、だけど」

日本にいてこの国の名前が日本だと説明する日が来るとは思いもしなかった。

しかしそんな俺の珍しい体験に対する驚きなんてどうでもいいとばかりに、彼女は光っている目を思い切り広げた。

「この国の名前？　私達が今いるここが、なんていう国かって言っているの？」

変な質問をされている。

「そうだよ」

「どういうことだろう」

そう言って彼女は考えるそぶりを目と爪の動きで見せてから、「私が、少なくとも私が今いるこの国の名前は」と見えない口を動かした。

「××××っていう名前だよ」

また、聞き取れない。

「聞こえなかった？」

表情で読み取られたのだろうか、だとすれば本当にこの暗い中でもあちらからはこちらがはっきりと見えているのだ。俺は素直に頷く。すると「そうか」と彼女も頷いた。目の動きで把握する。

「考えなければならないことがたくさんあるね」

「……何が？」

「まず、カヤ、あなたに伝えなければならないことがあるんだけど、私は、ニホンという国の名前を知らないし、私のいる世界に、ニホンという国は恐らく、ない、と思う」

「え？」

ないって、俺達が今いるここが日本だ。

俺が彼女のおかしな言葉の意味を真面目《まじめ》に考えている最中だというのに、彼女は突然、「ああっ」と少し大きめの声をあげた。

「サイレンだ。行かなくちゃ。今日は短かったな」

前も同じことを言っていた。

「サイレンって？」

「上が終わったの」

俺は思わず上を見上げる。暗くてよく見えないけれど、錆《さ》びてほこりにまみれた天井があるだけだ。

「何が、終わったんだ？」

「やっぱり、それも知らないんだ。×××だよ」

馬鹿にしたわけではないだろうけれど、そうとも聞こえる納得を彼女はした。それから、立ち上がっていると思《おぼ》しき動作をする。

「おい、ちょっと」

「戦争なら、分かる？」

「え？」

俺は、意味もなく虚空《こくう》に伸ばしかけた手を止める。

「次に会う時に説明させて、今は行かなくちゃいけない。もしかすると、私達は」

そう言って彼女は、結局どう呼ぶかも決めていない彼女は、壁の方に向かいながら、

「同じ世界にいないのかも」

消えていった。

＊

再度焦れはしたけれど、今回の空白の時間は以前よりもましだった。再会の可能性があると分かったからだ。

待つ間、俺は彼女の言葉の意味について考えを巡らせていた。日本という国はない、戦争をしている、違う世界に生きている。どういう意味だ。訳分からなくとも、俺の乏しい知識の中でまず考える。最近うるさいくらいに耳にするあの戦争と関係あるのだろうか。

そうだ、それに例のノイズ、あれは一体なんなんだ。まるで、ラジオの周波数が突然合わなくなったような。

「鈴木くん珍しいね」

「え？」

教室で椅子《いす》に座っていると、隣の席に座っていた田中が絡んできた。

「鈴木くんがスマホいじってんの珍しいなと思って。ていうか持ってたんだ。何してんの？」

「関係ないだろ」

生涯、田中と連絡先を交換する日なんて来ない。

「……別に関係あると思って訊いてないですけど？」

関係ねえなら絡んでくるんじゃねえよ、と思うが、言ったってしょうがないので放っておく。関係がないものや興味がないものに無駄に絡み、煙たがられる人生をこの田中が送りたいなら自由にすればいい。それこそ俺には関係ない。

スマホをいじっているのは、調べたいことがあったからだ。一応というかなんというか、女性の普遍的な名前について。普遍的、というのは彼女の言い方だが、要するに女性に多い名前ということだろう。それを調べている。調べているものの、人気のある名前なんて毎年移り変わっていて、普遍的な名前というものは特にないように感じられた。

名字なら高橋とか佐藤なんだろう。田中はもう使われているし。しかしそもそも女性の呼び名をこちらから提案するのも気恥ずかしい思いがある。なんでもいいって言ってたから、もう佐藤で良い気がしてきた。

必要があるのかも分からないことを調べ考えているうちに、彼女との再会の日は訪れた。前回彼女が待合室に現れてから、二日後のことだった。

「待ってたよ、カヤ」

入るなり、淡い光より先に声が届いた。

「この×、避難所にくるのも毎日じゃないから、間が空いちゃう」

「その、避難所っていうのは？」

「前回の続きね、どこから説明したらいいかな」

話が早くて助かる。

扉を閉めて、俺はいつもと同じ位置に座る。彼女は両手を膝の上に載せているのだろう、爪達が規則正しく並んでいて、目だけがこちらをじっと見ていた。

「私なりに、カヤが何者なのか、考えを持って来たんだけど、聞いてくれる？」

「うん」

断る理由なんてない。

「ええと、まず、会わない間に×××で調べてみたんだけど」

「ごめん、聞こえなかった。何で調べたのかが」

「そう」

何かに納得するように彼女は目の位置を上下に動かす。

「本は？」

「分かる」

「本で調べてみたの、すると、やっぱり、私達の世界にニホンという国はなかった。今も、過去も」

その言い方は、つまり概念的な話ではなく、そもそも存在しないという意味だ。彼女の言葉を信じるのなら、幽霊という線は薄いかもしれない。

「世界にないはずの国に住んでいるカヤは、戦争やサイレンについて知らなくて、私の言葉で聞き取れないものがあって、そして何より、これは、カヤと話せるようになる前からずっと気になっていたことなんだけど」

五つの爪がこちらに近づき、そのうちの一つだけが更にこちらに伸びてきた。指で、さされていると分かった。

「目と爪が光ってない」

そのことが不思議で仕方ないと言わんばかりだ。光をじっと見ていると、そこが相手の目なのだと思い出し、気恥ずかしさがあって視線をずらした。

「それらのことからまず考えたのは、カヤは、私の想像上の存在で、私の想像が適当なことを喋《しゃべ》らせているだけなんじゃないか」

実は俺も同じようなことを少し考えていた。

「でもこの可能性については、確かめようがない。ここでもしカヤに想像上の人物じゃないか質問して、違うと答えられても、それも私の想像かもしれない」

「うん、それは、俺の側からもそうだ」

「納得してくれてよかった。それも私の想像かもしれないけど」

目の形だけで判断するのは非常に難しいし、俺の思い込みの可能性も大いにある。だからなんとなくでしかないけど、彼女が笑っているように感じた。見えていないけれど、初めて感じる笑顔に、本当に人なのかもしれないと思った。

「次に考えたのは、前にも言ったけれど、カヤが死んでいる可能性。生きているって言っていたけど、本当は死んでいて、私の避難所になんらかの理由で××がとどまっているのかもしれない」

聞こえなかった部分は、魂的なことだろうか。話の腰を折らないよう、質問は後にしよう。

「でもそれだと、カヤがニホンっていう国名を出す意味が説明出来ない。だから死んでいるっていう考え方よりも、カヤが今までにくれた情報から、もっと正解に近いんじゃないかっていう考え方を見つけたの」

なるほど、それが。

「この前言ってた、同じ世界にいないってやつ？」

「そう。それが最も××な答えだと思う」

「そっちが、別の世界から俺のいる、この日本のある世界に来てるってこと？」

異世界からの渡航者的なもので、この待合室に逃げ込んで来ているという意味かと捉えたが、彼女は恐らく首を横に振る。

「正確ではないと思う。私が今いるここは私の避難所だから。これを訊《き》かなくちゃいけなかった。カヤ、あなたは今、どこにいるの？」

ここにいる、そんな当たり前のことを訊かれているのではないのはなんとなく察しつつ、ついそう答えてしまいそうになった。

「ここは、バスの停留所だ」

「バス？　停留所ってことは、乗り物？」

「そりゃ、バスだから」

「やっぱり」

どういうことだ。

「カヤ、もう一つ、確かめたいことがあるの、こっちに右手を伸ばしてくれない？」

これも断る理由は特になかった。だから言われるがまま俺はすっと相手に向けて、爪以外にもはっきりと実体のある右手を差し出した。それはもう無造作に、不用心に差し出したものだから、驚いた。

なんの覚悟も決まっていなかった右手に、冷たいものが触れた。

「うぉっ」

思わず手を引っ込めてしまう。

なんだ今の。

彼女を見ると、目はこちらをじっと見据え、そして、左手であろう爪の並びが、先ほどまで俺の手があった場所に浮いていた。

「もう一回、お願い」

言われて、俺はおっかなびっくりもう一度右手を差し出す。自然と、何故《なぜ》か握手の形になってしまっていたのだけれど、先ほど触れた冷たいものが俺の手を握ることはなく、質感を確かめるように、ただ手の平や手の甲の表面を撫でた。

「触れられる。カヤは、触れられているのを感じる？」

「うん」

冷たくて、細い、指なのだろうか、それが手の表面を這《は》っている感覚が確かにある。

今度はほんの少し落ち着いて視覚でも確認する。撫でられている感覚を光が追う。汗が背中に滲《にじ》むのを感じた。

しばらく彼女の確認は続き、終わって光が俺の手から去っても、感触は手にずっと残っていた。

「ありがとう。考えていた二つの可能性のうち、一つが正解に近いみたい」

俺は自分の手を見ていた。話を上の空で聞いてしまった自分に気がつく。

「あ、ああ」

「私が考えていた恐らく間違っている方の可能性は、私か、もしくはカヤの××だけが、相手の場所に飛んで行って、あたかもそこにいるかのように見せて、声も聞かせているんだってもの。だけれど、これは違う」

真面目に考えを説明してくれる彼女の言葉を聞き逃すまいと集中し、今回のノイズも魂的な意味だろうかと推測して、彼女の言いたいことを想像する。プロジェクターみたいなものだっていうことかな。それは彼女の言うように正解ではない。

「なぜなら、カヤに触れるから」

「うん、触られてるのが分かった」

感触が、残る。

「だからこういうことだと思う。なんらかの理由で、私のいる避難所と、カヤのいる場所が、繋がったんだよ。場所が繋がったと言っても、お互いにいる場所の認識は違う。カヤには、私もその、停留所にいるように見えているんじゃない？」

「そうだ」

目と爪だけだけど。

「私には、カヤが私と一緒に、地下の避難所にいるように見えている」

「そんな……」

ショックを受けたわけではない。そんなことってあるのかとただ驚いた。彼女の言葉が本当だとするならば、以前に言っていた、上で終わったというのは、ここことは別の世界の話なのか。

「これが、今の段階で最も××な私の考えなんだけど、カヤはどう思う？」

どう思うか。ひどく創作的だなと思った。まるでお伽噺《とぎばなし》だ、彼女の考えは。

しかし、今実際に、見えない何かに触れられた右手が、彼女の存在は実際にあるものなのだと俺に訴えかける。彼女の言うように、触れられた感触すら俺の想像に過ぎないのかもしれないけど。

「俺が、考えていたのは」

彼女の言うことが正しいとも間違っているとも分からない。だからひとまず、自分のここ数日の考えを話してみる。幽霊である可能性や、妄想である可能性は彼女も考えていたところだったので、その他に考えていた様々な仮説の中で、日本という名前が出来る前に生きていた人物なのではないかという考えを示してみた。

「なるほど、私は違う世界なんだと思ったけど、同じ世界で時間が大きくずれているって可能性もあるのかも。例えば、逆にカヤの世界が前ってこともあるかもね。この後大きな災害か何かが起きて、ニホンっていう国がなくなってしまうとか」

物騒なことを言う。でも、それなら戦争という言葉には説明がつく。

「調べて過去になかったのも、例えば戦争で勝った国にとって都合が悪かったからニホンが××から消されているだけなのかもしれない」

「ごめん、何から消されたのか聞こえなかった」

「歴史、だと分かる？」

「うん」

「この、聞こえない言葉についての私の考えも言わせて。考えたら、こうしてカヤと言葉が通じていることっておかしいと思う」

確かに。国の違いやもしくは時代の違い、あるいは本当に世界そのものに違いがあるのならば、聞こえない単語があるとはいえ、俺達がほとんど同じ言葉を使って問題なく会話が出来ているのは不思議だ。少しの距離があるだけで、文化も言語もまるで違って争いが起こるというのに。

「仮説だけれど、時代や場所も含めた意味での違う世界が無数にあったとして、その中で偶然に私が生きる世界とカヤが生きる世界で同じ言語体系が出来ていたから、重なったって考え方はどうだろう。私の国にこんな言葉があるの、『世界は言葉から生まれた』こ」

「人が言葉を作ったんじゃなく……」

「別の世界を繋げるくらい、言葉の持つ力は大きいのかも」

それがまるで希望であるかのような声色だった。クールな声色の割には随分と夢想家なんだなと思い、思ってから、声でその人物のキャラクターが決まるとでもいうようなありえないことを一瞬でも考えた自分のつまらなさに辟易《へきえき》した。

「それにしても、なんで、俺にだけ聞こえない言葉があるんだろ」

「カヤの世界にない言葉だからかな。カヤの言葉が私に現時点で全部聞こえるのは、まだカヤが聞こえない言葉を発していないだけか、もしくはそっちからの影響力の方が大きいからなのかも。さっきのバスっていう乗り物も私は知らないけど、音は聞こえた。カヤの名前も、こちらには聞こえる」

「ああ、そういえば、普遍的な名前」

「考えてくれたの？　私も二文字がいいかな。簡単だし」

じゃあ佐藤は駄目だ。せっかく話題に出したものの、出鼻をくじかれる。

「いや、調べたんだけど、特にこれっていうものはなくて」

「本当になんでもいいんだけど」

なんでも。彼女に関する情報は、目と爪が光っている、ハスキーな声、戦争が起こっている国にいる、地下の避難所という場所にいる、手が冷たい。

「チカ……は？」

「どういう意味？」

「地下の避難所？　にいるから」

馬鹿みたいだけど、人の名前なんて全《すべ》て馬鹿みたいな理由でつけられているんだろう。彼女は目を少しだけ長くつぶって、「うん」と首を縦に振った。

「じゃあカヤの世界での私の名前はチカ。××でいい名前」

「最後聞き取れなかった。いい名前、の前」

「簡潔なら分かる？」

「うん。それでいいなら、良かった」

ノイズの部分が否定的な言葉で、思い切り皮肉を言われている可能性もあったけれど、そうでないなら良かった。

これで呼び名は決まった。彼女、チカのことを第三者に喋る予定もないのに、必要であったのかは分からない。しかし、チカが喜ぶというのはプラスだ。話を聞きたい相手の機嫌を損ねて良いことなんてない。

「カヤは、バスっていう乗り物に乗るために、ここにいるの？」

暗闇《くらやみ》からの唐突な質問。普段、人がいかに相手の口を見て会話しているのか分かる。集中していないと、ところどころ音を聞き逃しそうになる。

「いや、もうこのバス停は使われてなくて、休憩する為に寄ってるんだ。毎晩来てる」

「あ、もしかして」

「ん？」

「時間も違うのかな。こっちでは、まだ太陽が昇ってる。地下にいるから見えないけど」

「え、まだ昼ってこと？」

「そうだね。昼っていう言い方は、私達はあまりしないけど、意味はそう」

ちなみにどんな言い方をするか訊いてみたところ、チカの声はまたノイズになって聞こえなかった。昼というのは、チカの世界では口語的でないということだった。

何時間ほどずれているのかを確かめようとしたが、チカの世界にも一日という言葉はあれど、秒、分、時間、という計り方がこちら側とは少し違っているようで、その説明を理解するには様々なノイズの奥の単語を理解しなければならず諦めた。まあ、重要なのは、こちらが夜で、あちらは昼だってことだ。

「時間の進み方は一緒なのかな？」

チカの抱いた疑問に感心する。違う世界にいるという仮定の下《もと》、彼女は様々な可能性を考えているようだ。

「例えば、こっちで太陽が一回昇って沈むまでに、カヤの世界では何十回もそれが起こっているなんてことはないかな？　そういう物語を本で読んだ思い出がある」

俺もある気がする。

「そういう言い方なら、俺の世界では、前にチカに会ってから二回、太陽が昇って沈んでる」

「うん、じゃあ、回数は一緒だ。こっちでも二回沈んで昇っている。戦争も、あれ以来二回目」

戦争。

「前にも言ってたけど、その戦争って、いうのは」

会話の舵《かじ》をそちらに切ってから、遅ればせながら迷った。一体、戦争について何を訊けばいいんだ。

ようやくよぎる、それも一つの可能性。自分の町で戦争をしているってことは。ひょっとしたら明日にもチカは死ぬかもしれないし、今日にも家族を亡《な》くしてしまうのかもしれない。

戦争という言葉にまとわりつく死の影に、言葉を不自然ながら止めてしまう。

「今、戦争をやっているんだ」

あっけらかんとチカは言った。煩《わずら》わしそうで、けれど仕方がないというような。

「カヤの世界でも、戦争はやっている？」

「今はやってないけど、もうすぐ始まる」

最近、新聞もラジオもそのことばかりだ。

「そうなんだ。どの国も、大変だね」

「まあ、でも、チカのところと違って俺達の町で殺し合いがあるわけじゃないから、避難所があったりはしないんだけど」

「そうなの？　じゃあ、×××が違うのかも」

「何？」

チカが何に気がついたのか、頭の中は表情と同様に見えようがないけれど、俺はその爪の位置を見ていた。左右の手を、恐らくはふとももの上に載せて、前後にすりすりと動かしている。考える時の癖みたいなものだろうか。

「ルールなら分かる？」

「うん」

「ルールが違うのかもしれない。カヤの世界ではどんな風に戦争をしているの？」

「詳しいわけじゃないんだけど」

俺は学校の授業で習ったことや、ニュースで見たこと、その他には本で読んだ、俺達の世界で起こる戦争についての知識をチカに話した。全て、聞きかじりで、読みかじり。自分の目で見たような真実はどこにもないから、当然リアリティもない。それでもチカは、俺の話を大人しく聞いている途中で、苦しそうに息をした。

「カヤの世界では、人がたくさん死ぬ戦争をしているの？」

「うん、次はどうなるか知らないけど、ずっと前には町がまるごとなくなったりした」

「とても、ひどいね」

「チカの世界の戦争は、そういうのとは違うのか？」

「私の世界ではね」

なんとなく聞く前に、心の姿勢を正した。

「×××ってものがあって、さっき言ったみたいに、ルールを明文化したものなんだけど、カヤの世界の戦争の仕方とは随分と違ってる」

チカの声色には、俺とは違い戦争を日常の事実として捉《とら》えているようなリアリティがあった。

「とは言っても、大昔は私達の世界でも、カヤの世界でやっているようなたくさんの被害が出る戦争をやっていたみたい。けれどルールが出来てから、私達みたいな生活しているだけの人は多くの場合、戦争が原因で死ぬことはなくなった。これはかなり前に大きな国同士が話し合って決めたんだって。でも教わったことにすぎないから歴史が書き換えられている可能性もあるけど。とにかく、今の戦争のルールでは、私達は滅多なことでは死なない」

「それは、良かった」

今もなお戦争をしているという事実からチカの身を案じていたけれど、死なないというならいくらかの安心はできる。

「心配してくれるんだね」

チカの表情が、また目の形から笑っているように思えた。チカの身を案じるのと同時に、俺は彼女に会う機会の喪失を危惧《きぐ》していたので、少しばかりバツが悪くなって「ルールって？」と訊いた。

「色々あるんだけど、カヤに聞こえるように説明するのが難しそう。一番分かりやすいのは、カヤに見えているこの目と、爪。さっき、カヤの目と爪が光ってないのが不思議と言ったけれど」

それぞれの部位をチカは指さす。

「私達の世界では、こうなっているのが普通なの」

それが分かりやすいルールの一つだとすれば、生まれつきそういう生き物なわけではないということだろうか。適度に相槌《あいづち》をうちながら、チカの説明を待つ。

「簡潔な説明になってしまうけど、私達は××のため目と爪に色をつけられている」

「えっと、なんのために？」

「識別？　判別？」

「ああ、分かる」

目印みたいなものってことだ。

「国ごとにそれぞれ別の色をつけると決まっていて、敵と味方を分けるために、生まれると国民全員が着色されるの。とは言っても、国同士が隣り合っていた時代に色んな国の人々がまざっていた名残にすぎない。今では自国に紛れようとする他国の兵を見分けるくらいの使われ方しかしないんだ。太陽が沈んで暗くなると戦争もやらないし」

なるほど。チカのいる場所の地図をなんとなく想像してみる。それぞれの国をわけ隔てているのは、荒野なのだろうか、海なのだろうか。こちらにはないものかもしれない。

「兵っていうのは、軍隊がいるってことか？」

「そう。戦う仕事の人達がいて、その人達が××の日と時間を決めて」

「何の日？」

「えっと、攻める日と守る日。相手の国での戦争と、自分の国での戦争を交代でやるの。この日は攻める日、この日は守る日って。攻める日は彼らがいなくなるだけだからいいんだけど、守る日はこうして避難所にいなくちゃいけない」

「そうか、だからここにいる日といない日があるのか」

チカの足の爪が、ベンチの上に移動する。所謂《いわゆる》、体育座りの体勢だろうか。

「今日、地上ではチカの国の軍隊は守る側として戦ってるってこと、だよな」

「うん、もうすぐ終わると思うよ」

チカがもうすぐ去ってしまうことへの残念な気持ちが湧《わ》き、同時にやはり戦争という言葉に対する価値観が違うのだと、彼女の声色から感じた。

「あ、もしかしてカヤは心配してくれているのかもしれないけど、戦っている人達もあまり死なないよ。私は詳しくないけど、××も研究されていて、最近ではお互いに犠牲者が多く出ないようにしてるんだって」

「ああ、そうなんだ」

ノイズは恐らく戦術、くらいの意味だろうと思って訊かなかった。

「でも、相手を殺さないように戦うって、どうやって勝敗を決めるんだ？」

「×××、うーん、えーっと、決まった目標物があるの。大きくて丸いものなんだけど、それをね、攻める方が国の外に運び出したら勝ち。時間の中で、運び出させなかったら守る方の勝ち」

なんだそれ。想像していたのよりも随分と、なんというか、まるでゲームのような勝敗の決め方に驚く。それでも、場合によっては人が死ぬとは。

「なんか、悪いけど、ふざけた大人が考えた遊びみたいだ」

「ふざけた大人が考えた遊びなんだよ。死ぬ人は少なくてもいるし、怪我人《けがにん》はもっと大勢。家や色んなものは壊れるし、私達の生活は邪魔をされる。ルールなんて決めている間に、やめればよかったんだよ」

初めて聴く種類のチカの感情が乗った声。普通はその声に表情が伴うから、新鮮だった。これが彼女の憤《いきどお》りの声なんだろう。声だけが届くと、まるで心に無理矢理染《し》み込んでくるインクのように、怒りは質感を持っていた。

「思ったことがあるんだけど」

怒りのニュアンスの消えたチカの声、表情が見えないからその切り替わりのタイミングもふり幅も分からない。

「ひょっとしたら、カヤは私から戦争のルールについて聞いて、たくさんの人が死なないようにカヤの世界を導くのかも。カヤの世界の変化のために、私と話せるようになったのかもしれない。もしそうだとするなら、やっぱり、私の世界がカヤの世界の未来だという可能性も考えた方がいいかもね」

時間軸のことはともかく、俺が指導者になるとでもいうような言いぐさは、なんとも創作的過ぎると思う。人間達の愚かさが積み重なって始まる殺し合いを止めるほどの器が、自分にあるとは思えない。

でも、もしそれがほんの一部でも真実だとすると、一つ問題がある。

「もしそうだったら、これで目的が達せられて、もう会えなくなるかもしれない」

自分では、そういう可能性もあるだろうと、ただ事実を言ったに過ぎないつもりだった。

「もしそうなったら、私も残念だな」

どうやら自分はチカとの別れを心から惜しむような表情や声をしてしまっていたのだと気がつき、恥ずかしくなる。もちろん、まだ個人的に目的を達したとは到底思えないという理由からの反応だったけれど、人懐《ひとなつ》こい人間だと評価されると、安く思われてしまいそうで少々しゃくだ。チカもまた俺との会合を悪く思っていないというのは、知れてよかった。

「ああ、サイレン」

ふいにチカが耳を塞《ふさ》いだ。チカはその音を恐れているようだ。戦争が終わる音なら、ポジティブなものではないのだろうか。俺には聞こえない。

「どんな音なんだ？」

「……カヤには聞こえないんだ。いいな、すごく嫌な音がするの。××を震わせるような音」

「何を震わせる？」

「えっと、お腹の中？」

内臓だろうか。それとも内臓というのとは少し違う、俺には分からない人間の中身の捉え方なのかもしれない。

チカは立ち上がると、目的が達せられて会えなくなるかもしれないことへの躊躇《ちゅうちょ》なんて全く感じさせず、壁に向かって一歩を踏み出した。足の爪の動きで分かった。

「チカ、また。見つからないように」

あちらの世界で自分自身の日常を抱えているチカを引き留めることは出来ない。せめて次の出会いを手繰《たぐ》り寄せようとした全力の言葉だった。

予想外に、彼女はこちらに振り返った。目が合って、その光が恐らくは笑みの形に変化した。

「次は、カヤ自身の話を聞かせてほしい」

元々闇の中にいた彼女は、声だけを置いて、消えていった。一人取り残され、腕時計を見る。今日は今までよりも長く話せた。戦争だなんだと物騒な内容ばかりだったけれど、チカの見ているものについて聞けたことは大きい。嘘《うそ》をついている可能性や、自分の妄想である可能性はいつまでも捨てきれないが。

でも、触れた。

確かに冷たい指先が自分の手を這う感触があった。まだ皮膚に触れられた道筋が残っているような気がする。その感覚を逃さぬように、俺はゆっくりと立ち上がる。

待合室から外に出る。外は待合室の中よりもひどく酸素が濃くて息苦しい。またここに帰ってきてしまった。

チカの言う通り、俺達がまるで違う世界に住んでいるのなら、彼女はどんな場所に帰っていくのかと想像する。向こうはまだ昼だと言っていた。何かしら戦争の後始末をするのだろうか。それともいつものことだと気にせず自分の生活を送るだろうか。あちらの世界で雨は降るのか。今は寒いのか、暑いのか。

家に帰って、これまでに聞いたチカの世界の話をまとめておこうと思う。この世界での戦争のやり方を俺が変えられるのかどうかはともかく、何か、俺の人生を特別なものにする糸口があるかもしれない。

家までの道を歩きながら、一つ、自覚する。つまんねえ自分をまた一つ。

会話をしていてワクワクしたのは久しぶりだった。まだ何もなしていないのに、そんなことを思うのは、やっぱり俺がそんな程度の奴だからだ。

*

三月に入って十日が経《た》ち、季節はすっかり春になっていた。四季の移ろいに特別な感情を抱いた覚えはないけれども、明確な時間の経過を感じ、俺はまた焦《あせ》っていた。あれ以来チカとは会えていない。たまたまタイミングの問題で会えていないだけなのか、ひょっとして本当に俺達は目的を果たしたとされたんじゃないか。憂慮しても仕方がないのは分かっている。なのでひとまず俺は俺として、意味のあることを考える。

確定とするにはまだ早いが、チカの話す事実や史実は少なくとも俺の知る世界のものではないように思えた。そもそもチカが作り話をしている可能性もあるのだけれど、確認が出来ない。騙《だま》されていたとしても、今は信じるほかない。少なくともあの時、戦争というものに対して発した憤りの声を嘘とは思えなかった。彼女は本当に俺達とは違う空間で生きているのかもしれない。

戦争が終わったから避難所であるあの場所に現れないのでは、そんなことも考えた。しかしその考え方でいけば、再会のためにチカの世界の戦争を願うことになる。人の不幸を心から願い喜べるならまだしも、中途半端《はんぱ》に同情してしまうつまらない自分を知っているから、その可能性については考えるのをやめた。

夜だけではなくきちんと夕方にもバス停に通っていた。やはり、チカは現れない。太陽が沈んだ後の戦争はないと言っていた。つまりこっちのバス停に昼間現れる可能性は低いってことだ。しかしそれもどれほどの時間のずれがあるのか分からないので、明言は出来ない。

毎日、俺は相変わらず走っている。以前からの変化といえば、走っている時にベストな心拍数を意識し始めたことと、あのバス停に続くランニングコースを変えたことだ。心拍数はせっかく腕時計を貰《もら》ったから。道の変更に特に意味はない。もしも俺が日記をつけていたとしてそれを誰かが盗み見たら、すぐに読み飽きるだろう毎日を送る。

今日も走り出し、スピードを徐々に上げていく。腕に巻いた時計は、運動強度と心拍数の兼ね合いを記録に付け、少しずつ心肺能力を向上させられるように作られているらしい。様々な設定は既に入力済みで、スピードを上げ過ぎて心拍数がある数値に達すると音が鳴り、注意を促して来る。

心臓に過度に負担をかけ走り続けるようなトレーニングをする者にのみ、見える景色というものもあるのだろうか。いわゆるランナーズハイと呼ばれるあれ。生命の危機に瀕《ひん》するほどの鍛錬が、爽快感《そうかいかん》の奥に座っている退屈を消し飛ばすこともあるのか。

やってみるか？　そう考えて、更にスピードを上げようとした時、前の方に見知った顔をみつけた。気づかないでくれと思ったけれどむなしく、相手は手を挙げてくる。流石《さすが》に無視するという選択肢を取る気はないので、スピードをゆるめて「おう」と反応してやった。当然そのまま通り過ぎる気でいたのに、教室で前の席の田中は「何してんの？」と走ってる奴相手に会話を始めようとしやがった。思わず、立ち止まってしまう。

「何してるかって、見て分かんねえのかよ、走ってんだよ」

上がり始めた心拍数が関係しているのか、いつもより早口にまくし立ててしまう。

「走ってるのくらい分かってるよ、何のためか訊いてんだよ」

「訊いてねえだろ」

やめよう、不毛だ。

「走るって目的のために走ってんだ」

「意味わかんね。いや、それ目的なら少しは楽しそうな顔しろよ。私は、犬の散歩中」

訊いてねえし、見りゃわかる。

それでもちらり田中の足元にいた犬を見ると、目が合ってこっちにすり寄って来た。ちゃんとリードの位置を手元で固定しときゃいいのに、田中は犬の動きに合わせてこっちに腕を伸ばしている。

しばらく見ていても俺の足元から離れないので、ひょっとして催促されているのかと思い、頭をひと撫《な》でした。けれど、それで満足して田中の元に帰っていくことはなかった。

「この子、節操無いから誰にでもなつくんだよ」

飼い主に似たんだろう。俺になついてるわけでもなかろうし、なつかれても困るが。

田中も犬も。

「ってか、鈴木こっち走ってたんだ」

ついこの前変えたコースが、まさかこの田中の散歩コースとかぶっているだなんて思ってもみない。

「私は今日こっち初めて来た」

訊いてねえけど、なら決まったコースがあるわけではないのか。

「この前、雷落ちたじゃん。木に落ちたらしくて、焦《こ》げたの見に行こうかと思って」

それこそ何が目的だ。見てどうすんだよなんて訊いたって、田中から意味のある答えが返ってこないのは分かってるので訊きはしない。

「鈴木も行く？　どうせ暇なんだろ」

「行かねえよ。走ってる」

「どうせなんもすることねえから走ってんじゃないの？」

だからお前はなんの考えもなく人の核心に触れるんじゃねえよ。

「あ、そういや」

まだ何かあるのかと、一応田中の発言を待ってやるようなところが、俺は中途半端なんだ。嫌になる。

「和泉《いずみ》を見た」

そう、嫌になる。本当に、なんの考えもなく言葉を発する奴は、嫌になる。

田中が俺のどんな反応を望んでいるのか分からないが、真面目《まじめ》にとりあわないと決めた。

「そうか」

「連絡とか取ったりすんの？」

「しねえけど、まあ、生きてんならいいよ」

「うん私的にもただの目撃報告だから」

言いたいことだけ言って、犬と一緒に田中はいなくなった。あの犬もわざわざ焦げた木なんて見せられて迷惑なことだろう。他人から、興味があるだろうと勝手に決めつけられて押しつけられれば、反感を覚える。あの犬がそういう感情で田中を噛《か》んでしまっても仕方ない。

興をそがれる、という言葉が浮かんだけど違う、そもそも走ることに興なんてない。ただ単に田中との会話で気力を削られたから、俺は心拍数への挑戦をやめた。いつも通りに走って、バス停に寄り、いつも通りに帰る。

和泉。

あの田中のせいで、いつもは意識しないその名前が、ずっと視界に入って邪魔で、走りにくさを感じた。さしたる支障ではないけど。

改めて、今日こそはチカにいてほしい、そう思って夜のバス停に行ったのだけれど、今日もまた待合室で俺を待っていたのは、何にたとえようもない暗闇と静けさだけだった。

＊

チカが現れたのは五日後のことだ。大して関係はないが、学校は試験期間に入っていた。「見つからないように」といういつもの母の声を背中に聞き、今夜もバス停に赴いた。待合室の扉を開けた時、チカはいなかった。落胆の質量を利用してベンチに腰を下ろすやいなや、視界の端がちらりと光った。そちらを見ると、待ちわびた光があった。

「また会えたね、カヤ」

落ち着いた声を先にチカが発してくれてよかった。俺が先だったら、これまでの待望が上ずった声に出てしまっていたかもしれない。

チカは俺がいることに特別な感想を持った様子もなく、ベンチに腰掛ける。いつもの定位置、俺の右隣。

「チカは、今何に座ってるんだ？」

慌《あわ》てた自分と、過度に喜んでしまった自分を誤魔化すようにどうでもいいことを訊いてしまった。気になっていたのは本当だ。俺は長い木製のベンチに座っているけれど、チカはどうなのだろうと疑問だった。

「××だけど」

「ごめん、早速なんだけど」

「えっと、長い椅子？」

「分かる。じゃあ、俺と同じだ」

ひょっとしたらチカのいる避難所とこの待合室の形が似ていて、それが二人の見る世界の重なりに何かしら関係しているのかもしれない。

「時間が空いたのは、戦争がなかったから？」

今度はきちんと、用意していた質問が出来た。チカにそうだと答えられたら、どこかで戦争を望んでしまう自分は目に見えていたけれど、チカがここに来るルールを知らなければならなかった。

「いや、違うの」

ほっとする。チカの周囲に起こる不幸を望まず済んだことに。それを知ってしまい、迷うつまらない自分を自覚する必要がなくなったことに。

「離れたところに住んでいる家族が亡くなって、突然だったから色々と手伝いに行っていたんだ。そっちでは、皆と大きな避難所にいた」

「亡くなったっていうのは、戦争で？」

「いや、病気。××だったんだけどあまり喋《しゃべ》ったことはなかった」

「何、だった？」

「おじいさんの妹。私の家族で戦争に参加する職業の人は私の兄だけだから、戦争で死ぬ可能性があるのは、兄くらい」

　戦争で死ぬ可能性、そんなものが家族に付き纏《まと》う状況を冷静に説明しているチカに、よく平気でいられるな、なんて茶々を入れるのは簡単だがあまりに無神経だ。同じ世界にいようが違う世界にいようが、人と人が真に共感できることなんてほとんどないのだから。

「それでね、前別れた時にも言ったんだけど、また会えたら、カヤ自身について聞きたいと思っていたの」

「うん」

　適当な相槌になってしまったけれど、俺もそのつもりだった。自分から喋りたいというわけではなく、チカが欲している情報なら出来る限り渡して、その代わりにチカのことを教えてもらおうと思っていた。ギブアンドテイク。そうでもなければ、自分自身について発信する趣味が俺にはない。

「まずは」

　家族構成だろうか、それともこれまでの経歴なんかだろうか。互いが何者なのか知るための情報。

「カヤの好きなものは何？」

　答える、心の準備をしていたのに、言葉は詰まった。

　好きなもの。あまりに質問が抽象的だったし、それ以上に、真っ先に相手の好みを知ってなんになるのかと思えた。

「好きなものって、えっと、好きな食い物って意味？」

　質問をこちらから具体化してみようと試みた。

「カヤは食べることが一番好きなの？」

　嫌いじゃない。けれど能動的に、例えば美味《うま》いものを食べるのが趣味だとか、食事が一日で一番の楽しみだとか、そう断言できるような意味合いではないので、俺は首を横に振る。

「そういうわけじゃないな。もし趣味ってことなら、強いて言うなら毎日走ってる」

「走ってる時間が、一日で一番大切な時間？」

「いや……」

一番かと問われれば、別にそうではない。チカが趣味を訊いているのかと思ったから、衣食住以外に毎日すすんでやっていることをあげたに過ぎない。

チカの質問を否定したからには、何か本当の、一日で一番大切な時間をあげたかったのだけれど、思い浮かばなかった。どの時間も、一番かと己に問えば決してそんな大事なものではなく、というか、こんな自分のつまらない毎日のどこかに一番大事な時間なんてものが存在していいとは思えなかった。

ここに来ている時間が自分にとって大切なのだとは、ある側面において真実ではあったが、言わなかった。人との会話が大切だなんて思っているつまらない人間だと、判断されたくなかったからだ。

「ちょっと、思いつかない。チカには、一日で一番大切な時間がはっきりとあるのか？」

今ここにいる時間だと相手が言ってくれれば互いの目的が重なるのではないか、そういう期待を少しも持っていなかったと言えば嘘になる。けれどチカがそんなつまらないことを言うような存在ではあってほしくないと思ったのも、本当だ。

「私は」

ひょっとすると、また俺には聞こえないものかなと予感したのだけれど、違った。

「寝る前に、自分の部屋で一人きりでいる時間かな」

随分と、まるで普通の女の子のような答えだと思った。残念だ、というあまりに自分勝手な気持ちがこちらを覗《のぞ》き込んだので、追い払う。まだ詳細も聞いていない。

「どうして、その時間が一番大切なのか、訊《き》いても？」

「うん、全てが私のものだから」

物語に出てくる世界の支配者みたいな答えだ。

「私は、私の部屋の中と頭の中にあるものが好きなの。部屋には大切な××、本や音楽、今までに綴《つづ》ってきた日記。頭の中には誰にも見られることのない考えや、感情がある。誰かが勝手に部屋に入ってくることも、頭の中を見ようとすることもない。表情だって誰にもばれない。自分のためだけにいられるその時間が、好きなの。私の本当の世界は、そこにある」

長く話したけど聞き取れない単語はあった？　とチカが気を遣ってくれたので、俺は、部屋にあるのが本と音楽と日記と、あとはなんだったのかを訊いた。

「匂《にお》いで、物語を体感するものなんだけど、なんていうんだろう」

「香水みたいなもん？」

「ううん、香水とは違って、匂いで風景や人物が浮かぶの。いくつも匂いを組み合わせて物語を感じるものなんだけど。そっちの世界にはないのかな」

ないと思う。少なくとも俺の知識の中にはない。出来うる限り想像してみたものが合っているのかは分からないけれど、記憶しておく。

それにしても、チカの言っていることは考えようによってはあまりにも内にこもった人間の思想で、閉鎖的に思えた。

直後すぐに思い至る。

「自分の町で戦争があって、あんまり外に出ないから、自分の部屋が好きってこと？」

特殊な環境下に出来上がった文化の中で、生きているからかもしれないと思った。

しかし、俺の推測は外れていた。

チカは、うーん、と言葉を探しているような声を出した後に、えっと、と始める。

「戦争のことは、あまり関係がないかも。私が部屋の中を好きな理由は、そこには強制されて好きになったものが一つもなくて、そうである自分を許されているから。刷り込みのようにして聴いていた音楽や、××、さっきの匂いのものみたいなのもあるかもしれないけど、出会った理由には色々あっても、好きになったきっかけが自分以外の誰かであったことは一度もない。だから、大切なの」

言いたいことはなんとなく分かるものの、部屋に対する価値観に大きな相違があった。俺にとって自分の部屋なんて、単なる箱に過ぎない。雨は防げるし、寝られる、他の人間から姿を見られることはない。その代わり、自分に委《ゆだ》ねられたその空間にいると、結局はつまらない自分に見張られて、息がつまる。

「大切なものが思いつかないカヤには、全部があるの？　それとも、何もないの？」

相変わらず、口が見えない故《ゆえ》に喋り出すモーションが一切なく声が聞こえてきて、脳がそれなりに戸惑う。今回は、音の意味を頭の中で嚙み砕いても、質問の意図がよく分からなかった。だが意図を無視して答えていいのであれば、あるかないかなんて、決まっていた。

「何も、ない方だな。なんで？」

「大切な時間が思いつかないのは、何か一つの色で埋め尽くされているからなんじゃないかと思ったの。満たされているのか、空白なのか。何もない方なんだね。何もないっていう、意味を訊いてもいい？」

チカが勘違いしている可能性もあると思った。だから無駄な同情を避けるために説明する。

「家族がいないとか、家がないとか、そういう意味じゃない。友達や恋人がいなくて悲しいって意味でもない。ただ、自分の生活の中で特別に大切なものは何もない」

適当に作る気もない。

「ふりをしないんだね」

チカの言葉の意味をいまひとつ量りかねた。

「ふりをしないって？」

「うん、その前にカヤは、自分の生活に特別なものがないことをどう感じているの？」

正直に答える以外にない。

「つまんねえって、心底思ってる。でも、例えば、チカの言うような本や音楽で埋まるものじゃないから、途方にくれてる」

「本当に、ふりをしないんだね」

光る目が、瞬《まばた》きを忘れたようにこっちをじっと見ていた。少しずつ、チカの言う、ふりをしない、の意味を頭が捉え始める。

「基本的に、私達は、人っていう意味ね、カヤの世界での人っていう意味とはっきり同じか分からないけど、うん、少なくとも私の世界の人達は、皆、ふりをしながら生きるものだと思うの。中でも最も大きなふりは、納得したっていうふりと、好きだっていうふり」

「……ああ、分かる」

共感し同時に感心すれば、それは思い上がりだ。自分をほめているだけだ。そう分かってはいるけれど、驚いた。チカが、俺が普段考えていることを言葉として頭の中に持っていたとは。

「ふりをすることは生活する上で必要だから、良いや、悪いではないんだけど、カヤがそれをしていなくて驚いた。カヤの世界では、皆そうなの？」

「いや、皆ふりをして生きてるよ。俺も、ふりをしてない、わけじゃない」

これまで何度もふりをしてきた。ふりだとは気が付かなかったけれど、今思い出せばふりだったのだろう。ふりだったから「これだけか」という結末にたどり着く。思うにチカの言葉を借りるなら、俺は、一生涯ふりをしなくても特別だと感じられる何かに出会いたくて生きているのかもしれない。

「人より、ふりをしてる時間は短いかもしれないけど、俺もしてるよ。でも生きるためにやってるって感じじゃないな」

生きるために出来ていたのなら、理由をつけて人を虐《しいた》げたいだけの、人間として底辺にいるような奴らに目を付けられる経験も必要なかったろう。小学生の頃の話だ。

「俺は、ふりをしなくていいものを見つけたくてふりをしてるんだと思う」

自分で言っておいて、ややこしい。

「チカは、その本とか音楽に対する気持ちに、ふりだってつもりがあるのか？」

「いや、ちゃんと好きだよ。でも部屋の外じゃ私も、色んなものを好きなふりしてる。そう、ふりをしなくていいものしか置いていないから、部屋の中が好きなの」

なるほど、さっきよりも、部屋が好きだという意味が伝わった。もちろん、部屋の中にあるものを好きだという気持ちすら、気が付いていないだけでチカのふりにすぎないだろう。他人の創作物で、人生の空白が埋まりはしない。

「ところで」

ところで、なんて言葉を目と爪だけの存在が使うこともまた不思議に思えた。人が持つ感情や心情なんてものは、想像するよりずっと、視覚に支配されたものなのかもしれない。

「うん」

「家族や友達は分かるんだけど、コイビトって、何？」

「ん、知らないのか？　なんて言えばいいんだろ。恋愛をしてる二人、かな」

「レンアイも、分からない」

今までに話した印象では、まさかチカが知識として持ってないというわけでもなさそうだ。と、すると、もっと違う説明が必要なのか？

恋愛を、他の日本語でどう言えばいい？

「なんて言うか、えー、マジでなんて言えばいいんだろ、二人が、互いを好きになって付き合うんだよ」

「友達とは違うの？」

「違う、いやその境界線とかは分からないけど、言葉の意味は違うんだ」

結婚とか、家族って言葉が浮かんだ。しかし必ずしもつながるものではない。異性として、って説明も浮かんだけど、異性じゃない場合だってあるだろう。

「友達と違うのは、多くの場合は異性との関係性で、恋愛には性欲が絡《から》んでる」

「性欲は、友達にだってある時とない時がある気がするけど」

「確かに、いや、まあ、そうか」

本当にどう説明すればいいのか。日本語で日本語を説明する時、それは自分が普段その概念をどう捉えているのかをあらわにする行為のようで、人としての程度を測られるような気がした。身構えてしまう。

友達という概念は知っているようだ。そこで、好きになる、性欲、などのキーワードを出しているのだから、もし恋愛に似た概念が違う言葉としてチカの頭の中にあるのなら感づいてもよさそうなもんだ。俺に聞こえない言葉をまた言い出してもよさそうなもんだ。

ひょっとして、ないのか、チカの持つ言葉には恋愛みたいな概念そのものが。

「チカは、結婚は分かる？」

「それは分かるよ、家族を作る手段の一つ」

「結婚に至る過程が、俺達の世界では大抵恋愛なんだよ」

「へえ、じゃあ私達とは違うんだね。私達は、友達で嫌いじゃなくてお互いの都合があった人同士で結婚する」

「都合って？」

「仕事とか、家の距離とか。そこにカヤ達は恋愛って理由が入るんだね。どんなもの？　過程っていうのは、何をするの？」

「何をするか、って」

「友達としないことをする？」

いつか、俺が経験として恋愛に没頭しようと決め、そうしてまたすぐふりをしている自分に気がついてしまった時のことを思い出す。同時に、ちらつく名前があったけど今はいい。

友達としないこと、俺にも友達と呼べそうな奴が以前はいたから分かる。いくつか思いつき、自分の常識の範囲内で女性の前でしても良さそうな話を選ぶ。

「互いに実際に触れ合うとか」

「もしかしてこの前、カヤの手に触ったのも、カヤの世界では関係性としていけないことだった？　ごめんなさい」

チカが申し訳なく思っている時の癖なのだろう。いつもより長めのまばたきで、光がゆっくりと点滅する。妙な誤解を与えてしまい、俺は慌てて否定する。

「いや、そうじゃないんだ。握手とかは友達とでもするだろうと思うし。そうじゃなくて、キスとか」

「キスってなに？」

キスという単語を口にするだけでも恥ずかしいのに、行為の説明をしなければならないとは。

「子どもを作る？」

それは分かるのか、というか、子孫を残す方法はチカの世界でも同じなのだろうか？　地面とかから生えてくると言われたらどういう反応をすればいいだろう。

「いや、違う、触れ合うんだよ、唇で」

なんで倒置法で言った。

「唇で?」

「そう、互いの唇同士で」

「どういう意味があるの?　マーキングみたいなもの?」

「いや、別に印を残したりするわけじゃないから」

なんの意味があるのだろうか確かに。生物学的なことは知らないし、気持ちの上での意味なんて、恋愛自体の価値すら分からない俺には説明できない。

「こっちの世界の他の国では挨拶《あいさつ》っていうところもあるみたいだけど、俺の国では愛情表現、かな。チカ達は、そんなことしないのか」

「うん、しない。家族や友人への愛情表現でもそういうことはしないな」

なるほど、愛という考え方も知っているのか。友人間にも性欲は存在すると言っていたから、友人という範囲の認識が俺達より広いだけなのかもしれない。ひょっとすると、俺達が人間同士の関係性を多くの言葉で表現し、わざわざ面倒ごとを増やしているだけなのかも。

「カヤには、コイビトにあたる人はいるの?」

考えている最中に、突然飛び込んでくるチカの声。けど「え？」と言ってしまったのは、脳が認識できなかったからでも何でもなくて、動揺したからだ。自分が動揺したことにも動揺する。過去の記憶と、先日の田中の言動に気を取られている。

「いない、けど」

歯切れの悪い回答をチカが、少なくとも目と爪で認識できる限りは、いぶかしんだ様子はなかった。

代わりに違う質問を重ねてきたから、恋人は通常一対一で、複数いるのはよしとされないことや、大抵は友達から恋人になること、一生涯変わらないわけではないことを教えた。

「俺にも、前にいた時期があって、別れた」

自分から切り出したのは、質問されて動揺したくなかったから。

「コイビトじゃなくなったら、友達になるの？」

「なる場合も、ならない場合もあるだろうけど」

少なくとも俺はならなかった。

自分から始めたくせに、あまり俺の恋愛事情を話しても仕方がないなんて、そういう俺の思惑とは裏腹に、チカは彼女の中にはない恋愛という概念に興味津々《しんしん》な様子だった。

「そんな曖昧《あいまい》な関係なのに、一人同士でないといけないっていうのはとても不思議」

「何だろうな、まあみんな、特別でいたいんだ多分」

奴らは浮気だなんだと、自分がさも特別な人間であるかのような熱量でのたまう。

「一人のコイビトであれば、特別だってことになるんだね」

「そう考える奴が多いだろうな。恋人に限らず、友達とかそういう人間関係でも」

「そうなんだ。私とカヤの関係を友達と呼ぶのかは分からないけど、ここにいる時、私はカヤだけ見えているよ」

冗談交じりに、喜ばせようとしてくれているのだろう。気持ちは受け取る。でも残念ながら俺は、誰かに特別だと言われたくらいで自分を特別だと思えない。

「ありがとう」

俺の方は最近、寝ても覚めてもチカのことを考えているとは、いくら相手に恋愛という概念がなかったとしても言い出しにくかった。

今日はサイレンが鳴るまでいつもより長い時間が俺達に用意されていた。俺は気になっていたチカの一日の生活パターンを訊いてみた。時折聞こえない単語の説明も受けながら、彼女の一日を想像する。

朝起きて、食事を取る前にこっちで言う市場のようなところへ買い物に行く、帰宅してから説明されてもよく分からなかったものを家族と食べ、家事をして、「守る日」の場合は事前に連絡された時間に避難所に入る。戦争開始は昼食の前後どちらのこともある。俺と会うこの場所は、家から最も近いチカ個人の避難所らしい。その日の戦争が終わり、家の周りが荒らされていれば片付けをするが、幸い、チカの家は重要な地域からは遠いため被害があることは少ない。戦争が終わった後や戦争がない日は、国の本の管理を仕事としている父親の手伝いをしにでかけ、帰宅して夕食を取り、眠る。こちらでいう学校のようなものにかつては通っていたが、十六歳で卒業したそうだ。

そんな日々を、チカがどう思っているのか。

「どうでもいいと思ってる」

「どうでもいい、っていうのは？」

つまらない、と、どうでもいい、が同じ意味なのかどうか気になった。

「生活は、私が考えることや感じることを続けるためにしているだけ。頭の中で自分だけの考えを持ったり、本とか音楽で色々なことを感じるためには、体と命がいるでしょ。そのために生活している。体は、私の心を保ち続けてくれる容《い》れ物で、だからその体を生かすための毎日は流れていくだけで、どうでもいい」

日々がつまらない、ということとは違う。日々の重要性を取り繕《つくろ》うでも悲観するでもなく、どうでもいいのが当たり前。そういう風に聞こえた。

「生きてるそれ自体には意味ないってことか？」

「もし死んでからも考えられて感じられるなら、そんなに意味はないかな。でも死んだら本を開けないかもしれないし、存在すら消える可能性があって、それが分からないから今のところは生きなきゃいけない。自分の部屋もそこになさそうだし。だから、ひょっとしたらいつか私の考えることや感じることを奪っていくかもしれない、戦争や病気が憎いよ」

初めて聞く人生観に、少しばかり感心した。心からの感心ではなかったのは、ひょっとするとチカのいる場所ではそのような考え方が一般的なのかもしれないと思ったからだ。ただ常識を述べているのにすぎないという可能性もある。

「カヤの世界では、私みたいな考え方の人は変？」

「俺は、初めて聞いたけど、意味を納得は出来るから変ではないかな」

自らを変わった人間だと思っている奴が俺は嫌いだ。

「よかった。この話、ずっと前に××にして、怒られたの。私の世界では、生きているということがそれだけで何よりも大事だとされているから。意味を分かってくれるカヤに話すことが出来て、私の世界の何が変わるわけでもないけど、嬉《うれ》しい」

チカの、目の光が細くなる。

「カヤも何か、普段は人にしない話はない？　聞かせて、嫌じゃなかったら」

心の中を誰かに見せて得することなんてない。わかっているはずなのに、チカの提案に迷った。話して共感を得たいわけじゃない、面白いと言われたいわけじゃない。普段なら絶対に見せようとも思わない部分を見せようかと、聞いてもらおうかと少しでも迷ってしまったのは、ここが、バス停の待合室だからだ。

「今は思いつかない」

「そう。じゃあ、何もしてあげられないけど、話したいことがあったら言える相手がいると心にとどめようよ、私も、カヤも」

賛成はしなかった。嘘をつくつもりはなかった。

何もしてあげられない、では困る。俺も何かを渡すから、彼女からも何かを受けとらなければならない。

なのに、何もしてあげられないと断言され安心を感じている自分に気がついた。何《な》故《ぜ》だろうか。責任の不在に、軽やかなイメージを持ったのかもしれない。

「代わりに、カヤの生活で近頃何か起こったことを、小さなことでもいいから聞かせてくれる？」

「いいけど、何もないよ本当に。天気の話しかないくらいだ。この前、近くの木に落雷があったとか」

「へえ、私の家から歩いていけるところの木にも雷が落ちて、私が小さな頃からあった木だったから、××しにいったよ」

「何をしにいったって？」

「えっと、バラバラにして破片を貰ってそれを家の中にある××で焼くの。戦争で家の近くの木が燃えた時にも同じようにする。よく分からない昔からの決まりごと」

あまり会話を止められるのも気分がよくないかと思い、家の中にあるらしい何かについては訊かなかった。暖炉みたいなものだろうきっと。どこにでも、よく分からない言い伝えはあるのだなと思った。

「雷が落ちた時は雨が降っていなかったんだけど、明日は雨が降りそうだね」

「こっちは、晴れるみたいだけど」

「ああ、そうか、ごめん、つい一緒の場所にいる気持ちになっていたんだ」

チカが控えめな声で笑って出来た、大変に和やかな雰囲気をぶち壊すのは気がひけないでもなかったけれど、気になった。

「雨の日は、戦争は？」

「雨の日は、私達が避難所に隠れてる場合じゃないから、なくなる時が多い」

国民にそんな気を遣えるなら、最初から戦争なんてするんじゃないとチカが憤《いきどお》る気持ちも分かる。こっちでも毎日戦争への心構えが色んなメディアで説かれているけれど、ばかばかしい。戦争を始めなければいいだけの話だ。

サイレンが鳴るまで、どれくらい時間があるのかは今日も分からない。チカに訊いてもまちまちだという。次がない可能性もふまえ、有益な情報をチカから吸収しなければならないのだけれど、その有益を見極めるのが難しかった。

最後の数分ほどは、チカの趣味だという、匂いで物語を感じる遊びについて聞いていた。もしこちらの世界にないものならば、何かに有効活用できるかもしれないし、俺自身が没頭できるものな可能性もある。しかし受け取り手それぞれの知覚に委ねられた娯楽を言葉で説明してもらっても、想像だけで理解するのは難しかった。

「次、持ってこようか？」

「それは、ルールとしては」

「大丈夫だと思う。そんなに強い匂いのするものでもないし」

喋っている途中で、チカの顔の横に爪が並ぶ。サイレンが鳴ったのだ。

「またね」

それだけの言葉を残して、いつも通りチカは消えた。

たった三文字の言葉で、俺達は再会の約束をした。次があるのかも分からないのに、このまま二人、もう二度と互いを認識することなく、それぞれの場所でこれからも生きていくだけなのかもしれないのに。だから、約束をしてしまったという方が正しいのかもしれない。約束は厄介な荷物だ。そんなものをチカに持たせてしまったし、俺も持ってしまった。

しかし心配したところで、対処のしようがないのだから、今は再会と、異世界の文化を体験できるかもしれない未来に期待しておくしかない。

立ち上がり、外に出て気がつく。

俺は、チカが幽霊や想像上の存在ではなく、生きているのだと、命を感じ始めている。

良いことかどうかは、今のところ判断のしようがない。

＊

こちらの世界でも、戦争が始まった。

雨が降っていた。晴天の予報を無視して。こちらの世界の戦争が天気で中止になったりはしないのだろうけれど。

戦争が起きても国民の生活が劇的に変わるわけじゃなかった。だからそんなことよりも俺は、突然降ってきたこの雨の意味を考えていた。

つまらない俺は思う。雨も落雷も、祖父の妹も、ひょっとしたら……。

俺のいる場所とチカのいる場所の間には、バス停以外にも重なる関係性があるのかもしれない。

今度会えた時に色々と確認しよう。それがいつになるのかは分からないが。

雨の日は基本的に走りには出ず、家で黙々と筋トレをこなすことに決めている。しかしチカと会うチャンスを失うわけにはいかないので、夜だけでもあのバス停へ確認に行かなければならない。

晴天の予報が一転して豪雨、それも朝は降っていなかったのだから、多くの生徒達は慌てて家族に連絡を取ったり、止《や》むまで学校での籠城《ろうじょう》を決め込んだりしているようだった。俺はロッカーに折り畳み傘を入れていたのでそれを持ってさっさと帰る。久しぶりに存在価値を発揮できて、こいつも傘として生まれたかいがあったろう。雨は傘に存在価値を生んで、チカの世界の戦争を止め得る。

そういえば和泉は雨女とか晴れ男って言葉が嫌いだった。天候ほどの影響力があるものを、人間達が予測したり、天の意思を推し量ろうとするようなことの愚かさをも含め和泉は否定していたのかもしれない、というのは買い被《かぶ》りだ。俺達、どうせつまんねえもんな。

今日は俺よりも斎藤の方が先に教室を出ていった。いつもどちらかがそうするように俺が背中を追い、何事もなく下駄箱に辿《たど》り着く。

斎藤が靴を履き替え行ってしまうのを待ってから、俺も靴を履き替える、いつもと同じ流れ。しかし上靴《うわぐつ》を下駄箱に入れ出入り口の方へ向くと、いつもとは違う出来事が起こっていた。

斎藤が何故か、立ち止まっている。出入り口のところで立ち尽くして、空を見ている。どうしたのか、と、俺に考える時間も与えず、奴はすぐ立ち止まったことを恥じるみたいに、雨の中へそのまま踏み出していこうとした。

「おいっ」

反射的だったから、呼びかけが乱暴になった。流石《さすが》に、目の前でずぶ濡《ぬ》れになろうとしてる奴を無視するのは、暴力とそう変わらないことのように思えた。もし斎藤が立ち止まらないならそれでも良かった。別に追いかけるような義理はない。ほんのちょっとでも自分のことだと思って振り返ったらでいいと思っていたのだけど、実際振り返られると意外な気持ちになった。

「これ、使っていいよ。俺もう一本あるから」

歩み寄って折り畳み傘を差し出す。彼女もまた俺の行動が意外だったのだろう、目を見開き、俺の顔を見た。

それからまた俺にとって意外だったのは、斎藤が「ありがとう」と存外はっきり発音して傘を受け取り、開くとすぐ雨の中へ歩いていったことだった。傘を借りるか否《いな》かという押し問答が起こるか、もしくは完全に無視されるような未来を想像していた。斎藤がきちんとコミュニケーションを取ってきたのが意外だったし、更に言えば、そのコミュニケーションの根本に、面倒だから受け入れる、という雰囲気を感じたこともひっかかった。それは生活を送る上で、俺の行動原理の一つだった。ところで傘がもう一本あるというのは嘘だ。

晴れ間がのぞいてきたのは、その日からきっかり一週間後のことで、学校は春休みに入っていた。休みが明ければ、二年生になる。

学年はどうでもいいが、チカと出会ってから一ヶ月が経過していることについては深く考えていた。はじめは一度や二度の機会で全てが終わってしまうかもと思っていたのだけれど、最近は何度も会える現実に、やはり何か意味があるような気がしている。依然、いつ二人の関係が終わってしまうか分からないのは確かだが、俺達を繋《つな》げた何かが生まれるべき特別を待ってくれているような。これもひどく創作的だ。

チカが現れたのは、青空が見えてから二日後のことだった。

「早速なんだけど、持って来たよ××、えっと匂いのする、あれ」

言い換えが上手《うま》く見当たらなかったようで、見えない口元から笑いの息が漏れる音がする。最初に会った時からチカの印象も少し変わった。

「ああ、ありがとう」

「これ本当は布とかにつけるものなんだけど、カヤには見えないだろうから、私の指先につけて、嗅《か》いでもらってもいい？」

「うん、チカが良ければ」

横に置いていたのだろう、それを手に取るチカの動作を見守る。小瓶のようなものを想像しているのだけれど、流石に形状を爪の動きのみで理解するのは難しい。じっと見ていたはずなのに、やがてチカが指先をこすりあわせる動作だけが分かって、指につける作業はいつの間にか終わっていたようだと知る。

俺は一度立ち上がり、自分の鼻がチカの指の届く位置に来るよう、少しだけ右にずれて座りなおした。近づくと、人の気配がぐっと濃くなる。

「雨のシーンにしてみたの。はい」

光る爪が、並んでこちらに差し出される。チカの指が目に刺さったりしないよう注意して顔を近づけ、遠慮気味に鼻で息を吸いこむと、匂いがした。

形容しがたいとは、このことかと思うような、経験のない匂いだった。確かにチカの言う通り強い匂いではなく、不快というような感じでもない。しかし良い匂いかと問われれば、分からない。甘いとも酸《す》っぱいとも違う、雨と言われて想像したようなものでもない。なんの匂いなんだろう、これは。

「どう？」

訊かれて、顔を爪から離す。

「初めて嗅いだ匂いだ」

「カヤの雨のシーンはどんなだった？」

「何も」

チカが、腕を引っ込める。目の角度が変わったのは、首を傾《かし》げたのだろうか。

「何も浮かばなかった。チカが言ってたように、頭にシーンが思い浮かぶとかいうことは、なかった」

「もうちょっとつけたほうがいいのかな」

チカはまた先ほどと同じ動作を繰り返し、こちらに指先を差し出した。なんとなく想像できる結果と、その想像が外れるように願う心の間で、俺ももう一度チカの指に顔を近づけてみる。

「うん、不思議な匂いだとは思うけど、なんというか、痒《かゆ》い場所があるのにどこか分からない感じで、どういう匂いなのか摑《つか》めない。俺の頭が、対応してない感じっつうか」

「もしくは、この文化にカヤの世界が対応してないか?」

「その可能性もあるかもしれない」

感じ取れなかったのは残念だった。打ち込めるかどうかという判断以前、俺にはチカと同じような楽しみ方が出来ない遊びだと判明してしまった。しかし、感じ取れないという感覚を味わえたのは貴重な体験だ。また一つ、チカが本当にこの世界の存在ではないという可能性を高める事実であるように思えた。

「ちなみに、だけど、チカがこの匂いから感じるのって、どんなシーン?」

無言で、チカは自分の指を、目の下のあたりに持っていく。そのあたりに鼻があると、実際には初めて知った。顔の造形は、やはり人に近いようだ。

「森の中」

「うん」

「鬱蒼《うっそう》とした森の中で、女の子が歩いていると弱い雨が降ってくる。弱いからほとんどの雨粒は女の子に届く前に枝葉が受け止めてくれている。でもしばらくするとどこかから大きな音がするの。その音の振動で、葉っぱや枝に溜《た》まった雨がいっせいに落ちてきて女の子を濡らす。そんな場面が思い浮かぶ」

チカの想像に思いを馳《は》せてみる。自分なりに情景を描くことはできるけれど、チカの想像とは葉っぱの色も、女の子の表情も、雨の量も違うことだろう。そしてそれこそこの遊びの本質なのかもしれないと思う。そもそもが創作物というのは常に一定の余白を受け取り手に委ねていて、恐らくはこの匂いから物語を受け取るという娯楽が、小説などと比べてもとりわけ自由度の高いものだということなのではないだろうか。

ひょっとすると、チカの世界の住人達が、匂いというものを俺達が知らない次元で捉《とら》えて楽しんでいる可能性もある。

「チカの世界では、この匂いから、皆が雨の想像をするのか？」

「方向性は同じ。私は細かく物語を感じようとしているから、例えば想像したことを文字に起こした時に私のものは他の人のものより、いつも長くなる。だから普通より長い時間をかけて楽しんでいる方だと思う」

これまでに知ったチカの性質のようなものから、納得がいく。

「どうやって作られるものなんだ？」

「×××っていう、匂いを作り出す人がいて、その人達が時間をかけて物語を作るの。とても特別な仕事だよ」

聞こえなかった部分は、恐らく職人の呼び名で、二度目も聞き取れることはないだろうからスルーした。ふと、チカもそういう仕事に就きたいのかと思い、訊いてみると、彼女は、多分首を傾げた。

「どうかな、例えば、私の部屋にこれ以上ないほどぴったりなものを誰も作ってくれないなら自分で作りたいと思うかもしれないけど、仕事にするためには、受け取る人がどう思うかも考えなくちゃいけないから、向いてないと思う。私は、自分の考えることと自分の感じることのためだけに生きているから」

「なるほど」

チカのその考え方を好ましく、いやそこまでじゃないかもしれないが、興味深くは思っている自分がいた。チカと俺の考え方はある意味で重なっている部分がある気がした。

何故か、それで思い出した。

「そういえば、話したいことがあったんだ。チカに」

「うん、何？」

「天気と、それから親戚《しんせき》についてなんだけど」

あの雨の日に思いつき、それからずっと考えていたことを俺はチカに話した。

簡単に言えば、俺のいる場所と、チカのいる場所では、このバス停以外にも重なる部分があるのじゃないかということ。それは周囲で起こる事象にもおよび、ひょっとすると、二つの異なる世界が鏡のようになっているのではというところまで、俺は考え始めていた。あまりに創作的で思いついた時には恥ずかしく思ったものだけれど、チカには可能性の一つとして話す価値があった。

予想通り、チカは馬鹿にしたり足蹴《あしげ》にしたりするそぶりをちらりとも見せなかった。見えなかっただけ、かもしれない。

「私の町でも、雲は太陽が七回沈むまで空を覆《おお》っていた。だから、可能性はあるかもしれない。雷のことなんかも。だけど、もう少し、確証になるものがあればいいね。近頃、カヤの周りで何かあった？」

「学校が、休みに入ったけど」

「私の方で、特に何かが休みになったことはなかったな」

そういえばチカは学校を卒業したと前に聞いた。ならば、学校に通っていないチカの身に起こりそうなことでないと分かりにくいだろう。俺のコピーアンドペーストみたいな日常に何かあったろうか。

「普段はしないことをしたりしなかった？」

その質問で最初に思い浮かべたのはあまりにもチカにとってどうでもいいだろう出来事で、俺は自分自身に呆《あき》れた。

「いや、まあ、うん、ないかな」

「そうか、うーん」

チカは目をつむり、両手をふとももものあたりで前後させる。癖かと思っていたけれど、ひょっとして寒いのだろうか。どちらにせよ、停滞する会話。少し考えて、時間を無駄に使うよりは一つでも可能性を掘った方がマシな気がして、さっきの思いつきをチカに話してみることにした。

「あの、傘って、分かる？」

「うん、雨の時にさす」

「どうでもいい話なんだけどさ」

「カヤの話にどうでもいいものなんてないよ」

一瞬、言葉を詰まらせてしまう。

「ほんとに気にかけるほどの話じゃないんだ。チカと前に会った次の日、大雨が降ったんだけど、普段は全く話さない奴が傘を持ってなくて、話しかけて貸したんだ」

だからなんだ、と話していて自分で思った。

大抵の場合、俺の周りにある世界はつまらない俺の予想を裏切ってくれたりしない。しかし、ここがバス停の待合室だからだろうか、それとも相手がチカだからだろうか。俺の予想とはまるで違う言葉が、暗がりから聞こえた。

「ほら、どうでもいい話なんてない」

それは驚きを押し込め、微笑《ほほえ》みを演出しているような声だと思った。目は、まん丸と俺を見ている。

「私も、その日、戦争で戦う仕事をしている人がたまたま近くを通りかかって、いつもは話しかけたりなんて絶対しないんだけどね。雨が降ってきたから、傘を貸したの」

「それは」

二つの世界が合致したと決めつけるのは早すぎる。まだ、偶然だという可能性の大いにあるような話だ。しかしすぐさま否定してしまうほどでもない。

「いつも話しかけないのは、なんで？」

訊《き》いておいて、我ながら本質的には不要な質問だと思った。そのことが気になったのは、行動の理由が差別的なものであってほしくないと思ったからだった。ならば訊かなければ全《すべ》てが平和なのだが、個人を認めて付き合おうと思うなら、見限らないチャンスと同様に、見限るチャンスも持たなければならない。

「互いに、互いの意識の匂いみたいなものがつくことが、私は怖いんだと思う」

「意識の、匂い？」

「うん、匂い。私の、自分の考えのためだけに生きている意識、その粒子みたいなものが、彼らに付着して、もし本当に命の危険にさらされた時、その匂いで彼らが誰かのために生き残る邪魔をしちゃうんじゃないかと怖い。そして、彼らの、誰かのために戦ったり生きたりしている意識が、私の部屋や頭の中に不純物を入れてしまうんじゃないかと怖いの。自分勝手だけど、だから、普段は話しかけないようにしている」

「じゃあ、なんで」

話しかけた？　という部分はいらなかった。

「雨の匂いしか、しなかったからかな」

その声を受け止めて、初めて、俺は上手く情報を得られないからという以外の理由で、どうして今チカの表情を見られないのだろうと、強く思った。

細くなった目の、その周りが一体、どんな風に動いているのかを知りたくなった。声だけで伝わった言い訳と、懺悔《ざんげ》と、優しさと、楽しさを、チカがどう表情で混ぜ合わせるのかを知りたかった。

あるいは、見えないからこそ、それだけの感情が言葉にこもっていることを聞き手に感じさせるのだろうか。

分からないけれど、ともかく。

彼女の顔が見たくなった。

「カヤが傘を貸したのは、どんな人？」

「あー、そうだな、なんつったらいいんだろ。毎日、同じ場所で会うんだけど、話したこともないし、話すつもりもなかったんだ。静かでいつもうつむいてて、必要以上には喋《しゃべ》ろうとしないから、どんな奴かは、あんまり分からない」

話していて、これじゃあまるで俺と同種の人間だと説明しているも同じかもしれないと思った。撤回しようとしたけど、先にチカが言葉を挟んだ。

「カヤとはまるで違う人だね。むしろ、やっぱり私が傘を貸した人みたい」

「そうか、うん」

あいつと自分が違うのは当然だと思う反面、チカの考える俺は一体どんな人間なんだろうと不安にもなった。前の席の田中の言う通り、外から見れば俺もうちのクラスの斎藤も同じような人間なのだと思っていたから。

「でも、俺とチカのいる場所が、互いに関係しあってるとしてもさ、そんな細かいことまで、影響し合うもんかな」

「例えば私とカヤを出発点としているんだったら、私とカヤの間で起こる細かい一致が、遠くに行くにつれて大きな一致になるのかも」

もしそれが本当だとしたら、細かい一致というのがどれほどまで及ぶのか知る必要がある。例えば偶然のものだけなのか、それとも意図的に影響を与えることが出来るのか。つまり、どちらも偶然傘を貸したに過ぎないのか、もしくは、どちらかが傘を貸したからもう一方も傘を貸したのか、ということだ。もしも後者なら、互いの行動に逐一意味が生まれる。

ただ、互いの世界を関係づけているものがどれだけあったとしても、起点が俺達二人であるというチカの意見に賛同は出来なかった。そんな、下手をしたらこちらの世界を揺るがしかねないきっかけが、俺みたいなつまらない人間であるはずない。だから事実であったとして起点は俺達ではなく、このバス停であり、チカの避難所なのだろう。場所と場所がなんらかの理由で二つの世界を繋げた。そう考える方が幾分かありえそうだ。場所にはつまらないも何もないからフラットに選ばれたとしても、おかしくない。

「今度会う時までに、いつもはしない行動をそれぞれにしてみようよ」

「そうだな、分かりやすい行動をいくつか考えよう」

こうしてまた、いつ終わるとも知れない関係を繋げる約束をしてしまった。人との関係なんて、今すぐにか何十年後か、いつかは必ず裏切るという決まりの上で成り立っている。だから出来るだけ多く会いたがり、荷物になるとしても約束をする。人の意思なんていずれ来る別れにはなんの関係もないのだろうに。

例えば、関係のない事象や人物にぶち壊されることが、いつ何時《なんどき》起こるかも分からない。

その時への覚悟なんて決まるはずもなく、やって来る。

ガラガラという音が耳に届いた。最初はなんの音なのか分からなかった。馬鹿な俺は、完全に可能性としてそれを捨てきっていたのだ。

だから、次の音が耳に届き脳に届く方が、俺がその危機に気がつくよりも早かった。

「何してんだ、こんなとこで」

椅子《いす》から尻《しり》が浮くほどの心理的衝撃が体に襲いかかり、チカを隠すよりも先に、まず反射的に声のした方を見てしまった。不思議なもので、意識の向いていない間はこんなにもやすやすと他者の介入を許したというのに、気がついてからは神経が鋭敏になり全てがスローモーションのように感じられた。ドアを開けて声をかけてきた奴の顔を見るまでに、俺は相手が誰なのか様々な可能性を考えた。

顔を見合わせて言葉を失っていると、相手もバツが悪くなったのか、まるで一人で受け答えをするかのように「いや」という否定の言葉から話し始めた。

「香弥が最近帰ってくんの遅いから母さんが心配しててさ、悪いと思ったけど後ろからついてきて、こんなとこ入ってしばらく出てこないから、ヤバい薬でもやってんじゃないかと思ったけど、そういうわけでもなさそうで、良かったよ、うん」

兄は、家族想《おも》いの兄は、本当に申し訳ないという気持ちと、弟がこんな場所にいることが不思議でならないという気持ちの狭間《はざま》にいる照れ笑いのような表情を浮かべていた。

「いや」という言葉で俺も会話を始めてしまったのは、やはり兄弟だからなのか。そうだとは、死んでも認めたくない。兄への反発、なんてものじゃなく、DNAで意思までが決まってしまうことに対しての拒絶だ。

「休憩してただけだ」

頭をフル回転して出した俺の返答がそれだった。

平常心を装《よそお》い、本当の心が微塵《みじん》も兄に漏れないように努める。

そうしながら、俺は必死に願っていた。

兄が、チカの目と爪に気がつかないよう。そして、チカが言葉を発しないよう。

兄は俺とは違う。恐らくチカの存在に気がつけば、即座にオカルトだなんだと決めつけ、逃げ出すだろうし、俺に二度とここに近づくなと忠告するだろう。そしてきっとここの存在を周りに広めてしまう。それが何よりも厄介だ。だから、今は何事もなく兄が立ち去ってくれるのを待つしかない。

「いっつもここか、もう少し行ったところにある公園で休憩してる」

「にしてもなんでこんな暗いとこ走ってんだよ。ヤバい奴とでも会ってんのかと思ったよ」

会ってんのかと思った。気づいていない。

「考えごとしてるから、人がいない方がいいんだよ。家族にあとつけられてる程度なんだから、ヤバいことやってたらすぐ捕まる」

「そっか、確かにそうだな」

万が一にも気づくきっかけを兄に与えたくない。だからちらりとさえチカの方に目は向けない。彼女は俺が何を言わずとも、黙ってくれている。突然の来訪者を警戒しているのだろうか。

「じゃあ、もう遅いし、帰るか?」

考えるふりをしてから、首を横に振る。

「いや、もう少しして帰るよ。一緒に帰ったら、俺に言いくるめられたみたいに見えるだろ? 先に帰って母さんに無実だって言っといて」

なんの、本当になんの理屈も通ってない理由だったが、兄は「そうだな、分かった」と頷《うなず》き、「あんまり遅くなんなよ。見つからないように」と俺を気遣って、待合室を後にした。兄が、チカのように思慮深い人間でなくて、助かった。

兄がもう一度戻ってくる可能性も考えて、すぐには言葉を発さず、じっと目をつぶって自らの心を整えていた。一瞬、兄への怨《うら》み言を口にしそうになったが、このような事態に備えていなかった自分が悪いのだ。緊張感を持たなければ。

しばらく時間が経《た》っても兄が戻ってくる様子はなかったので、俺は立ち上がって開け放たれたドアを閉めた。それからようやく、チカの方へと振り返る。

だが。

そこに、チカの目と爪の光はなかった。

「チカ」

返事はない。

「チカ、いないのか？」

やはり光はない。どこにも。

瞬間的に、三つの可能性を考えた。一番好ましい可能性は、チカが機転を利《き》かせて、目をつぶり、爪を体の他の部分で隠したということ。しかし、反応はない。

次に望まれる可能性として、俺が兄と話している間にサイレンが鳴ったというのも考えた。チカがそっと席を外したことに俺が気がつかなかったのであれば、兄が気づいたとも思えないし、今日はこれ以上の会話が出来ず残念には思うが、次の機会をまた待てばいい。

しかし一つ、最悪の可能性も、頭をよぎった。

他者の介入が、この待合室とチカのいる地下室との繋がりを断ってしまったのではないかということ。

もし、こちらとあちらを繋げる条件に、この待合室と、チカの避難所、そして、俺とチカが関わっているとして、そこに他者の介入は許されていないのだとしたら。

血の気が引くのを感じる。めまいのようなものを感じる。

「チカ」

恐らく、もうそこにはいないと分かっている。それでも、呼びかけてしまう。

当然返事はない。

まだ、分からない。俺の考えた可能性のどれでもないことだってもちろんありうる。

しかしどんな理由だったとしても、もう二度と会えないとしたら。

こんなことで。

考えただけで、目の前が暗くなった。

何が俺達を繋げているのか、まだ知らない。ひょっとしたらそんなもの、最初からないのかもしれない。

何も出来ない俺は、去る前にせめて祈ることにした。

それくらいしか、出来なかった。

まだ、何もなしていないのに。

＊

「カヤ」

生涯で、ただ名前を呼ばれたことにこんなにも安堵《あんど》する日が今後来るのだろうか。

少なくとも、今この瞬間まではなかった。

バス停の待合室に兄が乱入してきてから二週間が経ち、俺は二年生になっていた。

再会はもうないのかもしれないと心から案じた。くだらない八つ当たりを周囲の人間に撒《ま》き散らしてしまいそうにすらなった。

だからチカに会えたら、喜びと心配をきちんと伝え、あの時こちら側で何が起こったのかを説明し、チカが突然いなくなった理由を訊いて、しかし何はともあれ再会を祝すはずだった。夢にさえ見た。

なのに、名前を呼ばれた俺は、自分でも全く想定していなかった疑問を口走った。

「チカ、それ、なんだ？」

座る前に俺が指さした部分を、チカは見なかった。代わりにその部分、チカの足の爪から少し上にある、先日までは見えなかった強く光っている部分に、彼女は手を添えた。

「そうか、見えるんだ」

浮かびあがっていた。はっきりと。

目や爪ほど均等で整った形をしていないそれは、人間で言うと脛《すね》のあたりだろうか、大小さまざまな蚯蚓腫《みみずば》れのような形の線が、連なり重なっている。目や爪よりも強く光っていて、まるで、生命力を主張しているかのようだった。

「怪我《けが》したの。放し飼いにされてる××に、嚙《か》まれてしまって」

放し飼い、犬みたいな生き物について言っているのだろうか、そうだろう、きっと。

「大丈夫なのか？」

「うん、これくらいなんともない、すぐ治るよ」

「それは、良かった。けどあの、どうして、光ってるんだ？」

その犬みたいな生き物の牙《きば》にそういった毒があるとか、薬の色であるとか、可能性をいくつか考えたのだけれど、違った。

「カヤの血は、光っていないの？」

俺は、首を横に振った。首を振りつつ息を飲んでいた。

この時、俺はようやく理解することが出来た。

チカは俺と同じ生き物ではないのだ。

時間や場所なんていう些末《さまつ》なことじゃなく、きっと、本当に違う世界の存在だ。

今までにチカから聞いた情報と仮説が、くっきりとした輪郭を持って心の中に落ち着いた。

もちろん彼女が異世界にいる未知の生物だからといって、それを理由に彼女を差別しようとか、考えたわけでは断じてない。

チカの血は光る。その事実もまたしかと受け止め、俺の常識が通じないことを前提としなければならないと考えた。

その上で俺は、もう一つの驚きに目を向ける。

すぐにチカに報告したくてたまらなくなった。ただのガキのようだ。ひどく残念だが、ただのガキなんだ。

「俺達の血は光ってない」

「そうなんだ、やっぱり違う世界の」

「ほら」

俺はチカの言葉を遮って、はいていたジャージのズボンをたくし上げ、自分の足をチカに見せつけた。チカが怪我しているのとは反対の足、右足だった。

「それは、怪我をしているの？」

暗くて見えないかもしれないと思ったけれど、チカの目には俺の傷がきちんと映っているようだった。

「これが俺達の血だ」

チカとは違う、人間の固まった血。

「どうしたの？　××に襲われた？」

「いや、俺は、走っててちょっと転んだんだ」

嘘だった。本当は、くだらないと分かりつつ、何の意味もないと分かりつつ、八つ当たりで道端に落ちていた木材を蹴飛ばしたら、脛にぶつけた。そこに釘《くぎ》が生えていた。

「怪我した理由はいいんだ。驚いた。まさか、チカも怪我をしてると思わなかった」

「そんなことまで、影響し合っているなんて」

「これじゃ、俺、チカに痛い思いさせないよう、注射すら気をつけないといけないかもな」

互いの世界が、異世界にいるはずの俺達二人が、影響し合っている。そんな特別な状況にテンションが上がってしまい、冗談のようなことを言ってしまった。すぐに照れて誤魔化すために俺はズボンのすそを元に戻した。

自分が立ったままなことすら、舞い上がっているようで少し気恥ずかしく感じる。いつもの場所に座って取り繕いつつチカを見た。

するとチカも俺を無言で見ていた。ひょっとして何か失礼なことを言ってしまったかと焦《あせ》った。

「あ、別に二人揃《そろ》って怪我してるのを嫌がってるわけじゃない。勘違いさせたらごめん」

思わずチカが何かを口にする前に言い訳してしまう。

「ううん、そういうことを思っていたんじゃないよ」

目が細くなるのは、チカが与えてくれる唯一《ゆいいつ》の微笑みの情報。多分。

「じゃあ、何を？」

チカは目線を俺の顔から少し下げた。どういった反応なのだろうと考える時間が十分にあった。俺が目線を下げる時のことを考えれば、言葉を探している動作なのだと思った。やがて、彼女の視線は俺の目へと帰って来た。

「会えてよかったね、カヤ」

「あ、うん、また会えてよかった。それは俺も、思う」

真っすぐな言葉に普通に照れてしまい、その照れをはらんだまま言葉を返してしまったことがまた恥ずかしい。照れ隠しにも会話の流れとしてもちょうどよかったので、俺は「そういえば」と、会う前から予定していた話を切り出すことにした。

「この前は、ごめん。いきなり人が来て」

「やっぱり、誰か来てたんだ」

「うん、俺の、兄なんだ」

あれから俺は努めて、兄と普通に接した。もしも兄に対して不機嫌な態度をとれば、この待合室を見られたことが何か不都合だったのではと怪しまれるかもしれない。せっかくチカと再会出来てもまた邪魔が入りうる。そうさせないために、現状では、いつも通り兄とつかず離れずの関係でいなければならなかった。

「へえ、どんな人か見てみたかったな」

ということは、ちゃんと見る暇もなくチカはここを去ったのだろうか。

「そっちを確認できないでいるうちに、チカはもういなくなってたみたいだけど、あの時どうしてた？」

「サイレンが鳴ったの。カヤが誰かと話しているのが分かったから、邪魔をしないように何も言わずに去ってしまって、ごめんなさい」

「いや、それは全く謝らなくていいよ」

心配に心配を重ねたが、今となってはどうでもよいことだ。次から同じような事態があった時のために対応策が必要ではあるだろう。不用意な動作で侵入者にチカの存在を知らせるようなまねは避けたい。

「サイレンは神聖なものとされてて、私達は絶対に従わなくちゃいけないの。だからまた、そっちで誰かが来た時にサイレンが鳴ったら、同じ行動をとってしまうと思う」

「いや、結果的に、俺の兄にチカが見つからなかったんだし、良かったよ。対策出来ればそれにこしたことはないけど」

言いながら、気がついた。以前はなんの躊躇《ちゅうちょ》も未練もなさそうにここを去っていたチカが、何も言わず消えることを申し訳なく思ってくれているのだと。単純に嬉《うれ》しく感じる。友好は本物であった方が様々な目的達成のために良いに決まっている。

チカが「んー」と、俺達人間が考えている時に発するような声を暗闇《くらやみ》から発した。早くも対策を思いついたのだろうか。

「そのことなんだけど、あのね、カヤのお兄さんに、私が見えていた可能性ってあるのかな」

「どういうこと？」

「私には、カヤのお兄さんは見えなかったから」

「え？」

俺が、チカの言葉の意味を考えていると、理知的な彼女は「ちゃんと説明すると」とこちらに配慮してくれた。

「私が、カヤのところに誰かが来たって分かったのは、カヤが私以外の方を向いて喋り出したから。話しかけていた相手が見えていたわけじゃない」

「なん……」

「カヤは、独り言は少ししか言わないもんね」

友好と、秘密の共有と、それからほんの少し、からかいのエッセンスが混じった声。

どうしてそんな、と考えすぐに思い出す。彼女には、一人でこの待合室で黄昏《たそがれ》ていた自分を見られているのだ。でも今は、そのことを恥ずかしがっている場合ではない。

「チカに見えてなかったから、あっちにも見えないんじゃないかって、ことか？」

「うん、そしてひょっとしたら、こっちの避難所に私以外の人が来ても、カヤには見えないのかも。私に、そっちの停留所に来たカヤのお兄さんが見えないように」

「チカしか、見えない」

「私には、ここではカヤしか見えない。前に気持ちの話でそういうことを言ったけど、本当にそうなのかもしれないって、カヤのお兄さんの件を通して、思った」

繋がっているのは、場所じゃなく。繋がっているのは、二人。

俺達だけ。

そういう考え方を提示され、背すじに走ったぞくぞくとする緊張とはうらはら、喜んでいいものか迷った。

俺に対し、友好を示してくれるチカに言うのは躊躇《ためら》われたが、伝えなければならない。

「だとしたら、チカの存在が、俺の空想だって可能性も、高まる」

「うん、そうだね」

意外、というわけでもない、チカの性質を考えると。しかし、あっけらかんと頷いたチカに拍子抜けしたのは事実だった。

「私にとってのカヤもそう。そのことを証明する術《すべ》はない。でも、たとえ、カヤの存在が私の空想だったとしても、私はいいよ。私が、私の中のカヤを大事にする」

それも、これまでに聞いたチカの生き方に関する考えと繋がっていて、筋が通っているように思う。納得がいく。

でも、俺にとっては、それではダメなんだ。チカが自分の妄想の中の生き物だとすると、チカの存在は俺の中にあるものを何も超えていかないことになる。それではダメだ。出会った意味がない。出会ったわけですらないかもしれない。ダメだ。

「本当に、証明する方法はないかな」

「ないと思う。どこまでが空想なのか、どこまでが自分の頭の中で起こったことなのか、確かめようがない。例えば、私がカヤのことを刃物で刺したとして」

すげえ物騒なことだが、俺もチカが言ったのと同じようなことを手段として考えていた。しかしもちろん、俺が怪我をすればチカにも怪我をさせる可能性があると分かった以上、却下だ。

「でもそれがカヤにとって私の存在の証明にはならないでしょう？　刺されたと思っているのはカヤだけで、本当は自分で刺して忘れただけなのかもしれない。そういう風に考えだしたらきりがない。この世界だって、本当は私の空想で、そもそもないものなのかもしれない」

創作的すぎる、とも言い切れない。何者でもないつまらない俺も、平然と殺し合いが起きるくだらない世界も、俺の脳が作り出した幻想だと言われたところで完全否定できない。俺達は皆、あたかも現実のような夢を見る。生まれてからこれまでが、覚めない夢かもしれない。でも、そうか。

「死ぬまで覚めない夢を、夢だって分かることには、あんまり意味がないか」

「うん、そう思う。ねえ、カヤ、手をこっちに伸ばして」

いつかみたいに、俺は素直にチカの方へと手を伸ばす。

チカの冷たい手が、俺の指先を握る。俺の手は相変わらず握手の形をしている。どれもこれも、全てが夢なのかもしれない。理解できて、いつの日か納得が出来たとしても、それは、あまりに、ひどい。

「意味がないかもしれなくても、もう一度、言葉にするね」

改まって、何をだろう。

これが夢だと、証明なんて出来ないということをだろうか。

「夢の中だとしても、カヤに会えてよかった。私はそれでいい」

チカの声は、ハスキーで優しい。

ふわりと、声が舞って耳に届き、そこから全身に浸透していくようだった。

体の部位それぞれにじんわりと声が到達するたびに、その部分の皮膚が浮き上がる感覚を覚え、波のように全身を流れていった。

やがてその感覚がチカの触れている指先にまで到達した時、俺は自分から先に手を引き戻した。

「わ、別れの言葉？」

今本当に言いたいことではないと自覚しながら、それでも出てしまうのは何故《なぜ》なのだろうか。

チカは空気の音を漏らしながら、少し笑う。

「違うよ。でも確かに、物語の別れの言葉にありそうだったかもね」

そう、そうだ、そういう意味で言ったけれど、心を言い表したものではない。ならばさっき本当に言葉にしたかったことはなんだったのかと自問しても、先ほどの全身が波打つ不思議な感覚と一緒に、既にどこかに行ってしまっていた。

「物語なら、ここでちょうど夢から覚めるところだ」

恐らく何かチカを喜ばせる言葉を口走ろうとしていた気がしたから、少しでも先ほどいたはずの自分の意に添うため話を合わせた。

「そうだね、でも覚めなかったから、ほんの少しだけ、これが夢じゃない可能性が高まったかもしれない。そうやって、あくまで私達にとっての本物の濃度をあげていくしかない」

本物の濃度、俺達がここにいる証明の粘度。戦争も他人も常識も関係のない、他の誰でもなく、俺達にとっての本物について。この世界を夢から現実に変えていく方法。俺だけが知る、チカという本物。

そうだ、思い出した。

「そういえば、前にチカと話してたこと、やってきたんだ。あの、チカの世界との影響を確かめるための、普段はしない行動をいくつか。この傷より明確な影響があるかは分からないけど」

「私もやったよ。カヤから、聞かせてもらってもいい？」

「もちろん」

新学期も始まって既に一週間、チカのことを心配しながらも、俺は自分なりに行動していた。単に、やるべきことがなければ不安に押しつぶされるのを自覚していただけとも言えるが、とにかく、やることはやった。

「ええと、まずは」

俺が意識的に選んだ、普段とらない行動は三つだ。

一つ目、人に対する行動。これは簡単なことで、挨拶《あいさつ》をするようにした。先日聞いたチカと軍人の話を考えると、互いの周囲にはそれぞれ対応する存在がいるのかもしれないと想像し、特定の人間を相手に行動を起こしてみた。

「おはよう」

最初の一回は無視をされ、再度大き目の声で言った。

「おはよう」

「へ？」

クラス替えのないうちの学校で、一年生の時は前の席にいた田中が、今度は横の席から、これぞ訝《いぶか》し気という顔で俺の方を見た。いつもなら田中がちょっかいをかけてくるだけの関係を、俺が突然壊そうとしたのだからその表情も頷ける。しかし最初の二、三日は気味悪がっていた田中も、四日目になると交わした挨拶から会話を始め、五日目には朝撮ったという犬の写真を見せびらかしてきた。そこまでは望んでいなかったが、まあいい。

二つ目は物に対する行動。俺は家にある全ての靴をひたすら磨いた。この行動を選んだのは、チカの足の爪がいつも見えていることを思い出したからだ。チカの世界に靴はあるのか、なかったとしたら俺の行動がどのように影響するのかに興味があった。最後は、場所に対する行動を起こすことに決めていたが、これは少々迷った。実験場として手っ取り早いのは家だが、チカが大切にしている部屋に影響を与えるかもしれない行動は憚《はばか》られた。結局、一つ目の行動と多少かぶることにはなるけれども、俺は学校で行動しようと決めた。放課後、学校に一時間ほど居座るという行動をとった。挨拶と並び、俺の不自然な行動に横の席の田中はこれぞ怪訝《けげん》という顔をしていたけれど、やがてその時間に会話することも増え、最後はきちんと「見つからないように」と声をかけあって別れるようになった。いつもの通り、斎藤はそそくさと教室を出ていっていた。

そういったこの期間の行動を伝えると、チカは「なるほど」と呟《つぶや》いてから、考える仕草をした。目と爪で分かる範囲の。

「私達も靴は履くよ。ここでは履いていないけど、外では戦争で物が壊れていることもあるから危ないものを踏まないように。でも磨いてはいなかった。それから普段向かわない場所に行く機会はあったけど、学校とは関係ないな」

「ちなみに、どこ？」

「×××、多分聞こえないよね」

「うん、どうして」

「戦争に関係ある場所だから。サイレンを鳴かせたり、怪我人や稀《まれ》に出る死人の数を確認したりしている場所があるの。当番制で被害報告をしに行っていたんだ。カヤが普段しない人に挨拶していたっていうのも、私はそこで一緒に当番になった知らない人達大勢に挨拶していたから関係は分からないな」

「そうか」

不特定多数の誰かに挨拶をした、ということだ。

「少し、ひょっとしたら病気や怪我だけが影響するのかとも思ったけど」

「傘は、どういうことだ？」

「傘を貸した行動じゃなく、雨に濡《ぬ》れた状態が影響し合って、気づかないうちに体調を崩してる可能性もあるかなって。だけど、落雷のこともあるから違うよね」

確かに違うかもしれない。しかし、そうか、そんな考え方があるか。

行動だけじゃなく、その前後の経緯にも目を向ける視野が俺にはなかった。俺の持たなかった考えを、目の前の存在が持っていたことが心強くもあり、同時に俺には思い浮かばなかったことが悔しくもあった。

俺も何か、チカに有益な考え方を提供したい。世界をまたがずとも、良い影響を与え合える一番単純な方法だと思う。でも、簡単には思い浮かばず、もどかしい。思わずため息の一つも出る。

「チカの世界と、こっちの世界、関係性の法則を見つけられたら、互いに色々と役に立ちそうなのにな」

例えばそう、相手の世界で何かに道を塞《ふさ》がれているため取りに行けない大切なものを、こちらの世界で対応している何かを動かすことで、取りに行けるようになったり、そういうレベルのことでもいい。以前試しにやってみたテレビゲームにそんな仕掛けでクリアするものがあった。あちらの世界で壁を動かすと、こちらの世界での障害物がなくなって宝箱を取れる、というような。

「そうだね、もしも、私が幸せになってカヤも幸せになるようなことがあったら、とてもいいことのように思う」

それはそうだ。互いに満足の行く人生を歩むための一助に、互いがなれれば一番いい。もちろん、チカに俺の願いを一方的に叶《かな》えてもらう気なんてまるでない。

法則についての想像は一旦《いったん》保留することとした。ひとまずは思考のための材料を集めなくてはと、今度はチカがこの一週間でしてきた特別な行動の話を聞く。

「一つは、食事」

「食事？」

「うん、生きる上で必要なことにまで、お互いの行動が影響を与え合っているとしたら重大だと思って、確かめてみたかったの。具体的には、一日、水を飲まないようにしてみた」

「えっ、水って、水の他には何か飲んでたのか？」

「ううん、水分を一切とらないようにしたの。カヤはそんな日はあった？」

「いや、ない、けど」

「そうか、でも良かった、少なくとも食べ物は自由にとれるね」

なんでもないことのように、チカは言う。俺はチカの検証への意気込みが頼もしくもあったが、心配になった。

「何も、そんな体調悪くなりそうなことしなくていいよ」

「心配してくれているの？　全く問題なかったよ。ほら、人って水なしでも三十回は日の出を見られるっていうし」

「マジか」

このマジかはもちろん、人間は水なしでも一ヶ月生きられるという情報を今初めて知ったから、ではない。俺の知る限り、人は水なしでそんなには生きられない。俺とチカ、やはり生物としての根本が違うのだと改めて突きつけられて思わず出てしまった反応だった。

「カヤ達はそうじゃないの？」

「うん、そんなには生きられない」

「血のこともだけど、私とカヤはやっぱり少し違う生き物みたいだね」

チカの声色も言葉も極めて平静だった。ひょっとしてそもそも驚くという感情があまりなかったりするのだろうか。恋愛という価値観が理解できないと言っていたみたいに。

「もう一つは、カヤを心配させてしまうようなものじゃないよ」

先に前置きをしてくれるチカの心遣いで、俺はそんな心配性に見られているのか不安になった。実際の自分とは違う評価を受けると、人は怖くなる。

ふいに、余計な顔を思い出してしまった。一昨日《おととい》あんなことがあったからだ。しかし今は関係がない。

「ずっと前に、争って会わなくなってしまっていた友達に、会いに行ってきたの」

チカは一度、目を天井に向けてからすぐにこちらに戻した。

「この間、カヤからコイビトの話を聞いたでしょ？　その時に、特別だけど疎遠《そえん》になってしまって、これからまたどういう関係になっていくか確定していない人のことを思い出したの。また友達になれたらと思ったんだ。けれど、時間が経っても、お互いの考え方は全く変わっていなくて、結局は、私の方から友達に戻ることを拒否したの。決断に悔いはない。でも、これで関係性を終わらせてしまったのかもしれないと思うと、閉じた未来が少しだけ怖くなった」

チカはこれまでにも何度か自らの恐怖を見せてくれている。勇気があるからだと思う。

「あの、チカ」

俺が言いかけると、チカは目を細めて待っていてくれた。

「それ、影響してるかもしれない」

二つの光がわずかに大きくなる。俺の方は目を思いきり見開いていた。驚いていたから。関係なんてないと思っていた出来事が、一瞬にして重要な出来事へと価値を変えた。

「実は、俺も、同じことをやったんだ」

「友達だった人に会いに行った?」

能動的行動だったなら既に説明していた。だから、そこじゃない。

「会いに行ってはいない、電話がかかってきたんだ。電話って、チカの世界にあるかな。遠くの人と話すのに使うんだけど」

「×××のことだね」

聞こえなかったが、意味が通じたならいい。

「うん、電話が来たんだ」

きっとこの一言で、チカは聞こえなかったと理解してくれるだろう。すぐに続きを話しだそうと思っていたのに、一瞬の躊躇をしてしまった。その隙《すき》にチカは「誰から?」という質問を挟んできた。

名前を言いそうになって、違う、と思いとどまる。訊《き》かれているのは、関係性だ。

「元々、恋人だった女性から」

気恥ずかしさなんてない。ただ、彼女についてここで語ることが間違っているような気はした。でも、結局は話すくせに罪悪感を抱くなんてことも間違っている。これもまた、中途半端《はんぱ》な俺のエゴに過ぎない。

「俺が、チカと同じようにやったっていうのは、俺から関係を修復する未来を閉じたことだ」

「そう」

「うん」

「怖かった?」

声と心の間、わずかに空いた隙間に一本の髪の毛を差し込むような質問だと思った。

「俺とそいつの未来を閉じることに怖さはなかった。そいつも俺なんかに関わるべきじゃないし、俺もあいつに関わるべきじゃないんだ」

そこじゃない。

「怖さがあるとするなら」

これ以上は、俺のつまらない人間性に踏み込む部分だ。自分を見せびらかす趣味はないし、しかし、チカに失望されるリスクもある。

しかし、こんな心に関わる事象まで影響を与え合っているかもしれないチカには、いずれ知られてしまうのだという気がした。

自らの恐怖を見せてくれるチカに、平等に俺の恐怖を見せたとしても、おかしいことではないと思えた。

「怖さがあるとするなら、これから先、俺が相手の中に残したもののせいで、そいつが不幸になったり、死んだりして、それを知った時、何もしなかったくせに俺が自分を責めるようなことをしてしまうんじゃないかと、怖い」

これは、想像ではない。経験済み故《ゆえ》に、予測の出来る恐怖だった。

少しだけ前の話だ。

彼女と、俺がそういう関係にあったのは、中学三年生の時のわずか三ヶ月。たったの三ヶ月だったと彼女は言うけれど、当時の俺は、今の俺もそうだが、三ヶ月間もチカの言う「ふり」に時間を費やしてしまったと思った。思えばそれを正直に言えばよかったんだ。中途半端に相手を慮《おもんぱか》るふりをして、破局の空気を作り、相手から別れの言葉を引き出して物分かりの良い自分を見せて、あくまで表面上は互いに納得した上で道を違《たが》えた。そして彼女は、自らの命を絶とうとした。

あれは死なないやり方だと、同級生のそういうのにやたら詳しい奴が言っていた。調べてみると確かにそのようだった。どっちだったのだろうと考えた。彼女は死なないことを知っていたのかどうか。たとえ死なないやり方だったとしても、本人が死なないと知らなかったのなら、死のうという意思は明確にあったのではないか。無責任な謝罪や心配をする自分を俺は許さなかった。やがて俺は人間関係についての無駄な時間を過ごさなくともよくなった。中学で俺に近づく物好きな奴は極端に減った。

「感情まで影響するなんてないと思うけど、俺の行動は、チカのとった行動に近いと思うんだ」

「カヤは、その人になんて言ったの?」

チカの問いが、果たして影響を見極めようとしたものなのか、俺個人のことを知ろうとしたものなのかは分からない。

あいつとの未来を閉じるのに、何を言ったか。

「何って、特別なことじゃないけど」

特別なことじゃない。ごくありふれた、誰しもに当てはまるようなことを言った。

なあ和泉、俺達、ほんとにつまんねえな。

って。

「それは、特別だったと思うよ」

「いや」

特別なことでもなんでもない。俺達全員、本当にくそがつくほどつまらない存在だ。

それを言っただけ。

つまんねえ。過去の恋愛に依存することも、ひきずることも、傷つくことも、気にすることも、全部が全部、自らを正当化しようとする言い訳で、自分が特別な人間だという勘違いで、世界中の人間がやりつくしてきたことだ。恋愛という考え方を知らないチカには分からないのだろうけど。

「特別なんかじゃない」

「レンアイは分からないけど、友達の延長線上にあるのなら、そういう風に、当たり前だけど誰も言わないようなことを言ってくれるカヤは、その人にとっては特別だったと思う」

当たり前。

意味を汲《く》み取ろうと、じっと、チカの目を見る。

汲み取らせてくれる前に、声が届いた。

「良いことか悪いことかは分からない、その人にとってね。けれど、生きている私達の中でほとんどの人は、特別な存在にはなれず死んでいく。当然なのに、そのことに気がつかない人ばかり、少なくとも私の周りでは。そして、そんな言葉を口にすれば、人を軽んじているんだと非難される」

「そう、そうだ」

「けど違う」

最後まで話を聞く気でいたのに、つい口を挟んでしまった。反省し、ぐっと口を噤《つぐ》む。その俺の動作が目に見えて分かったのか、チカは目を細めた。

「気づいた人だけが、本当に生きることが出来る。自分で特別な人間になろうと抗《あらが》える」

いつも俺は、それを考えながら生きている。

「だから、自分達はつまらないんだって言ってくれるカヤは、そこから始めようとしたカヤは、その人にとって特別だったと思う」

「始めようとした、か？」

前進のイメージが俺と和泉の間に、湧《わ》かない。

「何かが変わってほしいと願っていたんでしょう？」

「……そうだ」

「……そう」

そうか、そうだ。

頷く瞬間に、頭の中で一つ、光がともった。

イメージと言葉が合致する瞬間がある。心の中にあった、言いようのない模様の名前を、今、チカがつけてくれた。

変わってほしかった。そうか。

和泉への想いの正体は、それだ。ようやく見えた。

ふりだったとしても、俺の好きな相手だったはずのあいつに、変わってほしかった。

俺の都合のいい人間になってほしいだなんて、そんな尊大な願いじゃない。

ただ、つまらない俺や、つまらない過去の恋愛に人生を振り回される場所から、和泉に抜け出てほしいと願っていた。

偶然の積み重なりだとしても、個人として認め合おうとしたのだから。少なくとも和泉は、特別になりたいと本気で思っていたようであったから。そこだけは俺と似ていた。俺に少しでも似ているあいつが特別になりたいと無様《ぶざま》にもがくのを、無視できなかった。

しかし、願いを上手《うま》く形に出来ず、また、彼女が傷ついた。

「でも、それをもしカヤが怖いと感じていて、罪だと思っているんだったら、私も同じ罪を背負うよ」

「……チカも、同じようなことを、その、疎遠だった友達に？」

チカは肯定も否定もしなかった。

代わりに数秒、目の光を俺に見せず、すうっと息を吸った。

「同じ罪を犯した人を見つけることは、誰かと手を繋《つな》ぐことに似ているね」

チカの声はハスキーで、優しい。

生物の体に、そんなこと起きないだろう。

でも俺は確かに感じた。心臓が一度だけ、強く、これまで生きてきた中で恐らくは一番強く鼓動を打ち、次の瞬間には平常に戻っていた。

またもやの不思議な感覚に、なんだったのかと不安になる反面、あまりに創作的な理解が頭の中に浮かんでもいた。

俺とチカが心の手を繋いだと、心臓が鼓動で教えてくれた。

その全てが俺の想像上だけでのことかもしれないけど、さっきの一瞬の鼓動が、俺の中の本物の濃度をあげていた。

＊

ああまったく反吐《へど》が出る。何が心の手を繋ぐ、だろう。チカとただ仲良くなってなんになる。目的に近づくための友好はいい。しかし、そうでないただの友好がなんになる。まだ何もなしていない、何も。心の片隅にだって、充足を感じていいわけがない。

分かってんだよ、んなことは。

あれからサイレンが鳴るまでに、俺とチカはいくつか次の日常の過ごし方を相談した。

まず前提として大怪我をしないよう気をつけて生きること。チカは冗談っぽく言っていたけれど、ひょっとすると怪我は互いの生命の危機に繋がりかねない。もし同じだけのダメージが伝わるとしたら、片方が半死半生の状態になった時、体力の少ないもう片方は死ぬなんてこともない話ではない。

怪我に対する意識の持ち方以外にも、具体的な指針を決めた。

前回は双方で普段はあまりしない行動を起こしてみた。今度はチカだけが積極的に何か特別な行動を起こし、俺は極力普段と同じ生活を送ることにした。これは言葉と同様に、行動の影響力も互いで違う可能性があるのではと仮説を立てたチカの発案だった。和泉の件で俺は電話を受けたにすぎないのに対し、チカは疎遠な友人に自ら会いに行っていた。雨や落雷や死は別として、もし行動と結果においては能動性が影響するなら、俺の八つ当たりが原因でチカに怪我をさせたということになる。申し訳ないが、本当に意図して影響を与えられるとすれば互いの利益のために出来ることも多いはずなので、俺はチカに利益を返していくしかない。

今回の期間、俺のやるべきことは、国内の気象情報や事件の情報、そして世界の目立った情勢を出来る限りリアルタイムで調べておくこと。ただこれはチカもやっているはずで、互いの世界の干渉を確認するためだ。空いた時間になると俺は学校でも家でもずっとスマホを構えてニュースを漁《あさ》った。

その結果、というか、必要がなくなりこっちから話しかけなくなると、横の席の田中はまた以前の態度に戻った俺に対し不可解そうな顔をしていた。俺は挨拶されれば返すし犬の話をふられれば反応するが、もうこちらから話しかけはしない。「んだ、お前」と言われても元に戻っただけだ。俺がこの数週間で田中から得た新情報は、犬の名前がアルミというただそれだけ。

また戻って来た。元の生活に。チカのいないこの世界の生活に。つまらない俺と、くだらない他人しかいないこの生活に。

チカと出会ってから、チカとのあの数十分を中心に生活の全《すべ》てを回している。もしあの時間こそが本物で、こちらでの生活はまるごと夢か幻なのだと決めつけられれば、それだけで俺は特別な日々を生きた気になれるかもしれないが、そうじゃない。俺は俺の世界で特別を見つけなければならない。

だから、チカに会うだけでは意味がないのだ。分かってるんだ、そんなこと。

なので運よくまたチカに会えた時、心が躍ったのも、まだ自分に特別な何かを見つけるチャンスが少なくとも一回分用意されていたからに過ぎない。

「確かめようのないことだけれど、もし私とカヤの生まれた世界が反対だったら、二人の考え方や生き方は違ったものになっていたんだろうね」

互いに報告し合った結果、チカの行動が俺の世界に与える影響の調査は、何の成果もあげられなかった。残念だけれど仕方がない。まだ情報が少なすぎる。

だからそれはひとまず置いておいて、チカの世界の人々の一般的な生涯について話を聞いている時、彼女がふとそんなことを言った。

俺は俺自身なんだからどこで生まれようと変わらない、なんて思わない。つまらない俺はきっと生まれた場所や環境や人間関係に左右されて人格を形成している。他の場所で生まれ育てば、また別のつまらない人間になっていたろうし、もしも敵国で生まれれば今頃日本を敵とみなしていた。

「俺はそう思うけど、チカは自分自身の魂、確固たる人格なんかを信じてるのかと思った」

「どこにいようと自分の中に変わらないものはあると思うんだけど、それと考え方や生き方や好きなものは別だと思う。カヤの世界に私がいても、外見や声すら違って、すぐには、私だって分からないかもしれない。そういうものだと思う。カヤが私の世界にいたとしてもそう」

そもそも、目と爪の形しか知らないチカの全身をこっちの世界で見ても、きっと気づけないだろうが。

「そこまで違うんだったら、もう別の存在だな」

「表向きはそうかもしれない、でも、私達が選べないような深い場所で変わらないものがあるんじゃないかな」

性格も外見も声も違うなら、もうそれは一〇〇パーセント自分じゃないと俺は思う。けどひょっとしたら、抗えない何かが自分の中には残るというその主張こそ、チカが彼女の世界に生まれたから身についた考え方なのかもしれない。

「その、変わらないものっていうのは、例えば？」

我ながら、難しい質問だと思った。だから、彼女の答えをそれなりには待つ気でいたのだけれど、その時間は必要なかった。

「もし、私がカヤの世界で生まれていたとしても、きっと、カヤに出会う」

「……運命、みたいなことか？」

運命、なんて諦《あきら》めと同じような意味の言葉だ。

「運命とは違うと思う。出会い方を、私の中の変わらない部分が知っているという言い方が近いんじゃないかな」

相変わらず、創作的だ、チカの考えは。

しかし、実は、最近の俺の意味のない夢想に触れるところがあった。

もちろん、生活の中では考えない。考えるのは、チカの現れないバス停での夜だけ。もしも、チカがこちらの世界の住人で、俺と出会っていたらどうなっていたんだろうと、俺はチカの考えの更に先のことを考えていた。

たられればを言っても仕方がないけれど、気になったのだ。彼女が俺と同じ生き物で、こちらの世界で普通に生活していたら、互いの存在になんて気づかずにいただろうか。それとも、ひょっとしたら、何かの拍子に出会いでもして、短い時間でもなんらかの形で互いを認め、二人として関係することもあっただろうか。チカとのコミュニケーションを楽しく思っているこの気持ちは、例えば彼女が異世界の住人じゃなくても湧き起こった可能性が、ほんの少しでもあるのだろうか。

意味のない想像だ。先ほど話に出たように、こちらの世界で育ったならチカは今とはまた違う価値観を持つ人間になっていただろう。

あちらの世界で生きているチカに、こちらの世界で生きている俺が出会った。だから意味があるし、そこから何かをなさなければ意味がない。それが現実なのだから、可能性とすら言えないもしもを考えるのに意味はない。そもそもそんなことを考えることすら、俺らしくない。分かっている。

理解しているのにそれでも考えてしまうのは、チカの近くで生きる存在にだけ与えられる資格みたいなものをどうしようもなく羨《うらや》む気持ちが、心の中に生まれ始めているからだ。

その資格自体に意味はない。それも分かっている。

しかし、日々に退屈し、渇いている俺は思ってしまう。

チカという特別に、いつでも、というのが。

つまらない日々の中で待たなくてもいい、というのが——。

「サイレンだ、じゃあまたね、カヤ」

「うん、また」

別れ、日常に戻ってくればすぐに、俺は一つの考えに支配される。

早く、チカに会いたい。

気づけば何故か、チカが指に塗った雨のシーンの匂《にお》いを、いつも思い出している。

＊

バス停の待合室での時間だけが一瞬で過ぎ去る。

「なあ、鈴木」

昼休み、横の席の田中が性懲《しょうこ》りもなく話しかけてきた。例のこっちから挨拶をしていた数日以来、こいつは若干親し気な顔をする。今更だが、もっとデメリットのないやり方を考えればよかった。

「あいつってヤバい薬やってんの？」

俺が顔を向けると、田中は俺らから離れた席に座る斎藤を親指でさした。

どいつもこいつも、ヤバい薬とやらがそんな簡単に手にはいると思うなよ。

「知らねえよ」

「宗教は？」

「ますます知らねえよ」

「なんで薬に比べて宗教はますますなんだよ」

「薬は実物あるけど、宗教は考え方だから見えねえだろ」

「あー」

ちょっと感心したように頷《うなず》く田中を見て、何を真剣に答えているのだろうと馬鹿らしくなった。斎藤が薬をやっていようが宗教にはまっていようがどうでもいい。やっているとして、精々《せいぜい》かりそめの夢に騙《だま》され続ければいい。

チカと以前に話したことが頭をよぎる。永遠に覚めないのなら、夢を夢だと気がつく必要はない。もし本当にそうだとすれば、薬や宗教も、少なくとも本人には意味のあるものなのだろうか。

ねえよ。一瞬考えるのもアホらしいくらいだ。

チカが、こちらのつまらない日常に侵食してきている。

俺がぶれていく。

「いや、あいつさ」

訊いてもいないのに、田中は会話を続けようとした。止めた場合のひと悶着《もんちゃく》が面倒なので、話をさせておく。

「最近おかしいだろ？」

俺は出来る限り口の筋肉を使わずに「さあな」と答えた。斎藤に興味がないということを示そうとした返事だったが、実は心の中では田中の問いに、不承不承頷いていた。

興味があるわけではない。しかし俺に答える意思があったのなら、はっきりと言えたのだ。最近の斎藤はおかしい。

制服は夏服となり、季節で言えば梅雨。新聞やラジオが戦況は刻一刻と変わっていると国民に告げ、ネットでは相変わらず大層な思想を掲げた奴らが口汚く罵《ののし》り合っている。以前に仮説として出た、俺がこちらの世界の戦争の在り方を変えるという説への実験として、様々なSNSでチカの世界の戦争のやり方を披露し拡散させてみたが、無視されるか、もしくは俺より更に暇そうな奴らからの批判を食らっただけだった。そんな心底どうでもいい日々の中、俺が斎藤の変化に気がついたのは一週間前のことだ。

「ま、また、あし」

しりすぼみになったその言葉の最後を聞き取れなかったが、恐らくは「また明日」と言ったのだろう。それは分かった。分かっていてなお、俺の口から「は？」という声が出てしまったのは、先に下駄箱に到着し靴を履き替えた斎藤がこちらを振り返って挨拶らしきものをするなんて、毛ほども予想していなかったからだ。挨拶に対して失礼な返しだが、突然のことだったので対応できなかった。なるほど、俺が挨拶をした時の田中の気持ちが少し分かった。幸か不幸か知らないが、斎藤は言いっぱなしでさっさと歩いて行ってしまったので、俺の疑問符は聞こえなかったろう。

どういうつもりだとあいつの怪しい行動を訝しんでいるうちに、次の日、また同じシチュエーションがやって来た。

「まっ、また、あした」

その日はちゃんと最後まで聞こえ、俺も備えてはいたので「おう、見つからないように」とだけ応《こた》えた。きちんと伝わったようだと分かったのは、初めて真正面から、片方の唇だけがつりあがった斎藤の妙な笑顔を見たからだ。

俺に何か伝えたいことでもあるのだろうか面倒なことでなければいいけど、などと考えていた俺は自意識過剰で、あれから一週間経った今、斎藤の変化に気がついているのは俺だけではないらしい。別に薬や宗教を始めたとは思わなかったが、誰かから少しは明るく振る舞うようアドバイスを受けたのかもしれない。昨日もまた、俺は不器用な挨拶を受けとった。

田中は俺の答えなどはなから関係がないのだというように続けた。

「いやさ、あの子前までと違ってちょっとしたことで話しかけてきたりすんのね。そんで今までそんなことなかったから訊いた子がいんの、何かあったのかって。そしたらなんて言ったと思う？」

血液型や星座など、情報がなければ分かるはずのない問題を出して面白いと思ってる奴が俺は嫌いだ。しかもそういう奴は結局自分から答えを言う。

「出会ったの、だってさ」

なんだそれ。そりゃ確かに、宗教とかありそうな言い方だ。単に誰かと付き合い始めて社交性を身につけたというだけかもしれないし、そっちの方がはるかにあり得ると思うが、斎藤の言い方が悪い。そしてその場で「何と出会ったの？」と一言訊かなかった奴の方が斎藤よりもよっぽど悪い。

しかし根本的に、斎藤が何と出会っていようがどうでもいい。態度が変わるほどの出会いというのはほんの少し気にかかるが、どうせ俺の気持ちを埋めるようなものではないだろう。俺には斎藤なんかよりずっと気にかけるべきことがある。

もう二ヶ月以上だ。和泉の話題を出してから五度、チカとあの待合室で会い、話し合いを続けたが、それぞれの世界の関係性を導き出せずにいた。分かったことは、どうやら二つの世界では少なくとも、俺の住んでいるこの地域と、チカが住んでいる地域の天気が同じだということ。こちらで晴れればあちらも晴れているし、こっちが雨ならあっちも雨が降っている。ひょっとしたらそれぞれの世界で対応する地域の気候は全て同じなのだろうかと思ったけれど、チカの世界と俺の世界では世界地図が全く違うらしく、どの国がどの国に対応しているのかなどという無駄に手間がかかる考察の検証に使う時間はなかった。

一方、俺達二人が個人として影響しているのだという仮説については、今のところ正しいとも間違っているとも言えない。俺達は引き続き、普段はしない行動を試してみていたが、反映されていたのはそのうちのいくつかに過ぎず、多くの部分で二人はまるで違う生活を送っており、影響の規則性を発見するには至っていない。

以前に考えていた、能動的行動が相手に影響を及ぼすのではないかという説も、どうやら正しくなさそうだ。左右の靴をわざと逆に履いて登校したことも、普段買わない菓子を大量に購入してみたことも、あの田中の家の犬に勝手に餌《えさ》をやったことも意味はなかった。俺の靴下が破れていた二日後チカに会うと、彼女は同じ日にちょうど外履きを買い換えていたという微妙な一致はあったが。なんなんだ一体。

つまりは、まだ何も分かっていないということだ。二ヶ月間を無為に過ごしてしまった。

無為に。そう、無為に過ごしてしまったと、思わなければならない。

断じて、なんの進展がなくとも、楽しかったのだから良かったなどと思ってはならない。遊び半分でいていいわけがない。

一時の、楽しい、なんて感情にはなんの意味もない。否定しなければならない。

そろそろ、自分の目的と本音をチカに話すべきであるような気がしてきていた。チカとの出会いによって何か、自分で自分の人生を特別に出来るような、退屈だと思わなくてもいいようなものを手に入れたい。だから馴れ合っている場合ではなく、二人が会えなくなる前にその何かを早く見つけられるように協力してほしい。そうチカに伝えれば、彼女は全面的に協力してくれるかもしれない。例えばチカの世界にある文化を次々紹介してくれて、極めて楽観的に考えれば、俺にとっての特別なものがすぐに見つかるなんてこともあるかもしれない。

それは選択肢として最近いつも頭の中にあることだ。出来ていないのは……。

単純な弱さ、じゃないと信じたい。

チカに失望されるのが怖いからだけじゃないのだと信じたい。

信じたい、けど、チカと会うことを打算的に考えていると知られ、ただ単純に嫌われるのが怖くて言えない、そんな自分がいるのを、今の俺は否定出来ない。

異世界の住人との友好的な関係をただ失いたくないだけの、つまらない俺がそこに立っていることを、無視出来ない。

結果、だらだらと検証の日々は続き、二人はなんのために出会ったのか、なんて馴れ合いそのもののような意味を模索し続けるしかない。

「どうしたの？　私の目の中に何かある？」

言われて、ぼうっとチカの目を覗《のぞ》き込んでいたことに気がついた。急いで視線を外す行為は失礼かと思い、また自らのくだらない自尊心を守る意味合いもあったかもしれない、ゆっくりとほこりまみれの床に視線を移した。

「ごめん、違うんだ、考え事をしてた」

「カヤの世界では人の目を見続けることは失礼なの？」

モラルについて訊かれただけなのに、不正を暴《あば》かれたかのような汗が背中に浮き上がった。

「明確に失礼ではないけど、じっと見てたらチカが言ったように何かあるのかと思われるから、あんまり見るもんでもないな。だからごめんって言ったんだけど、チカの世界ではどうなんだ？」

「私の世界でも、何かを伝えようとしているけれど言葉に出すのがはばかられるような時に、目をじっと見ることはあるよ。カヤは何を考えていたの？」

「いや、どうにかして味が分かるようにならないかなって考えてた」

「そうだね、もし何かのタイミングで私がカヤの世界に引っ張られて、そっちで生活することになったら、味の無いもの食べ続けなきゃいけなくなる」

冗談なのだと、チカの目が細くなることで分かる。いつもより鮮明に見える目の光のグラデーションが彼女の表情を想像させたが、あくまで想像で、いくら目をこらそうとそこに鼻も口も見えやしない。

俺達は今夜、普段よりも体二つ分近づいて、それぞれの空間の椅子《いす》に座っている。理由は、互いの世界の食べ物を味わうという実験のため。それだけのことならば、いつもと同じ位置に座ってものを交換すればよさそうなものだけれど、俺がチカにカロリーメイトを渡そうとした時に問題が生じた。カロリーメイトがチカの手をすり抜け、ベンチに落ちてしまったのだ。同様に、チカが用意してくれた見えない固形保存食を俺が手で受け取ることも出来なかった。しかし不思議なことに、近づいてチカの手から直接俺の口に運んでもらえば、あちらの世界のものを食べられると分かった。法則の意味は分からずとも、とりあえずそれを咀嚼《そしゃく》した。

味わおうとすると、経験のある感覚が蘇《よみがえ》って来た。噛《か》んでも飲み込んでも、何味かわからない。あの匂いの遊びを体験してみた時のように、脳が味を受け付けていないようだった。食感は感じられ、どこか覚えがある気がした。なんだろう、マカダミアナッツ、のような。そのことを伝え、今度はチカに俺の手からカロリーメイトを食べてもらうことになった。見えないチカの顔にぶつけてもいけないので、顔のそばで手を固定し、チカの口を待つ。徐々にチカの目が俺の手に近づいてきて、冷たい呼気を指で感じるほどになると、やがてカロリーメイトが短くなった。歯があることは事前に聞いていた。

咀嚼している様子は分からないが、どうやらチカの口は人間と同じような場所にあるようだった。

「私も、味が分からない。でもカヤの言うような感じじゃない。本当になんの味もしない。匂いもしないし」

伝わり方が違うようではあったが、いずれにせよ、味わえないのなら食べ物を分け合うことに今のところ意味はない。

匂いもダメ、味もダメ。文化を伝え合うことがなかなかに困難なこの状況で一体俺達に何ができるのか、そう考えを巡らせ、しばしぼうっとチカの目を見つめてしまっていた。

「チカがもし俺の世界に来た時って、さっき言ってたけど、ああ、もちろん冗談だって分かってるんだけど、万が一、互いの世界に行けるような可能性ってあるのかな?」

チカの目と爪以外を見ることが出来ないという事実から、同じ場所にいられる可能性は低いのだろうと半ば切り捨てていた。

「全くないとは言い切れないよね。方法は分からないけど、私達が繋がったのと同じで、何かをきっかけに行けてしまうこともあるかもしれない」

可能ならそれ以上のことはない。異世界で過ごすという特別な体験が出来たら、得られる情報量も、チカから伝え聞く比ではないはずだ。行けるものなら行きたいと強く思った。行ってみたい、ではなく、行きたいと思っていた。帰ってくることを前提としない、強い望みだった。そこにはチカもいる。

「カヤは、どっちがいい？」

「え？」

「カヤが、こっちに来るのと、私がそっちに行くの」

「それは」

もちろん決まっている、もちろんそんなのは……。

「そっちに行きたい。俺は、こっちがつまらなくてしょうがない」

一瞬だけだ、本当に考えが、遠くでちらりと浮かんだという程度だった。だけど俺は一瞬だとしても、その考えが浮かんだことを許してはいけなかった。

一瞬でも、俺があちらに行くことと、チカがこっちに来ること、どちらにも大した差はないんじゃないかと考えてしまった。

チカはくすりと笑った。愚かな俺を見抜かれたのかと思った。

「こっちも、つまらないかもしれないよ」

何故だか、その当たり前の想像をしないでいた。情報と想像力の少なさが原因だ。

「私はどっちでもいいな。私がそっちに行ってもいいし、カヤがこっちに来てもいい。自分の部屋があって」

チカの目が、細くなる。この距離まで近づくと、彼女の目の中にはっきり瞳《ひとみ》があるのが分かる。

「カヤがいてくれるんだったら」

俺の中にいる間違った気持ちの方を見て、チカは話しているのかもしれない。じゃないと、押し込めているはずのそいつにまでこんなにも声が届く道理がない。

「でもカヤの世界の食べ物の味がしないのは問題だね」

「徐々に味が分かってきたりしたらいいけど」

「生まれたばかりみたいなものなのかもしれないね、互いの世界に順応したら味も分かるようになるのかも。そんな日が来るかな？」

「どうだろ」

「可能性はあらゆる方向に広がってるから、もしかしたら私達の世界間では無理でも、味覚が順応するさらに別の世界があったりするかもしれない」

なんて、実現する可能性の薄い未来について語り合うことは時間を無駄にしている。話している最中に気がつかなければならないのに、後から気づき、後悔するのだ、俺は。

結局、味覚の確認以外に意味のあることも出来ないまま、チカと別れ、またなんの変哲もない次の日を迎えた。

「バイトがだるい」

「労働だからな」

今日も意味のないやりとりを横の席の田中として、相変わらずたどたどしい斎藤の別れの挨拶《あいさつ》を受け取り家に帰った。もちろんその後は走りに行く。

いつもと同じだった。

いつもと同じいつもと同じいつもと同じ。毎日、いつもと同じを日常の中で繰り返しながら、俺の中の焦《あせ》りは日々色濃くなっていく。積もるほこりと一緒だ。

あちらの食べ物が俺の味覚を進化させるなんてこともなかった。

このままじゃあ、チカとの出会いに意味がなくなってしまう。これだけ大きなチャンスを手に入れているのに、つまらない俺が無駄にしてしまう。それがとてつもなく怖い。

いや、そういえば、一つだけ以前と変わったことがあった。田中がバイトをだるく思っていようとどうでもいいのだけれど、あいつが一ヶ月ほど前にバイトを始めたことで俺はランニングコースを変えることにした。以前に折り返し地点としていたコンビニが田中のバイト先なのだ。俺はあいつに会わないよう走るコースを変えた。ところが、これを縁だなんて死んでも呼びたくないが、先日新しく決めたコースを走っていると見知った顔に会った。人じゃなく、犬。年季の入った日本家屋の裏庭にあたるのだろうか、そこから、誰にでもなつきそうな犬がこっちを見ていた。なんとなく止まると、首輪から伸びた紐《ひも》を限界まで使って近づいてきた犬は吠《ほ》えることもなく、いつかと同じように頭を撫《な》でてくれという催促なのか俺の足元でぴょこぴょこ動きまわり始めた。表通りに回って表札を確認すると間違いなく、バイトに行っているはずの田中の家だった。

その時に場所を知ったおかげで、チカとの実験として勝手に餌をやるようなまねも出来たわけだ。あの田中の両親が共働きだとどこかで聞いていたのも良かった。

あんなに簡単になつく犬が一匹取り残されていて、誰かにさらわれたりしないのだろうかと心配にもなるが、今のところそんなもの好きはいないようだ。適当に決めたそのコースをほぼ毎日走っているから知っている。

今日もスニーカーの紐をきつく締め、いつもの方向へと駆け出す。

最近走っている時には、より具体的に、どうすれば自分の人生を特別だと思える何かをチカから得られるのかを考えている。課題として自分に強いていると言ってもいい。

味覚と嗅覚《きゅうかく》ではあちらの文化を体験することが難しく、視覚に関してはそもそも見ることすら出来ない。残るは触覚と聴覚だけれど、何かを触って心が動くようなことってないだろう。だとすれば、耳で聞くしかない。言葉や考え方を。それこそチカの世界の宗教の教えはどんなものなんだろうか。宗教にはまる自分は想像できないが、新しい宗教的な考え方を知り、自分の人生の価値観や、世界をまるごと変えられるようなことだってないとはいえないかもしれない。

いや、以前に言っていた戦争の仕方を変えるというのもそうだが、高校生に出来ることには限界がある。実現するのには途方もない時間と能力がいるだろう。それ一つに全てを賭《か》けるのはあまりに危険だ。

チカに様々な質問をぶつけひたすらに受け取ることが出来れば効率はいいんだろうが、それには二の足を踏んでいる。楽しい時間を壊せない自分がいる。

相手を価値ある存在だと認めるというのは、なんて不便な感情なのかと思う。

チカと会うまでの生活の中では、目的があれば、嫌われたくないという感覚なんて無視してきた。和泉との別れを、ふりに気がついた瞬間に決意したのは感情を無視できたからだったし、中学で誰からも話しかけられなくなったのをちょうどいいと思ったのも、目的が全てに優先されるからだ。高校に入ればまた人間関係が変わったが、全員同じようなつまんねえ奴らで、だから俺は別にどう思われようが自分の目的のためだけに生きていられた。

しかし、そうじゃなくなってきている今がある。

関係性を目的と思いこむなんて、馬鹿みたいだ。しかし、俺の中にはチカに切られたくないという恐怖がはっきりとあった。

相手が異世界の住人だということに拘《かかわ》らず、こんなのは馬鹿みたいだ。分かっているなら、恐怖なんて全部消してしまえればいいのに。

目的に向かう意思でどうにか捻《ね》じ伏せようと努力するも、今のところ出来ていない。

「よう」

走りながら考えていると、すぐにバイト中の田中の家まで辿《たど》り着いた。俺が声をかけると、あの犬、アルミは今日も足元までやってきた。俺は一歩だけ裏庭に足を踏み入れ、腕を伸ばして頭を撫でてやる。健康のこともあるだろうから、もう勝手に餌をやったりはしないが、なんとなくあれ以来俺はアルミに声をかけるようになった。しゃがみ込んで、お手をさせる。犬のことが嫌いじゃない。ペットを飼うことで自らの人生が有意義で特別なものであると勘違いしている奴らを、くだらないとは思うけれども、それと俺が犬をかわいがることは矛盾しないはずだ。チカとの関係も、それらを分けて考えられればいいんだが、どうもそういう風には考えられない。

そういう風には。

「ん？」

そういう風ってなんだ？

俺は後ろ足で立った状態のアルミの前足を持って、固まる。

今、何か、怖いものが、心の横を通った気がする。

息を吸い込み、吐いて、横を通った何かの後を追う。

主張や目的とは別に、アルミをかわいいと思う。

例えば、食に興味がなくとも、ドーナツを美味《うま》いと思う。

走っていること自体が好きなわけじゃなくとも、爽快感《そうかいかん》が伴う。

目的や特別であることやなしたいことや俺の人生をどうしたいかということや何の

ために出会ったのかということや意思で捻じ伏せられるのかということとは一切なんの関係もなく。

チカを、思う。

想《おも》う。

「あ」

思わず声が出てしまった。

驚いたのだろうアルミが初めて俺の前で小さく吠えたので、前足を強く握ってしまっていたことに気づいた。

「悪い……」

アルミに対しての言葉だった。なのに、今までの自分の全てに、その謝罪が届いて刺さった。

全身から、運動とはなんの関係もない汗が噴き出してきた。

体温が上昇していく。

自らの感情のあり方に叫び出したくなるが、ぐっと耐える。

必死に頭の中の記憶を掘り返し、蒸し返し、ひっくり返す。

いつからだ、一体、どこからだ。

順に確認しては捨てていく作業の中で、思い出す。

あの時、和泉の話を、チカにした時の感覚。

あの鼓動。あのふわついた感触。

あれは、あれが、こんな、これは、この気持ちは。

意思や目的で捻じ伏せられない感情が、芽吹き始めている。

「そんなわけ」

誰が答えてくれるわけもない。

心の奥に居座る退屈以外の感情が、新しい大きな感情が生まれる手助けでもしようとしているのか、体を突き破らんと唸《うな》る。俺は決してそれらに体を乗っ取られてはならないと全身に力を籠《こ》める。脳の血液をそちらの作業に奪い取られていくような感覚がある。

いや、違う。そんなわけがない。

これは、この感情は、チカ個人に向けたものじゃないはずだ。

異世界の存在、特別な存在に向けた、そんなささいなものに過ぎないはずだ。

そうに決まってる。

しかし。

もしも。

例えばの話、もしもそうなら、とんでもないことだ。

俺自身が、俺の邪魔をしてしまう。

最悪だ。

……いや本当は、ただ一つだけ、俺の目的を成就《じょうじゅ》させる為の、不幸中の幸いと言える事実がないではない。

たった一つの救いだ。

もし本当にこの感情が、チカ個人に向けられたものの、ほんの萌芽《ほうが》だとしても。

チカには分からない。

どんなに言葉を尽くしても、伝わらない。

俺の中で成長していくかもしれないそいつの正体が、チカには決して見えない。

それが本当に良かった。

＊

粛々《しゅくしゅく》と対処をしよう。

どんな危険思想の持ち主でもそれと気づかれずに人を助ければ感謝されるように、もし俺の中にどんな感情があったとしても、行動において悟られなければなんの問題もない。はずだ。

しかし、おかしい。

今までと明らかに違う緊張が、背すじにありありと感じられる。耳の奥がぴりつく。何度目かしれない、自分の中途半端を呪《のろ》う。いやもう呪うとか自分に失望するとか、それ自体が既になんつうかもう、やってられない。

「どうしたの？　カヤ」

チカが息をする。チカが隣に座る。チカの目がこちらを向く。

返事することを忘れていた。誤魔化しようもなく。チカの登場に動揺したからだ。

「ごめん、考え事をしてた」

「何を考えてたの？」

チカのことをだ。それと向き合う愚かな自分のことも。

「チカのことを」

実験をするような、自らを量るような、そんな気持ちで本当のことを言ってみた。

「どんなこと？」

ここで、正直に晒《さら》してもいいはずだ。どうせ相手に伝わりはしないのだから。違う選択肢をとると決めたのは、正直に言った場合、恐らくは今日の会話がそちらの方に向いてしまい時間を無駄にすると考えたからだ。理解してもらえる可能性のないことを聞いてもらう必要はない。

かといって嘘《うそ》をつくつもりもなかった。考えていたことを、加工する。

「チカと会ってるこの時間に、楽しいとか、そういう以外の意味があるんじゃないかって考えてた。何か、互いの人生を変えるような、何か」

「そう、カヤは、求めているんだね」

「求めてる？」

「うん。私は、カヤと出会えてこの時間を過ごせること以上の意味はあまり求めてない。お互いの世界の影響を検証することもそれ自体が楽しいからやっている。でもカヤはそこから別の意味を生み出そうとしている」

「もしかして、チカにとっては、余計だったか？」

「ううん、非難しているんじゃない。世界はきっと求めている人の手で動いてきたんだと思う。カヤが私の世界とカヤの世界を動かすのかもしれない」

「そんな、大それたことじゃなくてもいいんだけど、うん、ああ、でも繰り返すけど、俺もチカと出会ったこと自体が俺の中で、大事なことだと思ってる」

本当だ、そう思っている。

チカに会ったことも特別で、チカと過ごせる時間も特別だ。俺の人生を変え得る出会いかもしれない。しかしそれがどのような形になればいいと自分が望んでいるのか、妙な感情が、俺の視界を不透明にする。

チカの存在そのものが俺を無味な毎日から遠ざけてくれるなら、それで良いという考え方もある。もしもこれが永遠に続くのなら、それだけでいいかもしれない。けど、違うだろう。人が結ぶ関係なんて、いつ何時ほどけるか分からない。途切れ得ない特別を、永遠の高ぶりを、俺は求めている。

だからもし今日気がついた感情の萌芽が、いつかチカ個人に向けた大きな感情に育つのだとしても、それは幸福じゃない。出会い以上の何か、彼女がいなくなっても平気な何かを、俺は見つけなくてはならない。

人に向けた感情なんて、一時の慰めでしかない。それどころか、様々な決断の邪魔をする。簡単に受け入れてはならない。

「この時間の意味、カヤの答えは見つかった？」

「互いの世界の影響力がまだ分からないから、現状では直接何かを伝えあうってことくらいしか出来ないと思うんだ。匂いと味が伝わらないなら、声で伝わるもの、言葉が世界を作ったってチカが言ってたように、何か言葉で伝えるべきことがあるんじゃないかって考えてる。互いに」

伝えるべき言葉。優しさや、熱い想いなんて、形のない適当なものではなく、互いの価値観に食い込み、人生ごと持ち上げるような何か。今のところはそれが何か分かっていないけれど、言語や情報に絞って話を進めていけば、辿り着く近道となるかもしれない。

チカの反応を待っていると、彼女は指の爪、並び的に人差し指のものだろう、一つだけを自らの頬と思《おぼ》しき場所にあてた。

「声で伝わるものか。物語は伝えられるけど、伝えるのに時間がかかってしまうね」

「そうだな、昔話くらいだったら、一瞬だけど」

「どんなの？」

定番だろうと思い、桃太郎の話をチカに披露してみることにした。話し終えるとチカは桃太郎の持つ意味を考え始めた。

「手助けしてくれる人の手は借りるべきっていうお話なのかな」

「動物でもいないよりマシだって、ことか」

何だその話。

今度はチカの世界の昔話を聞くことになった。オーソドックスなものをとリクエストしてみると、チカは水辺にある町で水を売って大金を得ようとする人の話を披露してくれた。何かを成し遂げるためには工夫がいるという教訓があるようで、桃太郎に比べればいくらか聞く価値はあったが、特に何か新しいものを得るということもなかった。似たような話は、こっちの世界にも腐るほどある。

「物語は、じゃあ一旦《いったん》おいといて、他に伝えられることってなんだろうな」

やっぱり歴史や宗教だろうか。考えていると、横でチカが「ああ」と何かに気がついたというような声を出した。

「歌かもしれないね」

「歌？」

「うん、匂いや味で文化を伝えることは出来なかったけど、歌なら伝わる」

「んー」

以前に、傾倒できるような音楽に出会えば人生が変わるのではないかと思い聴き漁《あさ》っていたことがある。本をよく読んでいた時期と前後する。まだ人の創作物に期待していた頃のことだ。結果はもちろん、これだけか、と思っただけだった。

「歌は嫌い？」

しかし考えてみれば、歌というものの意味合い自体がチカの世界と俺の世界とで違う可能性だってあるし、無暗《むやみ》にチカが提示してくれた考えを否定するのはおかしいと思えた。

「前に聴いてたけど、すぐ興味がなくなったんだ。でも、チカの世界の歌は、聴いてみたい」

言いながら、これでは歌ってくれと催促しているようで気恥ずかしい。

「じゃあ、歌ってみよう」

異世界の歌を聴けることは、単純に楽しみだと思った。

「早速だけど、少しこっちに来てくれる？ 大きな声で歌うのは禁止されているから」

だから小さな声でも聞こえるように近づこうという意味だ。心の中で伸びようとする芽が根でも張ったのか、以前同じ動きをした時よりも自分の体重を体二つ分重く感じた。それでも情けない戸惑いを見せたくないという意地をきちんと張れて、チカの指示通り右に移動した。

チカも同じくらいの距離をこちらに詰めてくる。

人が移動する気配を、右腕に感じる。普段の自分が、そんなものを感じるほど繊細でないとは分かっているのに、彼女が動くことによって起きる空気の流動がこちらに伝わってきているような気すらする。

近づいてくるチカの気配を過剰に感じまいと、俺は彼女の方ではなく正面を見ていた。それがいけなかった。

「歌うよ」

彼女の声帯の振動が、直接俺の鼓膜の振動となるような距離で。

悲鳴みたいなものを咄嗟《とっさ》に飲み込んで、チカがいるはずの側から身を引き、そちらに顔を向ける。さっきまで俺の耳があったのだろうあたりに彼女の目があった。

「どうしたの？」

チカは不思議そうに首を傾《かし》げる。気づかれないように、唇の端でゆっくりと深呼吸をした。爪の位置を見て、彼女が今までで一番近い場所に座っているのだと分かる。

「思ったより近くてびっくりした」

「そうなんだ、ごめん。歌っていると声が大きくなってしまうかもしれないから、近くで小さく歌うよ。嚙みついたりしないから、安心して戻ってきて」

細くなったチカの双眸《そうぼう》から目をそらし、俺はゆっくりと体を元あったはずの場所に戻す。目の動きだけで横を見ると、すぐそこに、チカがいた。彼女の表情で、唯一《ゆいいつ》知ることの出来る部分が浮かんでいた。見えない部分で、どんな感情を表しているのだろう。

「それじゃあ、歌うね」

すうっと、息を吸い込む音が聞こえ、次に、俺の頬を、吐息がかすめた。

空っぽな世界で
空っぽな心を埋めてゆく
分け合った罪の重さの分だけ
愛の輪郭をなぞるように

歌声というよりは、囁《ささや》くような語り掛けるような声が俺の体に染《し》み込んでいった。

ひょっとしたら歌詞があちら特有の表現でノイズになってしまうかもしれないとも懸《け》念《ねん》していたけれど、大丈夫だった。しかしメロディは、これまたなんと表現していいものか、耳と脳が想定していなかったものを聴かされるようなざらつきがあった。今から同じように口ずさめと言われても、頭の中では鳴っているのに口には出来ないだろうと確信していた。

でも、心地のいい歌だった。チカの声の新しい側面を感じることも出来た。歌い終わったチカの、表面を覆《おお》っている体温とも言えないだろう存在の膜が、俺のそばから遠ざかるのを感じる。顔を慎重に横へ向ければ、彼女の目がすぐそこにいた。

「上手く歌えたかは分からないけど」

チカの謙遜《けんそん》に、俺は先ほど味わった感覚をそのまま説明した。

「なるほど、そんな感じ方なんだね」

「うん、今の歌は、チカの世界ではどんな歌なんだ？　例えば、子ども達が歌う歌とか、有名な歌手の歌だとか」

「近頃、家の外を歩いているとよく流れてくる歌。何度も聴いているから覚えたんだ」

なんとなく、チカなら童謡や昔ながらの歌を選ぶような気がしていて、たまたま耳にした曲だったとは意外だった。しかしよくよく考えれば生まれた場所や、自分自身の生活にすらあまり興味のないチカだ、幼い頃から知っているからとか、そのような理由で物事を選ばなかったとしても不思議ではない。

「カヤの世界の歌も、聴かせてくれる？」

「ああ、うん」

　想定されていたことだったので、俺はすんなりと受け入れた。ギブアンドテイクを断る理由はない。

「さっきと同じようにすればいいかな？」

「うん、あんまり声が大きくならないように。カヤは、大丈夫だと思うけど」

　確かに俺はそもそも喋《しゃべ》る時の声がそんなに大きくはないように思う。

「じゃあ、耳を、指さしてほしいんだけど」

「ここだよ」

　チカの目の光が消え、人差し指らしき爪の光が一つだけ動き、座っている俺の目線の少し下で止まる。爪の位置がきちんと分かるように目をつぶってくれたのだろう。

　躊躇《ちゅうちょ》をしては自分にとってよくないと思い、心に噛みつかれて体が止まってしまう前に済ませることにした。さっきは想像以上に近づいてきたチカに驚いたが、彼女と同程度の声量で伝えようとするならば同じくらいに近づかなくてはならない。チカの耳があるという場所に顔を寄せる。

　暗い中で、たった一つの目印に向かって、慎重に近づく。不快に思われないよう、呼吸を薄くする。

このへんが頃合いだろうか、そう気がつくのが一瞬遅かった。

柔らかいものに、自分の鼻先が触れた。

「ごめっ」

慌《あわ》てて顔を引くと、チカは目を少しだけ大きく開けてこちらを見た。

「どうしたの？」

「いや、距離感が分からなくて、耳、かな、当たったから、ほんとごめん」

「カヤの世界では人の耳に触るのはそんなに失礼なの？」

「失礼、っていうか、チカが嫌じゃなかったかと思って」

「いきなり触られたら驚くけど、カヤが近づいてくるって分かっていたから想像出来ていたし、カヤは知らない人でも嫌いな人でもないから大丈夫」

そう言って、チカはもう一度先ほどの姿勢に戻った。

「距離が分かりにくかったら、先に私の耳の位置をカヤの指で確かめたらいいんじゃないかな」

提案をされて、しっかりと二秒迷ってから、俺は恐る恐るチカが指さすそこに手を伸ばした。爪を立てないように気をつけていると、やがて指先が触り覚えのあるようなものに触れた。失礼かもしれないと思いながら、それが耳のどの部分なのかが分からなかったので、指をたどらせる。下に動かしていくと、冷たく柔らかい部分があった。多分、耳たぶだ。じゃあさっきのが軟骨だとして、耳は、人と同じ形なのか。

チカに一番痛みを与えにくいだろうと思い、出来る限りの弱い力で、耳たぶを摘《つま》む。透けているけれど、チカの体が確かにそこにあるんだと分かる。髪の毛が触れないということは、ショートカットか、ポニーテールのように結んでいたりするんだろうか。もしくは髪の毛なんてないという可能性もある。突然頭を触って確かめるのは少なくともこちらの世界では大いに失礼なので、良いタイミングがあれば訊《き》くことにする。

チカは、既に自分の耳を指さす手を下ろしていた。

俺は自分の手を目印にして、今度はぶつからないようにチカの耳に口を寄せる。

「じゃあ、歌う」

囁くようになってしまうのは当たり前なのに、羞恥心《しゅうちしん》が喉《のど》につかえた。一度そっぽを向いて咳《せき》ばらいをしてから、チカの耳たぶを摘んでいた指を離す。

人前で歌ったことは、音楽の授業か、もしくは中学の頃、積極的に友人を作ってみていた時期に連れて行かれたカラオケくらいでしかない。自分が誰か一人のために歌ってみせる日が来るなんて思いもしなかった。

出来ればチカへのお返しとして、俺も最近よく聴いている曲でも歌えればよかったのだろうが、音楽なんてラジオから流れているのをBGM程度にしか聴いていない。ただ童謡なんかを返すのもギブアンドテイクとして違うのではないかと思い、以前に音楽が好きなふりをしていた時期に覚えたものにした。あまり長くてもつまらないだろう。サビの部分だけ。

歌い終わって、チカの耳からさっと口を離すと、彼女はゆっくり目を開けた。感想をこちらから訊くのは、まるで自分の歌声への評価を求めているようだと思ったから、チカが話し出すのを待った。

どこかで、俺の声をチカがどう感じているのかというようなことも考えていた。

「カヤの声は、心をしっかりと伝えようとするように、透明で強いね」

本当に俺の心が二人の体を素通りしてチカに伝わったわけでもないだろうが、どきりとした。

「聴こえ方はカヤが話してくれたように、言葉は全てきちんと分かるけど、音楽としてはとても不思議に聴こえた。カヤの声の色をより強く感じられてよかった」

「ああ、それは、俺も」

卑怯《ひきょう》だ。先ほど、俺はチカの声に感じたことだけは伝えていなかった。チカ自身が持つものについて語れば、それはチカをチカとして見ている事実をまた濃くしてしまうような気がして、臆病風《おくびょうかぜ》に吹かれ言わなかった。それを彼女の言葉に追随する形で言うなんて。俺の声がどうかは知らない、が、俺の意思は決して透明ではない、強くもない。

「カヤの世界の歌、言葉の並びがとても綺麗《きれい》だと思ったけど、私の世界にないものというわけでもないから、意味があるなら音楽の方だと思う。でも、カヤが言ったように、不思議な感覚で、今歌おうとしても、上手《うま》く音を声に出せない気がする」

「そうなんだ。だから、歌にもあまり意味がないのかもしれない」

「うん、でも、楽しかったから、私には意味があったよ」

俺もだ、と言えれば、今はチカと笑いあえるかもしれない。でも、それだけは口にしてはならない。

「まあ、なんでも試してみて損はないな」

そうだ。だから試してみて、理解できないと分かった音楽に意味はない。例えば互いの世界にとって大切な歌詞を孕《はら》んだ歌があるとしても、それを伝え合う時には歌詞を教えれば良いだけだから、今後互いに歌声を聴かせる必要はない。とすればチカの歌声を聴くのはこれが最後だったわけで、それは残念なことだと思った。

「カヤは、自分の周りがこうなってくれたらなって思うことはある？」

歌うための距離のまま、唐突に隣から質問が飛んで来た。この距離に座る機会ももうないのかと、思ったそれ自体をすぐに打ち消した。

「周りがってことはあんまりないな。全員勝手にすればいいって思う」

つまんねえとは思うけど、俺に関わらない限りはみんな好きに生きればいい。そうして生きようが死のうが、迷惑をかけてこない限り俺は知らない。

「なんで、そんな質問を？」

「さっき言っていたみたいに、カヤには目的があるみたいだから。互いの世界で何が影響しているかは分からないけど、カヤのためにこっちの世界で何かできたらなと思って」

「な、うん、ありがとう」

チカは優しい。優しさなんて、人のつまらなさを軽減する要素の一つにもならないと分かってはいる。

「チカには、あるのか？　その、自分の周りがこうなってくれたらって思うもの」

「んー」

この距離では、逡巡《しゅんじゅん》の色すら、心臓に届くみたいだ。

「私も、カヤと一緒で、皆がそれぞれの生活を送ってくれればと思う。過度な迷惑をかけ合わないように。だから、もしあるとするなら、××くらいかな？」

最近、会話の中に現れる聞こえない単語が減ってきたような気がする。チカが気を遣って、こっちの世界になさそうな単語を使わないようにしてくれているのかもしれない。

「ごめん、最後、なんなのか聞こえなかった」

「動物なんだけど、前に私の足を噛んだ奴。近所にいて、たまに吠えたり追いかけて来たりするから、どこかに行ってくれないかなって思っているの」

可愛《かわい》らしい悩みだと一瞬でも思ったのは俺の想像力が即座に働かなかったからだ。そいつの大きさや凶暴さを知らずに推し量っていいものではない。チカは特に感情を乗せずに話しているけれど、ひょっとしたら怖くて仕方がないという可能性もある。なんとかしてやれるなら、してやりたい。優しいチカに。それはごく普通の人間としての感情に過ぎない。

「でも、それくらいだな。後は自分の部屋と、カヤや他の友人に会える時間があって、それらにどうにかなってほしいとは思わない」

もちろん、戦争が身近にあるチカだ。本当は戦争がなくなってしまえばいいと思っているのだろうけれど、そんな大それた変化は、きっとこちらからどんな影響を与えようと起こせやしない。だから、そう言われなかったことに俺は少しほっとしたのかもしれない。自分の無力さを感じたくなくて。卑怯だ。さっきからなんなんだ俺は。

「その、動物のこと、どうにか出来ないか考えてみるよ。チカの周りがよくなったらいいな」

何かアイデアがあるわけでもないのに、わざわざそんなことを言ってみたのは。

「ありがとう。でも、カヤが何もしてくれなくても、私にはいてくれるだけで意味があるよ。それは、知っていてほしい」

そんなことを彼女が言ってくれると、分かっていたんだ。きっと。

どこまでこの気持ちを誤魔化せるのかは、もう分からない。

＊

一晩考えて、翌日、俺は早速チカのために行動を起こすことにした。チカを困らせる動物に対応していそうで、俺がかかわりを持っている動物なんて、アルミしかいない。前に勝手に餌《えさ》をやったことはチカの世界に影響しなかった。けれど、どうせ互いの世界の間にある法則なんて何一つ分かっていないのだから、なんであれやってみて損はない。

飼い主の田中が今日も放課後バイトであるという情報を得たので、俺は早速アルミに会いに行くことにした。今回の目的は、アルミの頭を撫《な》でることではない。アルミの首輪を調べ、繋《つな》がれている紐《ひも》を調べ、アルミがどんな時に吠《ほ》えるのかを調べる。誘拐《ゆうかい》の準備だ。

自分でそんな強い言葉を思い浮かべておいてなんだけれど、別に大げさなものではない。影響があるのかも分からないし、一晩か二晩、アルミをどこかに繋いでおき、チカから例の動物を遠ざけることが出来ないか実験しようとしているだけだ。一度逃げ出したと知れば、あの田中の家でも裏庭の入り口に柵《さく》を作ったりするかもしれない。それがチカの世界にも影響し、その動物がきちんと管理されるようになれば万々歳だろう。

アルミはいつも俺の足音に気がつくと、塀の陰からひょっこり鼻先を出して到着を待つ。アルミの前で足を止め、再会の挨拶《あいさつ》に頭を撫でてやりながら、俺は周囲の犬小屋や首輪から伸びた紐を観察する。出来ればアルミが自分で逃げ出したという体《てい》でいきたい。

首輪を見てみる。人間のベルトをそのまま小さくしたようなものが緩めに巻いてある。これなら外してから改めて留めておくことで、アルミが勝手に首を抜いた風に見えるかもしれない。

どうやって連れて行くか考えながら、俺はアルミの腹の辺りに手を差し入れ持ち上げてみた。大型犬でなくてよかった。ひょっとしたら盛大に鳴かれるかも、と予想していたけれど、アルミはじっとされるがままになっていた。俺に心配される筋合いはないだろうが、番犬としての役割は大丈夫なんだろうかこいつは。

首輪を緩めてみても、アルミが暴れる様子はなかった。拍子抜けというかなんというか、これなら問題なくアルミを借りてここに戻すことが出来そうだ。首輪を巻きなおす間も俺の腕に鼻を近づけてフンフン言っているだけで嚙《か》みついたりしない。もう少し警戒心を持ってもいいんだぞと言ってやりたくなる。

後は夜にもう一度ここに来て、田中の家の電気が消える時間帯を確認しよう。

この家の生活習慣次第では、ひょっとしたら今夜にでもアルミを連れ出すことになるかもしれない。アルミを繫いでおく場所を本格的に考えなくては。

というように計画の始動を決めて、その日と次の日とまた次の日、夜に一時間ずつ時間をずらしてバス停からの帰り道に寄ったのだが、あの田中の家の電気が全《すべ》て消えているのを見ることはなかった。一番遅い時間に行った時には二階の電気だけがついていた。そこがあいつの部屋なのかは知らないが、いつも授業中寝てんだったらさっさと寝ろ、と、八つ当たりに思った。

一旦帰宅し、また改めて夜中に家を抜け出すしかないだろうか。うちの家族が起きださないか、面倒だ。

チカがいない日が続いて四日目、いつも通りの時間に登校すると、教室の隅では斎藤が田中達と笑顔で話し込んでいた。別に興味があるわけじゃないけれど、見慣れない光景にはつい目が行く。

席についてから、じっと机を見る。そうしていつもなら自分自身の考えに没頭するところを、今日は横の席の田中の会話に聴き耳を立てる。何か、アルミを連れ去るのに有益なことを言っていれば儲《もう》けものだ。

しかし俺の思惑通りに横の席の田中が行動してくれるわけもなく、朝から集中力を無駄にした。

「あははは っ、アルミ、めちゃくちゃ可愛いー」

昼休み、いつもと同じように時間が経《た》つのを待っていると、横で田中達が騒いでいた。

どうやらアルミの動画を横の席の田中が見せびらかしているらしい。よそでやれ、と思いつつ、ここ三日ほどこいつがバイトに行ってなくてアルミの様子を確認出来ていなかった。盗み見る。と、目が合った。

「何？　アルミ見たいわけ？」

「……うるさいから文句言おうと思って見たんだよ。よそでやれ」

「は？　昼休みなんだから、静かにしたけりゃ図書室でも行けば？」

言い方に腹は立つが、この田中の言うことにも一理なくはない。席を立つため足に力を籠めたのと同時、スマホの画面がこっちに向けられた。

「ほれ、可愛いうちの子」

思わず見てしまうと、スマホの中でアルミが古びたバスタオルにくるまれて転げまわっていた。BGMのように飼い主である田中の笑い声が入っている。元気そうでよかった。もちろんアルミが。

「可愛いっしょ？」

ここで頷《うなず》くことも出来たが、もちろんしゃくなので、俺は席を立った。背中で「んだ、お前」という声を聞く。同時に、「鈴木って誰に話しかけられてもあんなんだよね」なんて隣の席以外の声も聞こえた。

それからしばらくの間は、アルミを借り受けるタイミングが訪れることも、チカに会うこともなく、いつも通りの生活を送った。もうすぐ梅雨が明ける。そういえば梅雨明けまでに戦争は終わっているはずだと以前に報道されていたが、最近では日本にまで戦火が広がるのではと懸念する報道を見聞きする。

俺にとって有益な情報を手に入れられたのは、チカに偉そうなことを言ってしまった二週間後だった。横の席の田中が次の土曜日、友人宅に泊まりに行くという話を耳にした。あいつがいなければ、あの家の全ての電気が消える時間も早まるかもしれない。しかもこの情報を本人から聞いたのではないのもよかった。田中達から聞いたのだから、俺が後で怪しまれることもないだろう。

計画実行の夜、いつもと代わり映えのしない風が吹いていた。今日は自転車に乗り出かける。事前に購入した首輪、リード、そしてアルミの餌や水を入れるための皿は、バス停の待合室に置いてある。今からバス停で時間が過ぎるのを待ち、もしくは確率は低い気がするがチカと話してから、十二時前にあの田中の家へと向かう。

雨が降っていなくてよかった。アルミを濡《ぬ》らさずに済むし、雨ならばそもそもアルミが家の中に入れられている可能性もあったろう。

暗闇《くらやみ》の中で待合室に辿《たど》り着き、自転車を止めて、いつものようにスライドドアを開ける。チカはいない。もしいたら今日の計画について伝え、明日チカの近所に住む凶暴な動物がどうなっているか確認してもらおうと思っていたが、それはまた今度だ。

ベンチに座る。思えば今回の計画は、チカとのことで初めてこちらの世界に被害が及ぶものだと言ってもいい。もちろんあの田中のことを気遣ってるわけなんかじゃなく、心配しているのはアルミのことだ。二日程度とはいえ、罪もないのに住み慣れた場所から離されるのはストレスかもしれない。もう少しおやつのようなものでも買っておいてやった方がよかっただろうか。連れ去るのに成功したら考えよう。

最近分かったのだけれど、大体十一時半を回ってチカが現れない日は、それ以降もチカがここに来ることはない。静かな時間を一人で過ごして時計を見た時に十一時半を過ぎていると、残念な気持ちになる。白状すれば、最近は少しだけほっとする。妙な感情に翻弄《ほんろう》される自分を知りたいわけではないから。

今日も十一時半を回り、俺は荷物を持ち待合室を出た。

俺達の町が田舎で良かったと初めて思う。人のたくさんいる街で犬を連れ去ろうとなんてしていたら即通報だ。チカの住む場所は人々が多く暮らす町の中だとこの前聞いた。土地柄に関してはどうやらリンクしているわけではないようだった。

自転車を発進させ、アップダウンのある道を走る。トレーニングにちょうどいい傾斜だ。自転車で走ると下り坂での風が心地いい。

途中ぽつんとある自販機で水を買い、頭の中でアルミを連れ去るシミュレーションをしながら自転車をとばせば、目的地にはすぐに着いた。

あたりには誰もいない。少し離れた場所に自転車を止め、出来るだけ足音をたてないよう注意して日本家屋に近づく。ぱっと見、一階にも二階にも電気はついていないように思える。そろりと家の周りを一周し、正面から中を盗み見るが、やはり中は真っ暗だ。かと言って安心は出来ない。昼間は停まっていない、あの田中の両親のものだろう車が二台ある。アルミが騒ぎ出したらすぐさま逃げなくてはならない。

裏口に行くと、アルミは綺麗な姿勢で伏せて空を見上げていた。今日は満月だ。俺が声をかけるまでもなく、鼻をひくりと動かしたアルミはこちらに気づき近づいてきてくれた。外灯も何もないが、満月がアルミの表情を俺に教えてくれる。元気そうで何よりだ。

問題はここから。昼間にちょこちょこと練習はしていたが、夜中に首輪を外そうとする俺をアルミが不審者と捉《とら》えたところでなんの不思議もない。というか実際に不審者なのだから吠えられても文句は言えない。

そう心配していたけれど、アルミは大人しく首輪を外されるのを待っていてくれた。

さらにはアルミが自分で逃げ出したと見せかけるために俺が首輪をしめなおしている

間も、そこにお座りの姿勢で待機していた。また別の意味で心配になる。

とはいえ計画遂行のため、これ以上好都合なことはない。俺はアルミを抱えてこっそりと飼い主である田中の家から離れ、自転車のところまで辿り着いてアルミをゆっくりとカゴに載せた。窮屈そうではあったが、自分で上手く足を折りたたんでおさまってくれた。アルミが暴れたりしないよう、よく噛むタイプの餌を与える。満足げなアルミに用意していた首輪とリードをつけカゴに繋いで、自転車にまたがり発進させた。

誘拐は拍子抜けするほど簡単に成功した。来た時よりも人がいなそうな道を選んで走り、目的地を目指す。遠くに連れて行くことも考えたけれど、まずはチカの世界との影響力を調べるためなので近場で済ますことにしていた。とはいえ俺の家に近すぎて容疑をかけられても困るので、ランニングの途中で寄れるくらいの場所を選んだ。

昼間ならば鮮やかな緑、今はただ闇が深いだけの山の中へと入っていく。流石《さすが》にアルミも初めて来るだろう道に不安を感じたのか、俺の方を見上げて小さく吠えた。しかしそれは俺を非難するというよりも「どういうつもりだ？」と尋ねるくらいの声量で、二人で逃走中の相棒だとでも思っているのかと、また創作的なことを考えてしまった。

急な坂道に差し掛かり、立ちこぎで一気に登りきると、そこに一つのバス停がある。ボロボロで、あたりは暗く、今にも崩れ落ちそうな待合室が併設されている。環境は酷似しているが、俺がチカと会っているあのバス停ではない。最近、アルミを繋いでおけるところを探しにウロウロと走っていて見つけた場所だ。例のバス停と同じで、既にバス停としては機能していない。何度か夕方のランニングの時に来てみたが、あちらのバス停前の道路と同様、人も車も見かけない。アルミを隠しておく場所としては都合がよかった。

いつもとは違う待合室の扉を開け、中にアルミを運び込む。ここでもアルミは大人しく中のベンチにリードが繋がれるのを待っていた。

「ちょっとの間だけ、悪いな」

コンビニで買った深さのあるプラスチック皿におやつを載せ、もう一枚同じ皿にペットボトルから水を注いでやってアルミの前に置く。

これで目的は達成した。俺は待合室を出ることにする。扉を閉めて自転車にまたがろうとした時、もう一度アルミの声が聞こえた。俺はすぐ自転車を発進させ、家までの道を走る。当初アルミには二泊あそこにいてもらう予定だった。しかし、犬が感じる時間の流れは人間とは違うというのを思い出す。明日には家に帰してやったほうがいいかもしれない。俺は、計画の変更を検討することにした。

家に帰って眠りにつき、夜が明けて、日曜日だ。

あの田中はもう帰宅しているだろうか。帰宅しているとしたらアルミがいなくなって大騒ぎしているかもしれない。クラスメイトにいらぬ気苦労をかけるのも本意ではないが、チカの身の安全のためだ、仕方がない。

土日は午前中から走りに行く。だから特にいつものルーティーンを崩さず、アルミを訪ねに行くことができた。餌と水だけを持って出かけ、走ること二十分ほど。昨日からアルミがいる待合室のドアを開けると、外気とさして変わらない空気が顔に張り付いてきて、安心する。待合室の上を分厚い木々の葉っぱが覆っており、屋根が日に焼かれない環境もここをアルミの宿泊場所に決めた理由の一つだ。

俺を見て、アルミは伏せていた状態から立ち上がった。しゃがみこんで頭をなでてやる。腹の毛にほこりがついているのが分かった。皿に餌を載せ、水を補給してやると、アルミは特に文句も言わずそれらを嬉《うれ》しそうに口にしていた。

少しくらい運動させた方がいいのだろうかと思い立つ。日曜の午前中だ。こんな場所を人が通ることも少ないだろうし、車から見られてもただ犬の散歩をしていると思われるだけだ。ベンチに留めていたリードを解き、アルミと一緒に外に出た。アルミが自分の家のある方に向かって走り出すんじゃないかとも予想していたが、そんなことはなかった。バス停の周囲を少しだけ共に歩いて、俺は再び待合室にアルミを戻した。

今日の夜もう一度見に来て、その時のアルミの様子でもう一泊続行するかどうか判断しよう。俺はそう決めてバス停を後にした。

夜になってから、俺は自転車でいつものバス停に出かけた。

「こんばんは、カヤ」

規則性を理解しているわけでもなく、だから予測のしようがないのだけれど、その夜、チカがバス停の待合室にいたことを俺は意外に感じた。

そのことを出会いがしらに話してみると、チカは真剣に意味を考え始めた。

「実は、今日は違う避難所に行く予定だったんだけど、やらなくちゃいけない用事が出来て急に家の近くに戻ってきたから、ここにいるんだ。関係があるのかも」

「チカの予定が俺の意識に影響を及ぼしたってことか。そんな細かい影響ってあるかな」

あったとしても、何かの役に立つことはなさそうだ。そもそも予感なんて、事実が明かされた後に脳が捏造《ねつぞう》した偽りの記憶かもしれない。

「もし意識の奥でまでカヤと繋がっていたとしたら、生きる上で心強いことだし、けれど、怖いことでもあるね」

チカの言っている感覚は理解できた。

誰かと意識が繋がってしまうなんて怖い。チカをどう思っているかとか、それとはまるで無関係に、自分が自分だけのものでなくなってしまうのが怖い。同時に相手が確固たる個人ではなくなれば、それは本当の濃度を下げることになってしまう。

ともあれ、たかが意識と予定の話なのだから偶然だという可能性の方が高いだろう。より意味のありそうな話をする方が賢明だ。

「そうだ、チカが前に言ってた、怖い動物について、影響を調べようと思って俺の近くにいる動物を移動させてみたんだ。チカの世界に、何か影響あったかな？」

「あーっ」

控え目な、納得と驚きの中間くらいの声色と共に、チカの目の光が大きくなった。

「最近見ないと思ったら、カヤの行動が影響していたのかもしれない」

「ん、でも最近って、数日前からって意味か？　俺が動いたのは昨日だから」

ひょっとしてチカの世界での事象が、俺を動かしアルミの誘拐を決意させたということだろうか。また、自己の確立が揺らぐ話、ぞっとする。

「影響を受けたのは、俺か？」

「後に起こった方が影響を受けたっていうのを確定的だと思うのは、まだ早い気がする。天気が一緒だったとしても、本当はカヤの世界でのいつが、私の世界でのいつに当たるかなんて分からないし、調べようがない」

後に起こったと思われている方が影響を及ぼしているとしたら、SFみたいな話だ。

「それに、やっぱり人の意思を信じたい。だから、私はカヤのおかげで怖い思いをしなくて済んでいるんだと思う。ありがとう」

「それは、うん、よかった」

感謝なんてしてもらう必要はないけれど、チカが少しでも安心して生活できるのであればそれは良いことだと思う。

「じゃあ影響がどうなるか、試しに一度、こっちで動物を元の場所に戻してみる。ひょっとしたらまたチカに怖い思いをさせてしまうかもしれないけど……」

「ううん、大丈夫、元に戻るだけだから、辛《つら》くないよ」

「そうか」

そうだろうか。

考えてみる。考えるまでもない。

俺は元に戻ることが、辛い。チカと会うこの時間のない生活を思うと、特別が自分の元から去る瞬間を思うと、心臓に血液が足りないような感覚を覚える。だからこそ自分で自分の人生を満足させる何かを見つけようとしている。自分で自分の心臓を動かす何かを。でなければ怖くて仕方がない。

チカは、いつかその時がきても、辛くないよ、と、その声で言うのだろうか。

「最近、カヤの周りで何か幸せなことはあった?」

「いや、特には、ないけど。チカが何かしてくれたのか」

検証の結果が知りたいのだろうと思った。しかし、チカの目が横に揺れる。

「ううん、影響を調べるための質問じゃないの。ただ、私のために行動を起こしてくれたカヤに、何か一つでもそっちの世界で幸せなことが起こっていたらいいなって、願ってる」

チカの世界から俺の世界への影響ではなく、俺の世界から俺の世界への影響の話。俺の行動がチカにいい影響をもたらすのではなく、俺にいい影響をもたらせばいい。他の誰でもない、俺が俺を幸せにする。チカが言っているのは、そういうことだ。チカが、そんな風に考えてくれているのを素直に喜び、受け取ることも出来たのだろう。

でも、そうはならなかった。

矛盾するかもしれないけど、チカの言葉が、俺を自分の世界という現実に引き戻す。チカとの出会いにおぼれていてはダメだと、彼女が教えてくれている気がした。

「ありがとう」

一つ、本当は前から気がついていたのかもしれない可能性が手のひらに浮き出た気がして、握りしめた。

ひょっとしたら。

チカという存在に、意味を求めていること。チカに特別な感情を抱き始めているのかもしれないこと。それらは全て、俺が俺から逃げているのに過ぎないのかもしれない。

結局、チカと俺がどうして出会ったのか、これまでの時間で分かることはなかった。分からないのは、理解すべきことなんてそもそもないからなのではないか。チカはただそこにいるだけで、俺の人生を幸せにしてくれる存在でもなんでもないのかもしれない。その可能性から、目をそらそうとしていたのではないか。

このまま影響を調べ合うだけで時間が過ぎて、いつか会えなくなって、過ごした時間分の喪失を味わい、過ごした時間分の無駄を知って、その時、俺が俺を退屈から救えていないのならば、意味がない。

チカに伝えるべきだった。俺という人間の持つ意思を表明するために。なのに、俺達が会うことに意味はないかも、それだけを、チカがサイレンに気がついて去るまでに言い出せなかった。

待合室で一人になる。

チカとの出会いは無意味、頭はその可能性を考え始めている。

同時に感情が、馬鹿げた考えは許さない、と、俺をなじっている。捻《ね》じ伏せられないほどの、大声が耳の奥で響く。

はっきりと聞こえるその心の声を、俺はもう無視することが出来ない。

思わずため息が漏れる。

ひとまず、これからアルミを迎えに行って、飼い主の元に返さなくてはならない。

俺には今やることがあるのだ。幸い、チカが二日続けて現れることはこれまでなかったから、次に会うまでには時間がある。今後の身の振り方を考える時間があるのだととらえよう。今は、ここを出ていかなければ。

立ち上がってドアを開けて閉め、自転車にまたがり、もう一つのバス停へと向かう。

風が少し冷たく感じられた。明日は雨だという予報を見た。今日アルミを戻してやろうかと考えたのにはそういった理由もあった。

もし、自分の感情を黙らせてもうチカと会わなくなるとしても、せめて彼女を脅《おびや》かす動物の件については最後まで見届けようと自転車をこぎながら考えた。少なくともそれまでチカと別れる可能性を考えなくてもいいのだと、頭と心が喜んでいるのが分かった。ぬか喜びだ。

難しいことを考えなければ、楽だ。ずるずると感情に任せ、ただ息をしていれば、何も悩まなくていい。悩むためのエネルギーを使わなくていい。

それを生きているとは言わない。

疑問を持つことだ、疑問を持つこと。自分の感情や考え方や存在すら、確かじゃない。

頭の中で唱えながら、アルミを隠しているバス停まで最後の坂を立ちこぎで一気にのぼる。急な運動に体が驚いたのか、それとも肺の近く、チカのいる心が酸素供給を妨げたのか、腕時計が一音だけ電子音を鳴らした。

自転車を止めて、静かに肺に空気を送り込む。風に揺られる木々の音以外には何も聞こえず、自転車から下りる音や、スタンドで自転車を固定する音が、まるで大ごとのように響いた。待合室からアルミの声は聞こえてこない。大人しく自らの時間を過ごしてくれているようでよかった。

アルミを含む犬や、他の動物が、実際のところどれほどの知能や感情を有しているのか、俺には分からない。人間より程度が低いなんて誰が決めたのか知らないが、実際のところひょっとすれば人間の前でだけ馬鹿のふりをしているのかもしれない。人間は、自分よりも愚かだと思っているものを可愛いと言うから。

俺が周りの人間達を可愛いと思わないのは、自分も奴らと同族なんだというのが分かっているからだろうな。そうやってまた自分が嫌になりながら、待合室のスライドドアを開けた。

アルミはいなかった。

心臓が跳ねた。いつかと同じ種類のめまいがした。

数秒、動けず、固まってしまった。

しかしすぐに我に返り、驚いている時間に意味はないと気がつく。

アルミがいない。待合室には、俺がアルミにつけていた首輪とリード、それから食べかけの餌と、水だけ。

明らかだった、逃げ出したのだ。ひょっとしたら闇の中、待合室の隅に蹲《うずくま》っていることもあるかもしれないと思い中に入ってみたが、いない。

首輪に余裕を持たせ過ぎたのだろうか。それともアルミの力を甘く見ていた？　どちらでもいい、とにかく、探さなくては。

外に出て、躊躇《ちゅうちょ》なく叫んだ。

「アルミっ！」

あれだけ人になつく犬なのだから、飼い主でない俺の呼びかけにも反応する可能性が十分にあると思った。帰ってきてくれないまでも、返事さえしてくれれば、すぐにでも走り出すつもりだった。

しかし待っても、アルミの姿や声が、俺の元に届くことはなかった。

林の中に入っていって、周囲を探す。アルミじゃなくてもいい、アルミの残した何かでもいいから、見つけられないかと、目を凝らす。スマホのライトをつけてみるが、照らせる範囲には限界があった。

「アルミっ！」

もう一度声を張り上げるも、響くその声に返事はない。

どうする、一体、どうしたらいい。

ぐしゃりとなりかけた頭、そこに一つの考えが浮かぶ。

帰ったのか？　家に。

犬には帰巣《きそう》本能があるという。飼い主でもない奴にこんなところに連れて来られて、アルミは帰りたくてしかたがなく、力ずくで首輪を外したのかもしれない。

そうだったらいい。人だろうが犬だろうが、傷つけるのは本意じゃない。本当に、そんなことは願っていない。

あの家に帰っていてくれ。そうして呑気《のんき》な顔で自分の小屋で眠ってでもいてくれ。祈るように、俺は自転車にまたがり、あの田中の家まで自転車を飛ばした。

普段から、なんのことも、誰のことも相手にせず、自分のためだけに生きている俺が祈るなんて馬鹿げた話だ。

目的地にたどり着く。

アルミは、家にはいなかった。

二階の電気は、ついている。

あまりに、あまりに楽観的ではあるけれど、あの田中がアルミを探してバス停で発見し、連れて帰った可能性についても考えた。あり得ない話ではない。あり得ない話なんてどこにもないのかもしれないけど。

いなくなったりしたから、今は家の中に入れられている可能性はあるだろうか。ひょっとしたら今頃二階で飼い主と仲良く戯《たわむ》れている可能性はないだろうか。

もしくは、首輪から逃れたアルミが、どこか遠くまで行ってしまっている可能性。遠くまでは行かないまでも、遠回りをしてゆっくりと自分の家を目指している可能性。どこかの空き家に潜んでる可能性。誰かに、連れ去られた可能性。

どれもあり得ない話ではない。しかし、あり得なくない、というそれだけだ。

一応、あの田中の家の近くを自転車で見回ってみる。が、どこかを歩いている姿も座り込んでいる姿もなかった。

埒《らち》が明かない。考えてみてもしょうがないけれど、焦《あせ》りだけが胃を浮き上がらせる。こんな時には得られる成果なんてたかが知れている。また明日、明るくなってから探す方がいいに決まっている。

それなのに、なかなか家に帰れず、俺は意味もなく、あの田中の家とバス停の間を何度も往復してしまった。してしまった、というのはつまり、案の定なんの成果もなかったということだ。

早くそうしていればよかったのにやがて諦《あきら》めて自分の家に帰り、部屋に戻って、いつもと同様に眠ろうと努力はした。

月曜日、家族には朝食前のトレーニングだと言って家を出た。まだ雨は降っていなかった。自転車であの田中の家に行ったけれど、アルミは戻ってきていない。いっそチャイムを押してアルミの安否を訊《き》こうかとも思ったけれど、そんなまねをすればただの不審者だ。後で学校で訊けばいい。

他に出来ることもなくて、昨日と同じように辺りを走り回るだけ。飼い主と散歩している犬は見るけれど、当然どれもアルミではない。アルミを繋いでおいたバス停にもまた行ってみたが、姿はない。念のため、用意していたビニール袋にリードや首輪を入れて持ち帰る。

アルミはどこに行ったのか、どこで何をしているのか、このままどこかに行ってしまっていたらどうすれば。こんなにも誰かについて考えている記憶が、最近ではチカ以外になかった。

仕方なく家に帰って、朝食を食べ、登校することにした。学校に行けば、少なくとも横の席にはあの田中がいて、現状を知るくらいは出来るだろう。登校中、怪しまれずにアルミのことを聞きだす会話の流れを考えていた。

なのに、学校に行っても俺の右横には誰も座らなかった。朝のチャイムが鳴っても、教師が来ても、一限目が始まっても。

こんな日に休んでんじゃねえよとイラついている自分を感じた。こんな日だから休んでいるという可能性は、あり得なくない、に留めておいた。

でも、すぐに逃げられなくなった。

昼休みになり、昼食を食堂で食べた。今日もまた、本当に食べたいものとはどこか違っているものを食べた。

教室に帰って、机をじっと見ていると、声が聞こえた。ひそひそと話す声は、普通に声量を落とすよりも時に聞こえやすいのだと、そんなことも知らない奴のおかげだった。

「聞いた？」

「何？」

「アルミ、死んじゃったんだって」

突如、教室内の全ての音が奪われたのは、右膝《みぎひざ》をはね上げて机を蹴《け》ってしまったからだ。悪気はなかった。

何事かと俺を見た奴もいただろう。俺は誰の方も見なかった。

ただ、机の木目を見ていた。

なんだよ。

そうか……。

死んだのか。アルミ。

ただ、それだけ、思った。

それだけだ。

思い出したりは、しなかった。

何も、思い出したりしなかった。

初めて見た俺に不用意に近づいてきたアルミを思い出したりしなかった。

俺に頭を撫でられているアルミを思い出したりしなかった。

俺から秘密の餌を貰《もら》って勢いよく食べているアルミを思い出したりしなかった。

俺の足音に気がついて顔を出すアルミを思い出したりしなかった。

俺の腕の匂《にお》いをかぐアルミを思い出したりしなかった。

俺を信じて腕の中におさまるアルミを思い出したり、しなかった。

思い出したりしなかったから、きちんと下校の時間まで、学校にはいた。耳をふさがなかったから、交通事故だったという噂《うわさ》が聞こえた。

放課後、いつもと同じように、コピーアンドペーストで、下駄箱に向かった。

なのに近頃いつも俺に下手くそな別れの挨拶をしていた斎藤は、俺の顔を見るなり、怪訝《けげん》そうな表情を作って、前はそうだったように黙って帰っていった。

俺も黙って家に帰りつき、それからもう一度外に出た。制服のまま、必要がなかったから着替えなかった。

雨が降っている。

ということは、チカの世界でも雨が降っているかもしれない。あちらにどんな影響があるか分からないから、しっかりと傘を差したし、きちんと段階を踏もうと思った。チャイムを押す気でいたし、他に家族がいれば挨拶をする気でもあった。

でも、呼び出す必要はなかった。

念のため、先に裏庭を見に行くと、アルミの飼い主である田中が傘を差し、じっと空っぽの犬小屋を見ていた。

裏庭の入り口にまで歩いて近づく。足音はしたはずだが、田中は振り返ることもなくまだじっと自分の膝より下を見ている。こちらに背を向けているから、表情は見えない。

正しく名字を呼んだのに、彼女は何も反応しなかった。もう一度呼んでみる。

ゆっくりと、首と腰を動かし振り返った田中の表情は、チカの声と同じくらいに、感情の折り重なりを分からせた。

「んだよ」

どうしたんだよ、どうしてここにいるんだよ、どうして声をかけたんだよ。

どうしてアルミは死んだのにお前が生きてんだよ。

その全てに聞こえた。

さっさと、目的を果たす。

「話したいことがあって来た」

アルミの飼い主である田中は、表情ですら、なんの反応も見せなかった。

勝手に続ける。

「アルミは俺が殺した」

なんの反応もなかった。ただじっと俺を見ていた。

「夜中にここに来て、アルミを連れていった。別の場所に繋いでおいたら、俺の管理が甘かったせいで首輪が外れてどっかに逃げてった。だから死んだ」

「は？」

小さな、雨の音で消えてしまいそうなほど小さな声だった。

「通報してもいい」

「んだよ、お前」

彼女の、口以外の部分は、まるで動かない。

「許さなくていい」

「んな」

田中の、喉《のど》の奥から漏れた声。

じっと顔を見る。半分だけ開いた唇が静止した状態から、震え出し、やがてそれが顔全体に波及していくのを、俺は、じっと見ていた。

「なんなんだよ」

見ていた。

「なんなんだよお前はあ！」

田中が持っていた傘を俺に向かって投げたけれど、開いたままの傘は空気抵抗を受け、俺の目の前で地面に落ちた。

同時に、アルミの飼い主である田中は、その場に崩れ落ちるように膝を折って、泣きじゃくり始めた。大きめの雨粒が、田中の黄色いTシャツに丸いしみを次々と作っていく。

雨に濡れると分かっている人間をそのまま放っておくのは暴力であるように思える。泣いている田中にこれ以上何かを言う気も、言う必要もなかった俺は、そのまま大きな日本家屋の裏庭を後にした。

＊

家に帰って筋トレをして、母が作った夕飯を食べた。部屋に戻り窓から外を見ると雨がやんでいた。可能性は低いと知りつつ、念のため俺はバス停に向かうことにした。もちろん、アルミを隠した方ではないバス停へ。

ここに来るのはもはや習慣のようなものであるから、例えば今日はいつもよりチカに会っておきたい気持ちが強いとか、そういう意味はなかった。もちろん、アルミがいなくなり、チカの世界でも何かが起こっている可能性はあるので、次に会う時にはその確認をしようと、半ば今日という日を既にスキップしたような発想を持って待合室のドアを開けた。

だからそこに光る目と爪があれば驚くはずだったのだけれど、実際の心はそうでもなかった。

二日連続でチカに会うのは、初めてのことだ。

「ああ、チカ」

「うん、あの」

俺の挨拶《あいさつ》が短かったから、それに合わせてチカの返事も短かったのだと思った。しかし、続くチカの言葉が、俺の見当違いを教えてくれた。

「周りで、誰か死んだ？」

俺に向けられていた二つの目の間から、憂《うれ》うような声を投げかけられた。

努めて動揺を表に出さないようにして、俺は「人は死んでない」と返し、ひとまず座った。

「どうして、そんなことを？」

チカは、ひゅっと、俺が聞く必要のない音量で息を吸った。

「私の家の近くで、人が何人か死んだ。詳しいことは分からないけれど、前回、近所で戦闘があった。そこで、戦う仕事をしている数人が、死んで、私達が埋めたの。ひょっとしたら、カヤの世界に影響があるかもって予想をして、来たんだけど」

チカは一度そこで区切って、長めの瞬《まばた》きをした。

「今、カヤが、とても悲しい顔をしているから」

悲しそう、なのではなく、悲しい顔、だそうだ。

感情を隠すことが出来ておらず、断言できるほどに濃い色が俺の表情に表れているという意味なのか、それとも、見るだけでチカを悲しくさせてしまうほどの表情を俺がしてしまっているという意味なのか。どちらにせよ、ろくでもない。

「何か、あったの？」

話す必要があるのか、少し考えた。

そして、影響について調べるために話すのならば、意味があると思った。

「犬が死んだんだ」

「イヌっていうのは、人と暮らす動物だね」

「説明したことあったっけ。そう、俺が殺した」

「そうなんだ」

チカは、悲哀や非難の色を見せはしなかった。代わりに「何かされたの？」と質問を付け加えた。

そうか、殺されても仕方がないほど危険な動物だと、そんな動物でなければ俺が殺したりはしないだろうと、そう思っているのかもしれない。

「いいや、いい奴だった」

チカの勘違いを正す。

「犬は、野生のもいるんだろうけど、基本的に俺の国では、チカが言ったように人と暮らす、家族や友達みたいに扱われてる生き物だ。俺は、知ってる奴の家に住んでいた犬を殺した。凶暴でもなんでもない、誰にでもなつく、無害な奴だったんだ。俺の手からも餌《えさ》を嬉しそうに食べてた」

「どうして、そんなことを？」

「連れ去って、放置してるうちに、事故にあって死んだ」

「ああ、ごめん、私が訊いたのは」

「連れ去った理由は、俺が勝手に二つの世界の影響を調べようとしたからで、逃げられたのは、俺の不注意だ」

チカが自分の責任だと出来るだけ思わないよう、しかし、既に話してしまっている内容と齟齬《そご》をきたさないよう、説明した。

「そうか、昨日言ってた」

チカは一度頷《うなず》いて、それから首を横に振った。

「でも、私がどうしてって訊いたのは、カヤがイヌに何をしたかということでも、その行動の理由でもないの」

「……じゃあ」

なんなんだ。

言葉にせず、疑問を込めてチカの目を見る。その光はじっと動くことなく、声だけが俺の感覚に届いた。

「どうして、そのイヌに同情させるような話を、私にするの？」

音はしない。無音に、質感も質量もない。

なのにその問いの後のチカの沈黙に、髪の毛を激しく摑《つか》まれたような気分になった。髪と一緒に、心が引きちぎられるような気がした。そんなわけがない。夢想だ。創作的だ。

なんなんだ、俺は。

「同情を誘ったりしてない。ただ、事実を言っただけだ」

嘘《うそ》ではないから、しっかりチカの目を見て話したのに。彼女は、長い瞬きをしてから、目を伏せた。

「カヤは、辛い思いをしたんだね」

「……は？」

違う。

「違うよ」

「辛いように、見える」

「違うんだよ。辛いのは、俺じゃない。アルミだ。そして、家族を失った奴らだ。俺が奪ったんだ」

アルミ、なんて言ってもチカには分からない。

「その人達も、辛いんだと思う」

「あいつらだけが、辛いんだよ」

俺は辛くない。

「その辛さは私には分からない」

そりゃそうだろう、チカは何も知らない。

「でも今、思ってる。そのイヌや家族とは違う重さかもしれない、けれど、カヤもきっと辛いんだって」

「違う。辛くない」

「辛そうに見える」

「だから、違う！」

そうじゃないんだよ。

「俺が殺したんだ」

悪いのは俺だ。

辛いだなんて思っていいはずがない。

アルミの痛みを、飼い主の苦しみを、欠片《かけら》も理解できない俺が少しだって辛いなんて思っていいはずがない。

自分がやったことを全て知っている俺の頭に、チカの一見優し気な言葉が、俺を贔屓《ひいき》している言葉が、鬱陶《うっとう》しくて鬱陶しくて仕方がなかった。

「チカは、何も分かってないっ」

そうだ、彼女は、何も。

だって、アルミの名前だって知らない。

今は、そんな奴の、無意味な慰めなんていらない。

「やめてくれ」

本心からの願いだった。

「カヤがよくない方向に歩いているのを感じる」

「そうだよ、俺が悪いんだ、だから」

「だから、自分でもっと辛い場所に行こうとしなくていいんだよ」

「やめろ」

そんなことを言ってほしいわけじゃない。

違う。本当はもっと、言われるべき言葉が、叫ばれるべき声が、俺にぶつけられるべき感情があるはずなんだ。それ以外のものを心に届かせていいわけがない。
届くものを受け取っていいはずがない。
「ここにいて、いいんだよ」
「俺は、アルミを殺したんだよ！」
悪人なんだ。
優しい言葉をかけられていいような、救いの手を差し伸べられていいような、人間
じゃない。自分で分かっているんだ。
だから、やめてくれ。
「カヤがそちらの世界でどれだけよくないものになっていたとしても、ここにいる、
カヤは、カヤだよ」
「なんで」
俺は自覚している。
悪人であると。自分が裁かれるべきだと。
同時に、知っているんだ。
自分が吐き気がするほどつまらない弱い人間であることも。
だから、だめだ。

罰せられるべきだというのが、たとえ本心だったとしても、弱い人間は、手を差し伸べられれば、そちらを見てしまう。少しでも楽になりたくて。無様に。

だからやめてほしい、そうじゃないと俺は。

意地汚い俺は。

差し伸べられる手を、見てしまう。

いますぐにでもすがってしまいたいと。

その手、チカの心から伸びる、見えないその手を、取りたくなる。

取ってしまえば、たくさんの大切なものが、終わると分かっている。

見てはいけない取ってはいけない。心が警鐘を鳴らしている。

耳を塞《ふさ》げと、うるさくサイレンのように聞こえる。

でも。それでも、それなのに、俺は。

俺は。

今、窒息してしまいそうだった。

好き、嫌い、興味のある、ない、自分に利益がある、ない、そういった価値観とは切り離して、生命活動に関わることであれば、行動を厭《いと》わない。

食事をするように、眠るように、走るように、息をするように。

弱い弱い弱い、俺は、生き延びるためだけに。

チカの手を見てしまう。

「アルミはっ」

ついには取ってしまう。

自分の情けなさを、理解しているのに、声が止まらなかった。

「アルミは、良い奴だったんだ！」

「いなくなって、悲しい？」

俺は首を横に振る。

「飼い主ほどじゃない」

「それでも悲しいなら、悲しいって言った方がいい」

意思はなく、もはや口から言葉が零《こぼ》れ落ちるだけだった。

「悲しい。うん、悲しいんだ。俺なんかに、気を許して。吠えればよかったんだ、助けを呼べばよかった。なのに、しなかったから、俺に殺された」

「カヤは、自分が許せないんだね」

「そうだ」

「じゃあ、私が許す」

目と爪しか見えない、二つ年上の少女は、俺の前に言葉を一つ、差し出した。目と爪しか見えないのに、俺達の間に置かれたその言葉が何故だか、柔らかく、甘いものだと分かった。

「カヤにとって意味がないことかもしれない。けれど、私はカヤを許すよ」

「許されていいわけない。そんな優しさはいらない」

「カヤ」

チカは謝る時にいつもそうするように、長めの瞬きをした。

「これは、優しさじゃないんだ」

二つの光が、俺を突き刺す。

「私が、カヤを許したい。私も、自分達のために働いてくれていた人達を見殺しにした。真剣に向き合えば向き合うほど、自分という存在をどう捉《とら》えればいいのか分からなくなる。だからせめて、何か私が出来ることをしたい。カヤを、許したい」

とても悲しくて美しいものを撫《な》でるような、声だった。

その儚《はかな》げな声を無視できなくて、俺は、二人の間に置かれたその甘くて柔らかい言葉をよく考えもせず咄嗟《とっさ》に口に入れた。

「だったら」

そして、飲み込んでしまった。

「俺は、チカを許す」

自分の中に留まって、いつまでも抜け出てくれなくなることを知らずに。

いや知っていたかもしれない。きっと、それでもいいと瞬間的に思ってしまったのだ。

「俺も、チカを許したい」

「また、同じ罪を背負ってしまうよ」

「……いいよ」

目だけしか見えていないのだけれど、チカは喜んでも悲しんでもいないように思えた。

「そうしたい」

声でしか伝えられない。

互いの世界の事情や価値観なんてほんの少ししか知らない。

違う世界で生きる俺達の、勝手な免罪。

許すというたったそれだけ。

だけ、なのに不思議だった。

少し、呼吸をすることが楽になった気がした。

「カヤがいいなら、そうしよう」

チカの声が持つリズムにならって、息を取り戻していく。

間接的な人工呼吸のような最中《さなか》、ようやく答えが出た気がした。

ひょっとすれば、彼女は、チカは、俺の日々を変えるためにいるのではないのかもしれない。

チカはただ、弱い俺のためにいてくれるのかもしれない。

俺が俺のままこの世界で目的を果たせるよう、許してくれる存在として、ここに。

チカがいなければ、俺が俺でなくなってしまうから。

普通のつまらない人間としての罪悪感だなんだ、それらに押しつぶされ窒息し、怯《おび》えるようになるから。

ふりかえれば、チカは指導も説得も叱咤《しった》激励もしてくれない。

ただそこにいて、自分のためだけに自分の考えを述べる。

だから、カヤもそのままでいいと、許してくれる。

それだけのことに意味があるのかもしれない。

チカが確かにいるんだという事実そのものが、俺を支えてくれるのかもしれない。

きっと、そうだ。

気がつけば、簡単なことだった。

俺は、出会った時のようにチカの目を真っすぐ見ていた。

意味もなく、じっと見ているだけでいいのだと思えた。今そこに目と爪があって、彼女が俺だけを見ているということに、救われる自分の心を確かに感じた。

人が人に救われることなんて、ないと思っていた。

甘くて柔らかい言葉の破片が喉に刺さっているような気がしたけれども、すぐに飲み込めるだろうと、無視した。

「ありがとう」

声に出すつもりはなかったのに、また口から零れ落ちていた。

「チカがいてくれてよかった。戻ってこれた」

本当の心はきっと質量を伴うのだ。その重さに唇が耐え切れず、落ちて相手の目の前に転がる。それが、これまでの生涯で抱いたことのない思いであればなおさらその重みが増す。

誰かがただいてくれる、それだけに幸福を感じた覚えなんてなかった。

初めて、そんなくだらないことが嬉しいと思った。

「チカがいてくれるだけで、俺は自分の目的に近づける。さっきは、でかい声出して、ごめん」

頭を下げながら、猛省した。

目的を果たしたいのなら、ただ後悔し悲しむなんて、してはならないはずだ。

今回のことは、悔やんでも悔やみ切れない。

アルミには、何度謝っても謝り切れない。

でも、考えてみればアルミのことは象徴的出来事にすぎないのではないか。

アルミの死だけを悲しむなんてエゴだ。和泉の自殺未遂を心配することだってそうだ。目に見える自分の罪にだけはヒロイックに悲しむふりをして、無自覚な罪には目を向けないなら全部が嘘だ。

俺は自分が特別になるために多くの奴らの特別を奪い取る。自分が生きるために多くの奴らの食料を奪い取る。目に見えないだけで、人間はそうやって生きている。だからこそどの世界にも戦争が存在する。傷つけた全《すべ》てに許されようと思ったら人生全てを費やしても足りない。そのことを理解する必要がある。

けれど、弱い俺一人じゃきっと受け止めきれない。

チカがそこにいれば別だ。許してくれるチカさえいれば、俺はまだ戦える。つまらない人生を覆《くつがえ》そうと、抗《あらが》える。

俺を救ってくれるチカ。

自分にとって、チカが異世界の住人であるという事実を超えた存在になっている、それはもう疑いようのないことだと思った。

その気持ちにどういった名前をつければいいのか、未《いま》だ判断はつかないが、名前なんて、俺の目的にとっても、チカにとっても関係がない。

チカがそこにいてくれることこそ、かけがえのないことだ。

そういう気持ちを自認すると同時に懸念《けねん》が頭をもたげた。

チカはいるだけで、俺が息を吸えるようにしてくれる。

しかし、俺がここにいるだけでチカの何かを救っているとは思えない。

俺もチカに何かを返したい。

チカの目をじっと見ていると、数回の瞬きの後に、彼女が言葉を漏らした。

「傷つくってことが、影響しやすいのかもしれないね」

「傷つく？」

「うん、どっちが先かは分からないけれど、私達の近くで命が傷ついた。雷が落ちて、木が傷ついた。怪我《けが》をしていたのは、そのまんまだね」

「傷ついたり、壊れたりすると、影響が出る」

「アクセサリーが壊れた時も、影響があったんだっけ？」

「いや、それは初めて聞いたな」

「そうか」

チカは自分の勘違いをくすりと笑った。

「その方向で、何か、カヤの目的を果たせるように調べてみる？」

「……いや、ひとまずはいいかな」

今までの俺ならば飛びついていただろう提案を拒否した。少なくとも今日は、先ほど辿《たど》り着いた自分の本心が決して嘘じゃないと自分自身に見せつけたかった。

だから、次の言葉はチカに向けたものではない。

「俺の目的は、チカと会うことだ」

じっと、互いの目を見た。彼女は、瞬きすることなく俺を見ていた。

「いつかチカが言ってたことを真似《まね》するわけじゃないけど、チカ自身の話を聞かせてほしい」

チカは、いくつか短めの瞬きを繰り返してから、ゆっくりと目の光を細めた。

「じゃあ、そうしよう。次にここで会った時は、世界のことなんかじゃなくて、私と、カヤの話をしよう。私も、それがいい」

約束なんて呪《のろ》いにすぎないと思っていた。しかし今は素直に、ただ嬉《うれ》しさと一緒に「うん、そうしよう」と頷くことが出来た。

チカの言葉から、もうそろそろサイレンが鳴る予感があるのだと思った。だから今はもう時間がないというような言い方をしたのだと。

しかしそうではなかった。

「じゃあ、そろそろ、家族を心配させてしまうかもしれないから、行くね」

チカが、立ち上がる。いつものように、サイレンに嫌な顔をしないことが不思議だった。俺の疑問符が表情に出ていたのだろう。

「今日は、戦いはなかったの。だけど、人がたくさん死んで、カヤのことが気になったから来たんだ」

驚いた。

「私がここに来たことで何か変わったかは分からないけど、辛そうだったカヤの顔が少しでも晴れたのを見られて、よかった」

チカが俺のため、決して自らの利益にならない行動を起こしてくれたことに驚いた。

もちろん、嬉しくて、その事実を真正面から受け取れば、何か悪いことの一つでも起こってしまうような気がして、突拍子もない言葉が俺の口から出てしまう。

「ひょっとして」

「うん」

「ひょっとしてチカは、俺の気持ちを、全部知ってるんじゃないか？」

気持ち、チカに向けた、正体を明言できない感情の全てを、チカは知っているのかもしれないと思った。

言ってしまって後悔したけれど、本当にそうなのではないかと疑った。

でも、チカは首を横に振った。

「分からないよ、人の心の中なんて。だから、聞かせて」

俺の心をぐちゃぐちゃにして、一つにまとめれば。

「チカが好きだって、ことなのかもしれない」

何を言っているのだろうと、自分で自分の言葉を理解した時にはもう遅かった。

「ありがとう。私もカヤが好き。じゃあ、また」

「あ、うん、また。見つからないように」

チカの反応から、今回は本当に何も伝わらなかったことに安堵《あんど》した。

目の光と爪の光が、暗闇《くらやみ》の中に消えていく。

意志の力がどれほど、俺達の関係に作用するのかは分からない。

分からないなりに、俺は、またチカに会いたい、と思うのではなく、また必ずチカに会うのだと、決意をした。

そのために約束をしたのだから。

しかし、それにしても、どうして俺は唐突にあんな……。

思い出せば胸を引き裂きたくなると分かっていたので、すぐにそれを頭から放り出してこの場を離れることにした。

待合室のドアを開けると、小雨が降り始めていた。

傷つくことが影響し合うというチカの仮説が正しければ、俺が風邪を引くとチカもまた風邪を引いてしまうかもしれない。

俺は急いで、家へと帰る。

次に会う時には互いについて話そうと、チカとした約束が、叶《かな》うことはなかった。

＊

人である俺達には、意志でどうにも出来ないことがある。抗い得ない最も強大なものは、死だ。理由は様々だろうが、死ぬという事実から俺達は逃げられない。死の他はなんだろうか。病気はどうだろう。逃れられないからこそ病は気からなんて言葉が生まれたのかもしれない。老いはどうだろう。避けられないから、その流れに人間は恐怖し続けているのかもしれない。

他にもある。

例えば、人の愚かさが招く不慮の事故。

未明。俺はでかい音に叩《たた》き起こされた。

起きてすぐには、反応出来なかった。飛び起きて暗い中を見回し、灯りをつけるという当たり前の発想に至って立ち上がるやいなや、足の裏に鋭い痛みを感じた。

「いっ」

何かが刺さったような感触にひるむ。そうしてようやくさっきの音が、ガラスの割れた音なんじゃないかと感づいた。ベッドに座り、足に刺さっていた小さい破片を抜く。枕《まくら》を床に置いて足場にし、どうにか無傷で部屋の灯りをつけるスイッチへとたどり着いた。

明るくなった室内には、予想通りというか、ガラスが散乱していた。カーテンを閉めずに寝てしまうことがよくある自分の癖をまず反省する。ガラスだけでなく、床にはCDなども落ちている。

　その近くに、鉄板のようなものが落ちていた。俺の部屋にはそもそもないものだったから、これが窓を割ったのだろう。一体なんなのかと思い拾ったところで、部屋のドアが叩かれた。

「香弥、どうした？」

　兄の声に特に考えもなく扉を開けた。

「なんか窓にぶつかってきた」

　手のひらサイズの鉄板を見せると彼も不思議そうな顔をした。正体は分からなかったが、俺達はひとまず掃除に取り掛かる。兄は箒《ほうき》と塵取《ちりと》りでの掃除、それから窓に簡易的に段ボールを張り付ける作業を手伝ってくれた。

　途中CDを拾い上げると、落ち方が悪かったのか二枚ほどケースが割れていた。いつか聴いていて無造作に置いたものだ。問題ない。棚の上にあるアルミ用の首輪は、そのままだった。

　努めて何も考えないようにしようとするも、それもまた人間である以上無理な話で、頭の中一つの不安がふくらんだ。

　チカに影響はないだろうか。

心配だった。もちろんチカの身に何かあってはならないという思いが先立つ。また体が無事だったとしても、俺と彼女にとって部屋というものの重要度はまるで違う。傷つくことが影響する、チカの言っていた可能性が頭をよぎった。もしチカの部屋にも影響があったとして、もう既に用のないＣＤが割れるくらいの被害におさまっていればいいのだけれど。

俺の部屋は、少しくらい壊されてもいい。怪我をするのも命に別状がなければ別にいい。

でも、チカの悲しむ顔は見たくない。

目と爪しか見えない彼女に対しこんなことを本気で思う。

心配にはなるが、現状、チカと彼女の部屋の無事を祈る以上のことは出来ない。せめてチカの部屋に良い影響があるかもと、無造作に置いていた本やＣＤを丁寧に並べなおした。

風通しのよくなった部屋で少しだけ寝て、朝、親に窓のことを説明した。父に鉄板を見せると、彼は自分でも半信半疑といった様子で考えを口にした。

「飛行機の部品じゃないよなあ」

真実かどうかはともかく、あり得なくもなかった。父がそんなことを言ったのは最近、この町の上をやたらと戦闘機が飛ぶからだ。どんなに日々が平坦《へいたん》であろうと、国は戦時中で慌《あわ》ただしい。一機くらい整備不良があったとしてもおかしくない。

学校に行けばいつも通り、横の席の田中は既に自らの椅子《いす》に座っていた。他の奴らと、何か喋《しゃべ》っている。俺には一瞥《いちべつ》もくれない。ひょっとすると何かしらの投げかけがあるのかもと予想していたが、外れた。出来る限りの罵声《ばせい》は受け止めようと思っていたのだけれど、何も起こらない。

まるで誰にも何もなかったように、一時間目が終わり二時間目が終わった。

一つの仮説を立ててみた。

田中は俺を最初から認識する必要のない、大勢の中の一人としたのかもしれない。道行く雑踏の中の一人。そうすれば、アルミを殺した奴なんていなくなるから。そうやって憎しみをコントロールしているのかもしれない。事実、横の席の田中はプリントを俺に回す際、なんの躊躇《ちゅうちょ》もなく渡してきた。

もしも仮説が正しければ、ようやく、という気がした。やっと横の席の彼女も俺を一人の人間として認識しなくなったのかと。これで、ようやく対等になった。

意味はなくとも、これが正しい。これで互いが己の人生を全うできる。

家に帰り、いつも通り走って、夜になってからバス停に向かった。チカはいなかった。

チカの部屋のことが気になっていたけれど、こちらから会うタイミングを狙《ねら》えるものでもない。狙えるのかもしれないが、今のところその法則は分かっていない。

いつもと同じように根気よく待つしかない。覚悟はしていた。

けれどやはり、三日経《た》ち、五日経ち、一週間が経ち、二週間が経ち、窓もすっかり元通りになり、学校生活が夏休みへ移行しようという時になると、焦《あせ》りの気持ちが強くなってきた。

怪我をしたのでは。

大切なものが壊れてしまったのでは。

まさか、部屋の件とはなんの関係もなく、チカが俺に愛想をつかしたのでは。

あの時の俺の不用意な言葉で？　いや、伝わらない意思に不用意も何もない。

不安な気持ちは様々に形を変え、心を焼いていった。二度と会えないという想像は、絶対しないことにしていた。ある程度は成功していたように思う。

精神がすり減ってしまうことは分かっていたが、それでも毎晩俺は心の全てを捧《ささ》げるように、全身全霊で願いながら待合室のドアを開けていた。

だから、今日、チカの目の光が見えた時、俺はベンチに倒れ込むように手をつき、不自然な勢いで座ってしまった。

「ああ、ごめん」

体調なんかの心配をチカにさせてしまうかもと思い、先んじて謝った。実際には俺の体は今、安心感に満ちていた。俺の発声にも喜びが混じっていたかもしれない。

「ううん」

チカは、それだけしか言わなかった。声色で、何かを感じ取れる繊細さが俺にあればよかったのだけれど、ひょっとしたら普段はあるのかもしれないけれど、安心と喜びに包まれていた今の俺の中にそれは存在しなかった。

「ずっと心配してたんだ、でもチカが無事でよかった。こっちで俺の部屋の窓が割れたんだけど、チカが怪我してないか心配だった」

「私は大丈夫」

目が、こちらを向かない。そのことを、俺は不思議にも思わない。

「それは本当によかった」

チカは、俺の言葉を無視した。

俺がようやく違和感を抱いたのは、今日のチカは言葉数が少ないなと、間抜けにも程があることを思って身を乗り出し、チカの見えない顔を少しだけ覗《のぞ》きこんだ時点だった。

すぐには違和感の正体に思い至らなかった。俺の様子に気づいて、チカが目線をくれたから、ようやく分かった。

「チカ、どうしたんだ、目」

「え？」

「光が、薄い」

言葉のままだ。よく見ると、チカの目の光が、いつもよりも弱く感じられた。まるで、蛍光塗料をさっとふき取ったような、そんな色の変化があった。

チカの反応もおかしかった。彼女は一度、咄嗟にという感じで俺から目を背けた。それから、見られたのだから最早意味はないと諦《あきら》めでもしたように、再びこちらを見た。目の動きだけで、彼女の感情が感じ取れるようだった。

「また戻るから大丈夫」

「やっぱり、怪我したのか？」

さっきチカが目をそらしたことが思い出され、訊《き》いていいのか、心のどこかで迷いつつも心配が勝った。

「怪我、というか」

チカは言いよどむ。言葉と言葉の隙間《すきま》が空く一秒ごとに、やはり訊くべきではなかったかという後悔が深まっていった。もうすんでのところで「やっぱりいいよ」と提案するところだったのだけれど、止められた。

「泣いたら、目がはれることは、カヤの世界でもある？」

「うん、あると思う」

「そういうものなんだ」

泣いたって、ことだ。でも涙の原因が、一概に悲しみ由来とはいえない。だからチカの話を聞いていた俺は、同情や心配をするよりも真っ先に、涙が目の光を反射しながら頬を伝う様子を想像し、美しいと思ってしまった。

すぐに後悔して、チカの涙が悲しみである可能性を思う。

「何か、部屋のものが壊れたりしたのか？」

すぐには、チカは答えなかった。問うことと答えることの間にある時間は、答える側の意思を表すためのものだ。待つ以外にはない。いつもより繊細なチカの目の光が、無音に揺れて見えた。

「カヤの部屋は」

「ん？」

「カヤの部屋は、窓以外は無事だったの?」

「ああ、うん。少し、散らかったくらいで、無事だった」

「そうか、じゃあ、どう影響があったのか、分からないね。なくなったの」

無くなった? 亡《な》くなった? どういう意味だろう。俺が答えを探す間も、質問する間もなく、チカは教えてくれた。

「部屋が、なくなったの」

「……え?」

「何一つ、残らなかった」

「残らなかったって」

その言葉の通りの意味、なのだろうか。だとしたら、そのあまりにも大きそうな被害の表現に驚く。

俺の部屋はあの程度だったのに。

いつかテレビで見た、火事で全焼した家の様子が浮かぶが、きっと想像として正しくはないだろう。原因はなんだ。俺の部屋と同じように飛行機の破片でも降ってきたのか。戦争か。焼けたのか、壊れたのか、奪われたのか。

どう返事をしたものか、考えている間にもチカの横顔を見ていたから、結局、俺の中にあったいくつもの浅はかな考えは、次の驚きと共に流れていった。

チカの頬と顎《あご》が、人間と同じようにあることを知る。

光が流れていく。

俺の想像は、間違っていた。

涙が目の光を反射するのではなく、光が涙に混ざって落ちるのだ。

一粒ごとにまた、ほんの少しずつ、チカの目の光が弱くなる。

「チカ」

何の慰めも、勇気づける言葉も用意していないくせに、ただ黙っていることを恐れて名前を呼んでしまった。

チカが、顔をこちらに向けた。

呼んだ責任として、俺から会話を始めなければならない。

「何があったのか、訊いても？」

「……うん」

拒否される未来も十分にあると思ったが、チカは頷き、何が起こったのかを教えてくれた。

原因はやはり戦争だった。

最近、普段は戦闘にあまり使われることのないチカの住んでいる地域にまで、戦場が広がってきていた。アルミが死んだ時に、チカの言う戦う仕事をする人々が近くで死んだこともそれが理由だった。そしてついにチカの家までが巻き込まれた。チカも詳しい情報は教えてもらえず、知ることが出来ていない。噂《うわさ》レベルだが聞き及んだところによると、チカの国の戦う人間が自国民の生活を守り切ることよりも敵の殺傷を優先した武器を用いたために、家屋に多大な損害をもたらした。ここことは別の避難所から家に戻ったチカを待ち受けていたのは、壁を吹き飛ばされ、中を破壊された自分の部屋だった。

「戦いの最中に、隠れる場所にされたんじゃないかって」

わざとじゃないってこと、誰かの命を助ける役割をしたかもしれないこと、今まで運よく戦争に巻き込まれなかっただけなんだってこと。でもそんなのきっと。

「どうだっていい」

小さな声だったのに叫びに聞こえた。押し殺さなければ、あまりの悲痛さで自分を破壊してしまうほどなのかもしれないと思った。

「なくなってしまった、私の世界が」

チカの弱くなった光から、また、一粒の光がこぼれ、顎から落ちる。

すぐには何も言えなかった。単純になんと返していいのか、分からなかった。そんなにも大切なものを失ったことが、俺にはなく、自分の世界をなくしてしまったことが俺にはなかった。アルミの時がそうだったのかもしれないけど、戻ってこられた。心が痛かった。チカの計り知れない悲しみを目の当《ま》たりにし、俺は心に激しい痛みを感じていた。しかし、共感できるはずのない俺が一緒に傷ついていると伝えたって、そんなもの何の意味もないと知っているから、チカに表情や声色から伝わらないよう、全力で押し殺した。

何を言えるだろう、何が出来るだろう。

考えたけれど、何をしようと、俺がチカにもう一度、部屋をあげることは出来ない。部屋の中にあったチカの世界を返してあげられはしない。

せめて、何か、チカの望みを何か一つでも分かればいいのだけれど、今俺がどんなものを渡したところで、決して彼女の悲しみを塗りつぶしはしないだろう。

なんて無力だ。俺は。

「でも、チカが無事でよかった」

これくらいは言って許されるだろうかと思った一言も、すぐに根本的な間違いに気がつく。戦争によって民間人は死なないとチカは言っていた。ならばこんな言葉なんの慰めにもならない。戦争は自然災害ではない。人が知恵を絞っても結局は抗えないもの、ではない。人の愚かさによって引き起こされているもの。そもそも、起こる必要のなかったもの。無事だから満足だなんて感想が出てくるわけがない。ましてや、チカにとって生きることとは、好きなものを味わうための装置でしかない。

無事にただ生きていても、意味なんて。

「チカ、死ぬなよ」

恐怖が胸を刺し、言葉となってこぼれた。

後悔する間もなく、チカは首を横に振った。

「死なないよ」

力強い意志による否定ではないことが、表情がなくとも分かった。

「でも、私はどこで生きたらいいんだろうって、思う」

答えられない。

自分が生きる意味も場所もいまだ分からないのだから、分かるはずがない。

「あの、今はそんな気になれないかもしれないけど、部屋は、作り直せるのか？」

「よく、分からないけど、しばらくは戦争のために、復旧作業が出来ないんだって。

今は、近くにある××の家に住んでいるんだけど、住める場所があると国が復旧作業を後回しにするの。おかしいよね。生きるって、そういうことじゃないのにね」

「その、今住んでいるところにチカの部屋は？」

「ない。生きるのに個人の部屋は必要ないって」

自分の世界を失った悲しみ、自分の世界を取り巻くどうにも出来ない状況への絶望。それらが、チカの言葉に重く重く載っていた。

俺は思った。想いが心を砕きそうな程に胸を叩いた。

今、同じ世界にいて、実際に手を伸ばし、チカを救ってやれたらどんなにかいいのに。

もし俺がチカの世界にいたら、部屋を作り直してやることはできなくても、戦争を止めてやることはできなくても、せめて惨状を知って、チカの横に立ってやれるのに。

妄想に、夢想に、空想に、意味はない。

妄想も、夢想も、空想も、チカの部屋を甦《よみがえ》らせたりはしない。

事実だけだ。今ここに俺とチカがいて、それぞれの世界に住んでいる。互いの世界に行くことは出来ない。出来るのかもしれなくても、今は分からない。

分かっているのは、二つの世界があり、どうやら影響を与え合っているらしいというそれだけ。

そのこと、だけ。

脳の中で、聞いたこともないその音が鳴ったような気がした。

「なあ」

「戦争がなくなれば、チカの家は直してもらえるのか？」

「……多分、勝敗がはっきりと決まって次の戦争がすぐに始まらないか、戦争が終わらなくても、雨がずっと続くかすれば、そうだね。でも、戦争が途絶えるのを待つのにも長い雨を待つのにも時間がかかる」

思いつきを、質問としてぶつけるのに、勇気がいった。

「他に、戦争が止まる時ってないか？」

チカを怒らせてしまうのではないかと、怖かった。侮辱するなと、対岸の火事を甘く見るなと、当事者でもないくせに同情するなと、言われてしまうんじゃないかと。

「戦う人達の間で病気が流行《はや》った時とか、あとは」

でも、チカのためならば何でもしてやりたいという気持ちは本当だった。

ただそこにいて俺を救ってくれるチカに、何かを返したいと思っている気持ちに嘘《うそ》偽りはなかった。

「あとは、サイレンが鳴らなかった時」

「そういえば、前に神聖なものとかって」

「そう。あまりないけれど、何度か、サイレンの音が時間通りに鳴らなかったことがある。カヤに言った通り、神聖なものだから代わりもなくて、機嫌を悪くすると戻るのに時間がかかる。そういう時にはその日の戦争がなくなる」

「サイレンが壊されたら、どうなる？」

「守られているから、壊されるなんていうことはないけど、本で読んだのは、サイレンはとても古くて複雑な技術で生まれてきた。だから今はもう直したりすることがなかなか出来ないんだって」

「……………そうか」

唐突に、思いつく。

思いつきが意志へと変わる。

人はそうやって、行動を選ぶ。

「これなのか」

「え？」

これなのかもしれない。

全てが、一つの目的に集約されているのかもしれない。

「俺に出来ること」

「何を……」

「世界が繋《つな》がった意味だ」

「え、え」

チカの戸惑いをよそに、俺は自分の中でまぶしいほど光を放つ意志に目をくらまされてしまっていた。

すぐに謝り、ごまかす。チカがごまかされてくれたのかは分からないが、少なくとも、納得したふりはしてくれたようだった。今はそれでいい。無暗《むやみ》に期待をさせてしまうことは出来ない。だから次でいい。次に、もし、俺の考えが正しいと証明されたら、その時、手を取り合って喜べばいい。もし違ったなら、また違う可能性を模索すればいいだけの話だ。

そう思った気がしたけれど、そう思ったふりに過ぎなかった。

実は俺は、これが間違いではない気がしていた。

妄想でも、夢想でも、空想でもない気がした。

そう、もし。

チカの世界の戦争を止めることが出来たとしたら。

それが、全ての意味になるような気がしていた。

何故《なぜ》なら今、こんなにも強い意志を持っている。

影響。

チカが俺の絶望を救ったのだから、俺がチカの絶望を救うことがあるのだと、そう信じられると思った。

ただの期待であったかもしれない。

*

サイレンを壊す。

こっちでサイレンに相当するものを壊せば、あちらの世界では手の出せないサイレンが壊れるという可能性を信じる。

俺とチカの間でしばしば議論となった、影響は俺とチカの間で起こるものなのか、場所によって起こるものなのかという問題について考える。俺は場所による影響という考えを推してきた。しかし、足の怪我のことや、靴下に空いた穴のこと、そして今回の部屋のことから考えると、尊大な考え方ではあるが、あちらの世界とこちらの世界を結んでいるのは、俺達二人なのかもしれない。

もしそうであるならば、アルミの時と同様、こちらの世界でのサイレンを探し出すのは簡単だ。

俺が日々聞いていて、その音で行動が左右されるものなんて、一つしかない。

チャイムだ。学校のチャイムを壊す。

更に罪を重ねるのかというような躊躇もないではなかった。しかし、今回はチャイムが壊れても死ぬ奴なんていない。逆に壊してしまうことで、救える命があるかもしれない。

道具をそろえるのに、一日。

夜中に学校に忍び込んでみて、警備員や残業中の教師の様子を観察するのに、二日。

見つかるのも、捕まるのも、非難を受けるのも全て承知で行動を起こすつもりであったから、即座に実行に移してもよかった。しかし、目的を達する前に邪魔されてしまっては元も子もない。準備は怠らない。

決行の日まで、チカと会うことはなかった。ただいつもと同じ判で押したような生活をした。その間に放送機器の壊し方を確認してもいたし、かつて似たようなことをやった馬鹿に下った処分を調べてみてもいた。

基本的にいつもチカのことを考えていたし、それを望んでもいた。これからとる行動が間違っているとは、少しも思わなかった。

ただ、同時に中途半端な俺は家族への申し訳なさも感じていた。

つまらないが善良な俺の家族は、これから息子が学校のものをぶっ壊して騒ぎを起こそうとしているなんて露知らない。少なくとも学校側からの呼び出しや厳重な注意、近所の人間達からの好奇の視線、そして息子への不信を、もうすぐ家族に味わわせてしまう。喜ばしいことではなかった。

しかしながら、考えればこれもアルミの一件と変わらない。ただたまたま彼らが俺の家族だっただけの話なんだ。人は誰かに迷惑をかけて、誰かを傷つけて生きている。それを受け入れ、踏み越え、目的を果たさなければならない。

大切なもののために。

「ごちそうさま」

決行の日、夕食を食べ終え席を立った。母は子どもが食事を終え挨拶《あいさつ》をすると決まって「どういたしまして」と言う。それに対し、俺は必ず「うん」と返し、兄はもっと間延びした声を返す。決まりきった毎日。誰もこんな日常を、本当のところでは楽しいだなんて思っていないだろうに、どうして続けているんだろうかと不思議に思う。

「あ、そうだ、香弥」

部屋に戻ろうとしたところを母に呼び止められた。振り向くと、まだ食事中の母は鯵《あじ》の南蛮漬けを箸《はし》で摘《つま》んだまま、こちらを見ていた。テレビはついていない。BGMに、ラジオがかかっている。

「今日おばあちゃんと電話したら会いたがってたよー。戦争のこともあるし、心配してた。お盆にでも会いにきなってさ」

「考えとく」

「全く考える気ないな」

呆《あき》れたように笑いながら、母は鯵をかじって「たまにはおばあちゃん孝行もいいよー」と言った。

祖母への孝行。そんなものに興味はないけれど、これからすることを知れば祖母も俺なんかに会いたくなくなるだろう。俺が再び「考えとく」と返して部屋に行こうとすると、背中に「私に似たのかなー」と声がぶつけられた。育ててもらった感謝はあるが、遺伝子やDNAで人が決まってたまるか。

一時間程、部屋で体を休めてから、俺はいつもと同じように外に出かけた。今回は手ぶらだ。計画は深夜に再び家を抜け出して遂行する。

いつものように歩いてバス停に行き、チカの不在を確認した。一人きりの待合室でベンチに腰掛け、ただじっとする。ただ。

チカのことを考えていた。彼女が何者なのかとか、彼女と出会った意味がなんなのかとか、そんなことではなくて、ただ、チカのことを。

時間はすぐに過ぎ去り、特に何が起こるわけでもなく、俺は家に帰った。

そして日付をまたぎ家の中が静まり返ってから、俺はいくつかの道具を入れたリュックを背負ってもう一度部屋を出た。廊下は静まり返っていた。兄は起きているかと思っていたが、部屋から灯りは漏れ出ていない。

階段を下りて、真っすぐ玄関へと向かう。そのまますぐにでも家を出てしまうつもりだったのだけれど、スニーカーに足を伸ばしかけた時、ふと、ある可能性が頭をよぎった。

迷った。予定にはなかった。しかし、少しでも可能性があるのならばと、俺は足をリビングに向けた。

家族の団欒《だんらん》の場所、そこに俺が小学生の頃からラジオが置いてある。

俺はそれを手に取って、改めて玄関に向かった。今度こそスニーカーを履き、家族の眠りを妨げないようゆっくりと扉を開く。

ここで後ろから声をかけられるような気がしていたけど、俺の創作的な杞憂《きゆう》に過ぎなかった。

外に飛び出して、鍵《かぎ》を閉めた。

夜中の空気が、じわりと肺に満ちていく。

体が軽くなったような気がした。高揚もそれに重なった。

自転車のカゴにリュックとラジオを載せ、走り出す。途中で空き家の裏にある粗大ごみ置き場に寄った。コンクリートの地面に古いラジオを叩きつけると、部品が飛び散って一目で壊れたと分かる状態になった。大きな音をたてたが、誰かが駆けつけてくる様子もない。俺はまた自転車を走らせる。

うちの学校が古い公立高校で、最新のセキュリティなんてものとはかけ離れた設備事情であることは本当に都合がよかった。もちろん、窓を割ったりすればすぐに警報は鳴るのだろうが、俺の作業は一瞬で終わる。具体的には、一階にある放送室裏の塀を乗り越え、窓を割り、放送機器を破壊する。たったそれだけ。

警報も、監視カメラも甘んじて受け入れる気だった。罪から逃げる気はない。俺が俺の大切なもののためにやるんだ。やましさはどこにもない。それがこの世界で罪になるなら、仕方がない。

あちらの世界の戦争を止めれば、こちらの世界の戦争が止まるかもしれないなんてことは、微塵《みじん》も考えていなかった。どうでもよかったからだ。

ただチカを思えば、体が動いた。

学校を囲む塀をなぞり、当たりをつけていた場所についた。自転車を止めて、リュックの中から小ぶりな斧《おの》を取り出し校内に投げ込んで、ひょいっと塀を越える。

斧を拾って、時計を確認する。

全てが上手《うま》くいくかなんて分からない。無残にも失敗するかもしれない。

それでも、俺は俺の意志に従ってやるのだから、何も後悔しない。

高揚していた、どうしようもなく。

窓に向かって、斧を構える。

夜中に学校へ忍び込むこと、そこで窓を割ること、これから悪事を働くこと、どれに対しても俺は緊張していなかった。

たった一つだけ、その一つが俺の心を支配していた。高ぶらせていた。

きっと、ずっとそんなことを望んでいたのだ。

ああ、俺は、あの子の英雄になれるじゃないか。

月光で、窓に映った、自分の満面の笑み。

そこに俺は斧を振り下ろした。

＊

誰かに会いたくて仕方がない時には、決して走ってはいけない。

そんな気がしていた。

体の振動で、流れる汗で、乱れる呼吸で、想《おも》いが霧散《むさん》してしまう、そんな夢想が真実のように思えた。

二酸化炭素と一緒に気持ちが吐き出されないように、呼吸も最低限に抑えた。

今、いつもチカが現れるあのバス停に向かって、静かに歩いている。

耳に届くのは足音と、風に揺れる枝葉の音だけ。

自転車は、アルミを繋いでいたあっちのバス停に乗り捨てて来た。

計画は上手くいった。迅速に実行し、逃げて来られた。とはいえ、学校は今頃大騒ぎだろうし、既に犯人も分かっているかもしれない。

けれど俺も、この場所も、そんな喧噪《けんそう》とは今なんの関係もない。

もし、本当にチャイムとサイレンが影響し合っているのだとしたら、全てを破壊しなくても大丈夫だと予想していた。靴下と靴、窓と部屋まるごと、アルミと何人もの人。きっとこっちの世界での破壊とチカの世界での破壊には差があるのだ。こちらの小さな被害も、あちらでは大きな被害となり人やものを壊す。怪我に関しては、体力や体の表面積が違うせいで、チカの方が重傷だったということではないのだろうか。

もちろん予測でしかないが、なんとなく俺はこの法則を信じられるような気がしていた。根拠なんてない。なんとなく。これを希望と呼ぶなら悪くなかった。

計画を無事終え、俺はとにかくチカに会いたくなった。

これももちろん希望的観測ではあるのだけれど、俺は、今からすぐにチカに会えるような気がしていた。

空が、群青色《ぐんじょういろ》になり始めている。こんな時間帯にバス停に向かったことはない。

本当にチカがいたらどんな話をしよう。笑ってくれればいい、喜んでくれればいい。

そう思いながら、バス停に辿《たど》り着いた。

自分の考える以上に疲れているのか、スライド式のドアの取っ手に指をかけようとして一度外した。もう一度、きちんと指をひっかけてドアを開ける。

チカがいた。

「なんで……」

会えると思っていたはずなのに、思わず、そんな言葉が出てしまった。なんでこんな時間に？　なんで俺の望む通りにここに？　なんで？

「早く、カヤに会いたかった」

「俺もだ」

嘘偽りなかった。

「でも、カヤが本当に来てくれると思わなかった」

俺もそう。

ベンチに座る。全力で自転車をこいだからだろう、太ももに強張《こわば》りを感じた。チカを見る。彼女の目が、いつもとは違う感情に満ちているような気がした。全《すべ》ては読み取れないけれど、動揺が、入っているような気はした。

「ねえ、カヤ」

声が震えている。また、何かチカを泣かせてしまうようなことがあったのだろうか。

心配になっているとチカは何度か瞬《まばた》きをしてから、呟《つぶや》いた。

「サイレンが、壊れた」

全身の力が抜けるのを感じた。

体の強張りも、やはりどこかでしていたのか緊張も、不安も心配も何もかもが体から抜け出し、俺を支える芯《しん》がなくなったかのようにその場に崩れ落ちそうになった。しかしすぐに心に満ちるものを感じ、俺はそちらで予備電源のように体を支え、口を動かした。

「良かった。成功した」

チカの目が大きくなる。

「カヤが、やったの？　ううん、カヤがやったんじゃないかって、思って、ここにきたの」

「うん、そうだ。心当たりがあったんだ。サイレンに代わるもの。それを壊してきた」

「そんな。大事なものじゃ、ないの？」

「いや、こっちの世界ではなんでもないものだった。多少の罪にはなるだろうけど。ひょっとしたら十日くらいここに来れなくなるかもしれないけど。そんなことより、成功してよかった」

チカは瞬きをしない。

「これで、戦争は止まるか？」

見ていると、チカは確かに頷《うなず》いた。これ以上なく幸福な、一秒以下の時間。

「明日からしばらく、戦争はない。そういう知らせがきた」

「チカの家は？」

「戦争のない期間で、壊れた家の修復にあたるって」

「それは、本当によかったな」

心に喜びが満ちた。チカに部屋が返ってくる。チカの世界が返ってくる。チカの生きる意味が返ってくる。チカが悲しまなくてすむ。それが本当に嬉《うれ》しかった。

なのに、なぜだろう。

チカは、ほっとした声も嬉しい声も、俺に聞かせてはくれなかった。

「カヤ」

俺の名前を呼んだその声はかすれていた。どうしたのだろう。

ひょっとして、と、俺の頭に最悪の予感がよぎった。

俺の行動が勇み足だったのならどうしよう。俺はチカに相談もなくサイレンにあたるチャイムを壊した。しかし、もしも神聖だというサイレンがチカにとっても大切なものだったのだとしたら。自分自身のことにしか興味のないチカに神聖さなんてあまり関係がないとばかり思っていたけれど、それが間違いだったのだとしたらどうすればいいのだろう。

途端に、全身が不安に包まれた。

「わたっ、私」

唇が震えているのか、言葉を上手く紡《つむ》げない様子だった。俺はごくりと唾《つば》を飲み込んで、チカのはっきりとした言葉を待つ。

「カヤ」

「……うん」

「私は、カヤに何をしてあげられる？」

俺の様々な予想のどれとも違う問いかけをされ、唇から意思のない声が飛び出す。

「え？」

「私の世界を守ろうとしてくれたカヤに、私は何をしてあげられるの？」

チカが長い瞬きをする。光が、一粒右からこぼれた。

「いや、えっと、何を。チカ、ごめん、悲しませてるなら」

二つの光が、激しく横に揺れる。

「悲しくなんかない」

今まで聴いた中で、一番強いチカの声だった。でも、そんなことはどうでもいい。

悲しんでいないのなら。

「それならよかった」

「……なんで？　なんで、カヤは私のために。違う世界にいる私のために」

同じ気持ちを味わうことも、全身を見ることも出来ないチカのために。

考えてみるも、理由は一つしかなかった。

「チカが、喜べばいいと思ったんだ」

息を飲む音が聞こえた。

「カヤ」

「うん」

「私、カヤが望むことをする」

俺は、首をかしげる。

「カヤが、こっちの世界で何か知りたいことがあるならなんでも教える。カヤがしてくれたことを、少しでも返したい。大切なカヤの優しさに、少しでも報いたい」

「そうか、なんだ」

喜んでくれているんだと、ようやく気がついた。

その上、俺を大切だなんて言ってくれる。これ以上があるか。俺の意志が、チカを幸せにした。これ以上があるか。

ないはずだ。

だけれど気になることはあった。

一つだけ、チカの言葉に間違いがあった。

俺の行動は優しさによるものじゃない。

そんな適当なものじゃない。

証明しておきたかった。

きっと、妙な高揚が収まっていなかったのだ。酔っていた。自分の行動と、チカの喜びに。素面《しらふ》の時に思い出せば赤面してしまうような、そんな自分だった。

「チカ」

「うん」

「それなら一つお願いがある」

「何？」

「チカがそこにいるって確かめさせてほしい」

「うん、でもどうやって」

「輪郭を、知りたい」

それ以上の説明や言い訳をする前に、チカは頷きこちらに五つの光る爪を向けた。俺は腰を浮かせて、チカに体を近づける。

体二つ分、一つ分、そうして、これまでにないくらいに近く。互いに、体を斜めに向けて座っていたから、最初に俺の膝《ひざ》と、チカの膝らしき部分が触れた。

「嫌だったら言って」

頷きを待ってから、俺は、チカの見えない部分にゆっくり右手を伸ばした。

決して、チカが人間の女性と同じ構造の体を持っていると仮定し、性欲に任せ胸なんかを触ろうと思ったわけではない。

ただ、自分自身に知らしめたかったんだ。

俺は優しさでチカを幸せにしたいと思ったんじゃない。優しさなんて曖昧《あいまい》な感情で動いたんじゃない。

もう、誤魔化しはきかない。

自分にとっての特別な存在が、ここにいてくれるからやったんだ。

異世界人であることを超えて、彼女の言葉や考えや想いを、心から大切だと思うようになったからやった。

所詮《しょせん》は自分の意思、エゴに過ぎない。

チカの実在をより強く感じることで、自分自身に教えておきたかった。

正義感や慈悲は全て嘘だと、叩きこんでおきたかった。

小さく光るチカの手の爪に指先で触れる。

相変わらず、冷たいチカの手。人間でいうと手の甲に当たるその部分は、人間と同じように筋張っている。

指で探りながら、手を辿っていく。手首のあたり、だろうか。そこを少し上ると、柔らかい生地のようなものに触れた。長袖《ながそで》の服、かと思いきや、その生地は腕に沿っておらず広がっている。

「服は、どんなのを着てるんだ？」

「×××っていって、カヤの世界にはない服なのかも、上から体を覆《おお》うようなものなんだけど」

ローブや、マントのようなものだろうか。触った感じでは、軽くて柔らかい。

「本当に、嫌だったらすぐに言って」

「うん。でも、カヤに触られるの、嫌なんかじゃない」

信用してくれているのは素直に嬉しく、怖くもある。

服の上から、チカの腕のようなものを恐る恐る握るように摑《つか》み、少しずつ上っていく。途中の骨のようなでっぱり、関節は肘《ひじ》だろうか。そこからチカの腕が少しだけ太く柔らかくなって、更に上っていくと、また骨のでっぱりがある。肩みたいだ。

「俺達と、同じ体をしてる」

「うん、私にはカヤが見えてるから、分かってたよ」

おかしそうにチカは目を細めた。これが俺の知る限りの、チカの笑顔だ。至近距離で見て、どきっとした。

もう目的は果たした。やめたっていいのに。もういいという言葉が出なかった。

指を、首の方へと這《は》わせていく。

首のようなものに触れると、チカの目が少し揺れるのが分かって、慌《あわ》てて指を離した。

「どうしたの？」

「チカが嫌じゃないか、気になって」

「……カヤは、優しいね」

チカは、また目を細めて手の爪を動かし、さっきまでチカに触れていた俺の手をそっと握った。そうして自分の首へと導き、俺が先ほど辿り着いた場所に、まるで愛《いと》しい生き物を手懐《てなず》けるように一緒に置いた。

チカの首は人間と同じように脈動していた。中に、俺達とは違う光る血液が流れていたとしても、命なのだと思えた。

俺は、指を顎《あご》の方へと上らせる。

顔の輪郭がある。小さな輪郭をなぞると、チカがくすぐったそうに声をもらした。

チカの吐息が作った空気の動きを指に感じた。

頬に指をあてる。爪を立てないよう感触を確かめてから、手の平を添えてみた。チカの頬が俺の手の平の温度になっていく。違う世界にいるというのに、体温を分け合っている。

チカがそこにいる。

「なあ、チカ」

何か、その場の空気であるとか、酔っているとか、勝手に口が言ったのだとか、そんな理由は、もうない。

「うん、何？」

言わなくたってきっと、体温と一緒に感情なんてすぐ伝わってしまうと思った。

だったら、自分の意志で伝えたい、と、心に力を込めた。

「チカには、理解できないだろうし、理解してもらうつもりもない。でも俺は、俺がそうしたいからっていうそれだけで、今から、聞いてほしいことがあるんだ。ごめん」

何事かと最初は思ったのだろう。それでも、チカは俺のことを、きっと大切な友人として認めて、頬に添えられた俺の手に自分の手の平を重ね、「聞かせて」と言った。

俺は、一体どれだけの勇気を振り絞っただろう。

「チカのことが、好きなんだ」

「うん、私もカヤが好き」

「そうじゃないんだ」

チカは首を傾《かし》げる代わりにだろう、重ねた手の平を少しだけ動かした。

「前に、話したと思う。俺達の世界には、恋愛っていう考え方がある。友達とも違う、家族とも違う。正直、俺には、恋愛がどう定義されるのかチカに説明できない。何かの延長線上とも言えない。性欲との明確な関係性も分からない。でも、はっきりと心に今、ある」

一度唾を飲み込んだのは、ただ俺が一呼吸分臆病《おくびょう》だったから。

「恋愛という種類の感情の中で、俺はチカが好きなんだ。だから、チカに触れたいと思った。でも、これはチカには分からないことだから。俺が、チカの言葉が時々聞こえないみたいに。ごめん、だから、俺が聞いてほしかっただけなんだ」

どんなに俺は情けない顔をしてる。

「自分勝手で、ごめん」

チカは俺を至近距離でじっと見ている。

目しか見えない彼女が何を考えているのか、その全てを読み取れるほど俺は敏感ではない。動揺してるだろうか、知らない感情を向けられて怖いと思っているだろうか、俺が知らないマイナスの感情があちらの世界にあって、チカがそれに包まれてはいないか。

気にしても気にしても、本当のことは分からない。だから、ただ待つしかなかった。

じっと、チカの目を見て。

「カヤ」

名前を呼ばれるだけのことに、こんなにも緊張したことはない。

二人とも目を離さなかった。

「キスの仕方を、教えて」

いつか、あの日、経験したように心臓が一度だけ強く震える。

「え？」

「ごめんなさい。カヤの言う通り、私には、レンアイというものの感覚が分からない」

「うん」

「どんなに強い感情だとしても、理解することは出来ない。でも、カヤと一緒に、カヤのその気持ちを大切にしたい。だから、教えてほしい。レンアイをする人達は、キスというのを、するんでしょう？」

はっきりと、恥ずかしいくらいに、戸惑ってしまう。

「いや、でもあの、キスって」

「唇をくっつけ合うんだっけ？」

「いや、そうだけど」

チカは、俺から目をそらさない。

「私は、どうすればいい？」

「あの、チカは、そんなの、嫌じゃないのか？」

これだけは訊《き》いておきたかった。

「もし、俺がサイレンを壊したから、その引き換えに、我慢しようとしてるんだったら、そんなことやめてほしい」

「そうじゃない」

　チカはきっぱりと、否定した。

「唇をくっつけるという文化が、私達にはない。だから、そのことに関して我慢するというほどの感覚は、ないの。私がそうしたいのは、カヤとカヤの気持ちを大切に思うから。でも、カヤが嫌だったら、しなくていい」

　言うのと同時に、チカは俺の手の甲に触れていた自分の手を膝の上に置いた。

　委《ゆだ》ねられたんだ。

　チカの世界にはない考え方なのだから、知らない文化なのだから、なんとか理由をつけて回避することだって出来るはずだった。

　でも俺は、もうチカへの恋愛感情から逃れ得ない俺は、拒否することで彼女への言葉が少しでも嘘かもしれないと思われたくなかった。

　ううん、やはり言い訳だそんなのは。

　チカに触れたかったんだ。出来るだけ近づきたかったんだ。

　唇の感触を、知りたかったんだ。

　意志で、そうすると決める。

　始めるということを、喉《のど》が張り付いてしまって、言えなかった。

最初に、チカの頰にあてていた指で、目の位置から鼻を探り当てた。自分の指が震えているのを感じていた。

「怖いことなの？」

震えが、伝わってしまう。

「いや、ああうん、でも、怖いかもしれない。本当にもう、この気持ちから戻れなくなる気がする」

「そこから戻れなくなるのは、嫌なこと？」

「チカがいてくれたら、嫌じゃない」

「いるよ」

目を細めるチカの顔が動くのが分かった。鼻を触っていた指を下にずらすと、ひときわ柔らかい部分に触れ、チカの目が元通り丸くなるのと同時に、その部分が伸縮したのを感じた。口角を上げていて、戻したのだと思う。

初めて、チカの目を細めるその表情が、本当に、笑顔だと知れたことが嬉しくて、目頭に湧《わ》き上がってきそうになったものを、必死でこらえた。

「ここが、唇であってる？」

「うん」

「じゃあ、チカ、目をつぶってほしい」

すぐに、光が二つ消えた。

俺の目に映るのは、そこにある闇《やみ》だけ。

けど、触れる。そこに、確かにいる。

傍から見れば馬鹿みたいな光景だ。

でも関係がない。俺達には、二人にとっての本当のこと以外には何もいらない。

「口は、どうしてたらいい？」

「閉じててくれたら。あ、でも思いきり閉じなくていい、力を抜いてて」

「眠る時みたいな感じかな」

指先の触れている部分から、一切の意思が消える。柔らかい部分をなぞると、それは人間の唇と同じ形をしていた。上下は閉じ切っておらず、少しの隙間《すきま》が空いている。

「じっとしてたら、いい？」

「うん、そのまま、待ってて」

自分の唇を待っててほしいだなんて、どれほどふざけた台詞《せりふ》を吐くんだと自分で笑いそうになった。もちろん、それは自分の緊張を和らげるために無理に作ろうとした笑いだったので、実際に笑うことなんて出来なかった。

一音ごとに心臓の音が強く鳴っていくのを感じていた。このままでは、唇からでも緊張が伝わってしまうんじゃないかと心配になった。

心配だからといって、今さらやめられるような気はしなかった。意志か、意地か、恋心か、性欲か、そのどれもがグラデーションとなって、ここでやめてしまえば引き下がれるかもしれないという賢明な俺を捨て去った。

「じゃあ、あの、嫌だったら」

「大丈夫」

言葉を遮られて、俺はもうそれ以上余計なことを言わないようにした。覚悟が、言葉と一緒に逃げて行くのを恐れた。

チカの唇に置いていた右手の中指と薬指を、頬の方へと移動させる。とはいえ目印がなければ唇の位置が分からないので、手の平をチカの頬に添えて、親指で唇の端っこに触れる。

仕方を教えて、とチカは言った。ひとまずは、説明をする必要なんてないのだろう。してみればいい、一度。

キスの仕方。

どうするんだっけ。

経験がないわけではなく、考えてみれば、キスの仕方なんて意識したことがなかった。相手の上唇にすべきなのか下唇にすべきなのか、自分のはどちらを先に触れさせるべきなのか、時間は、強さは。

俺だって知らない、キスの仕方なんて。

自らの意志でしたことが、ないからだろうか。

考えたけれど、結局、分からなかった。あまりチカを待たせて困らせるわけにもいかない。

知識なんて、経験なんて、持ってるだけじゃ知らないこととさして違いはないんだなと思う。

知らないことを今更悔やんでも仕方ない。

一度だけ、下を向いて深呼吸をする。

もう一度チカの顔があるはずの場所を見て、そこに顔を近づけていった。

自分の口の形はどうしていればいいんだっけ。

眠る時の感じと、チカが言ってた。俺もそれに従う。

唾を飲み込んで、唇の力を抜く。上下にほんの少しの隙間が出来る。

ゆっくりと、自分の親指の位置を確かめながら近づく。鼻がぶつからないように、少しだけ首を傾げる。

二人とも、もう随分と無言で。無音で。

チカは何を考えているんだろう。異文化体験、のような気分なのだろうか。

それ以上、緊張でもなんでも、そういった強い感情をどこかで持っていてくれればいいなと思ってしまう。同じ気持ちを持てればという願いがある。

俺の緊張と心音は、もう、この空間の闇を脅《おびや》かしてしまいそうだった。

左腕から聞こえる時計の音すら耳にとどかなくなる。

そして。

触れる。

上唇どうしがぶつかる。

チカの唇が反射というくらいの小ささで動いた。そこで一度遠慮しかけたけど、拒否する様子がなかったから、さっきの大丈夫という言葉を信じることにした。

チカと一緒に呼吸をする。

上唇をただ触れた状態から、互いに少しだけつぶし合うようにすると、下唇も触れる。

全身が痺《しび》れるような感覚。数秒、その状態から動けなくなる。

チカの体温を間近で知る。触れる唇の先に、更なる熱と、湿り気を感じる。

全身の力を込めて、自分の下唇をチカの下唇からずらし、上唇をつつく。チカが反応してくれるようなことはない。ただ、チカの唇、その表面だけではない部分に触れる。ぬるりとした感覚にもう一度、体が痺れる。

月並みな感想しか、出てこない。

チカの唇は、甘い。

舌の上には何も載っていないのに、確かに甘味を感じている自分を知る。

チカの唇が、少しだけ広げられる。

頃合いだと、思う。

もう終わりかと、正直に別れを惜しんだ。きっと今生《こんじょう》の別れだから。

でも、あまりチカを困らせたくはない。

俺はチカの上唇を軽く挟むように置いた自分の唇を、そっと、離した。

ついでにチカの顔に添えた右手も離して、煩《うるさ》い時計を外し、ベンチの上に置いた。

チカの顔があるはずの場所を見ながら、目立たないように深呼吸をし、待っていると、二つの光がそこに水が湧くように現れた。

こちらから何を言っても間違っている気がして、チカの反応を待った。心臓は、一つも落ち着かない。

初めての経験を、チカはどう思うのだろうか。不快と思われていなければいいなと、キスという文化を持った生き物の中の一人として、とかではなく、チカを好きな俺として思った。

「ちょっと、吸うんだね」

予告なく、先ほどまで触れていた唇から発せられた言葉はそれだった。俺は、自分の心臓がフル稼働《かどう》して、顔に血液を送るのを感じる。

口を眠る時のようにするというのも含め、結局、俺がチカにキスの仕方を教えてもらうみたいな形になっている。情けない。

「どうだった、カヤ」

どうだった？

「えっと、うん、チカには分からない感覚だと思うけど、嬉しかった」

相手に伝わらないと分かっているから、ギリギリのところで正直に答えられた。

それにしても夜明けがまだで、よかった。

「チカが、不快じゃないならよかったけど」

「不快じゃないよ。不思議な感覚だった。友達を抱きしめる時に、勢い余って顔がぶつかってしまうのを、カヤがとてもゆっくり大事にしているような」

なるほど。俺は友達というものを抱きしめるなんてしたことがないからそっちが分からない。

「ルールみたいなものはあるの？　決まりごと」

「いや、ないと思う。ただなんとなく、今みたいなのをこっちの世界でキスって呼んでるんだ」

「時間や、強さも、決まってはいない？」

「うん。別に」

「じゃあ、私にも出来そう」

「ん？　いや」

俺の説明が下手だったんだと気がつく。

チカはどうやら勘違いをしていた。

唇を近づけて押し付ける側の行動がキスという名前。受け入れる側は、キスをする方からの行動を受け取っているだけで、キスをしているとは言えない。傷つける傷つけられるが違うように、キスする、と、キスされる、には明確な線引きがあるはず。きっと、それがチカの脳内での思考の流れだ。

つまり、多分チカはまだ、自分はキスをしていないのだと思っている。

「カヤ、顔を近づけてくれる？」

そして、厳しいルールがないなら、自分にも今教えてもらったキスが出来そうだと考えたのだと思う。しかも、俺が嬉しかったなんて言ってしまったものだから。

「頰に手を添えるのは、何か意味がある？」

「いや、唇が見えないから、目印にしただけだけど」

「それなら、私のイメージでもいいかな。少し、こっちに前かがみになってほしい」

ずるい俺は、チカの言いなりになる。チカに一言、キスは受け取る側の行動も指すんだと、説明するのを俺は躊躇《ためら》った。

チカに体ごと、唇を寄せる。これから起こることが分かっている。呆気《あっけ》にとられているふりをしている。

「じゃあ、カヤ」

「うん」

「目をつぶって」

そういうこともルールなんだと勘違いをしてるんだろう。俺は、チカの間違いを正すこともなく、目を閉じる。

口元に、意識を集中させてしまっていたから、最初に体に伝わってきた感触が意外で、それには本当に驚いた。首に、覚えのある柔らかい生地が触って、それから両肩と首の間くらいにそれぞれ細いものが置かれた。腕だと分かった。

驚いたけれど目を開けなかったのは、それがルールじゃないとばれて、チカが行動をやめてしまうのが嫌だったからだ。夢から覚めたくない子どもみたいな理由で、俺は目を開けなかった。

首の後ろで、チカが手を組んだのが分かった。彼女の腕に力が込められ、弱いその力に身を任せてチカに体を近づける。

ゆっくりと、一秒ずつ、間違えてはいないか俺に確認を取るような緩やかさで、俺の唇にチカの唇が重なった。

柔らかく、甘い。

じっと触れ合ったあと、チカが下唇をずらして軽く俺の上唇をついた。すぐに、俺の真似《まね》をしているのだと気がついた。

だとしたら、もうすぐにこの時間は終わるのだと、思ってしまった。

一度目は、それを諦《あきら》められたのに。

何故か二度目は、諦めきれなかった。

チカの唇が、俺の元からいなくなってしまう前に、俺は、こちらから彼女の下唇を軽くついばんだ。

すると、チカは真似するように、唇をずらして、俺をつついた。

もう一度同じことをすると、また同じように返してくれた。

何度か続けるうちに、唾液のようなものが混じる。

気づけば、自分から唇をわずかに離してしまっていた。

「チカ」

声の振動が、チカの唇を震わせるような近さで、名前を呼ぶ。

目は、まだ開けなかった。

「うん、何？」

俺の首に腕を回したままのチカの声が、俺の脳と心を揺らす。

「好きだって、きっと何度言ったたって伝わらないのは分かってるんだ」

誰に聞かれるわけでもないのに、声を潜めてしまう。

「うん」

「仕方ないのに、やっぱり悲しいんだそれが。だから、俺は、勝手だけど、チカに向けた、この気持ちを忘れない。どんなに霞《かす》んでも、滲《にじ》んでも、いつか会えなくなっても、たとえ死んで魂だけになったとしても、心の中にあるこの気持ちを絶対に忘れたりしない。それを、許して、ほしい」

途切れ得ない特別を。二度と来ない退屈を。

ずっと望んできた。

それが、今、自らの中にあったから、伝えた。

「うん。許すよ。だったら私は、カヤが、カヤの世界にある特別な気持ちを私にくれることを、忘れない。レンアイは分からない。でも、カヤが大切な気持ちを向けてくれることが、嬉しい。嘘じゃない」

「チカ、なんで同じ世界にいなかったんだ」

「そうだね。いつか、境界線をこえられたらいいのに」

一緒に、暮らせるわけでもない。

「チカ」

「私の、大切な、カヤ」

いつも会えるわけでもない。

「好きなんだ、チカ」

「うん」

相手の言っていることをちゃんと理解できているかも分からない。

本当の名前すら知らない。

ただ互いの世界が交差するこの場所で、互いの存在を確かめ合うだけ。

俺よりチカに近い人間があちらの世界にいる。

俺よりチカに会っている人間があちらの世界にいる。

俺よりチカを理解している人間があちらの世界にいる。

そんなことは分かっている。

でも、チカと共有するこの瞬間、今、生きている今だけは、誰よりも俺が彼女と繋がっている。

そう信じている。決して思い過ごしじゃない。

チカの背中だと思われる場所に、目を閉じたまま腕を回す。力を込めて引き寄せても、チカは抵抗せず俺に身を任せてくれた。そうして、自分の腕に力を込めてさえくれた。

命が混じるほど近くにいてほしいと、誰かに願うなんて初めてのことだった。

全身の震えが収まるまで、俺はずっとそうしていた。

＊

こちらの世界の戦争が終わる様子はまるでなかった。

夏休みという時期もあったのか、普段の素行が良いと勘違いでもされていたのかなんなのか、監視カメラによって犯人であることがすぐにばれた俺への罰は、膨大な量の反省文と、一週間の自宅謹慎、そして生活指導担当教師との面談、外部の医者とのカウンセリングのみということになった。父親からは思いきり怒鳴られ、いつも温厚な母親からは殴られた。殴られた影響がチカに行かないか心配ではあったが、母の拳《こぶし》は俺の体に傷一つつけられなかったので大丈夫であるよう願う。

惜しむらくは、目を光らせた家族から買い物や走りに行くのも止められたこと。一度は夜中に家を出て行こうとしたのを兄に見つかり、「母さん悲しませんなよ」と止められた。一度家族の人生を汚《けが》すようなまねをしてしまった自分としては、強行突破をするのもはばかられた。

もちろん、走りに行くのなんてどうでもよかったのだ。チカに会いたかった。

あの日、あの後、俺達はこれからの方針を決めた。決めたとは言っても、チカが戦争のない生活の中でも定期的に避難所に通ってくれる、というそれくらいのものだけれど。

実際のところ、いつまたサイレンが復旧し、戦争が彼女の生活に戻ってくるのかは分からない。だとしたら、今は避難所に来なくていい生活をチカに満喫させてあげた方がいいのかもしれない。それでも俺に会いたいから来ると言ってくれたのは、俺の気持ちを慮《おもんぱか》ってくれたものに過ぎなくとも嬉しかった。

家の中では何ごともなかったかのように大人しくしているつもりだった。しかし散々に怒られた日から四日後、一度だけ、二人きりの時に母からあの日の一件を蒸し返された。台所で牛乳を飲んでいる時だった。

「香弥」

部屋の隅では、以前より格段に音質の良いラジオが鳴っていた。

「どう言うか、迷ってたんだけど、反省してないでしょ」

迷ったにしては直球だな。

考えて、正直に答える。

「してる。母さん達に余計な仕事増やして、悪いと思ってる」

「つまり学校のもの壊したことは反省してないんでしょ？」

反省、してない。悪いとは思っているが、例えばあの時に戻ったとしても、俺は同じ行動をとる。それは反省しているとは言えない。

しかし即座に頷《うなず》くのもまた母の心配事を増やすだけだと思い、どう答えたものか考えていると、母は溜息《ためいき》をついた。

「反省してないなら、あんなことでも、香弥の中の何かを守る意味があったの？」

「ああ、あった」

正直に答えた。

「何かは知らないけど、信念があったんだね」

「そうだよ」

母は、想像していたよりも俺を理解しているのかもしれないと思った。

けれど、やはり遺伝子や血の繋《つな》がりなんてもので、心まで繋がれるわけがないのだ。

「信念に従っていれば何かを傷つけても仕方ないなんて考え方はしちゃダメ」

俺が何も答えないでいると、親子の会話の間を埋めるように、ラジオパーソナリティが曲をかけた。

「何かを強く心に決めて行動する時に、誰も傷つかないなんて無理かもしれないけど、積極的に誰かを傷つけることをしていけば、いつかは香弥の大切なものも、守りたかった信念も、傷つける対象に入ってしまう。例えば、家族のために他人を簡単に傷つける人間はいつか、自分のために家族を傷つける人間になる。その先で、自分も傷つく。私は、香弥がそうならないか、心配してる」

「そうか」

結局は、そういう話か。

「だから、迷惑かけたのは悪いと思ってるよ」

「あのねえ」

大きな溜息をつく母親を前に、俺は牛乳を冷蔵庫にしまい立ち去る選択をした。迷惑をかけ、本心から申し訳ないと思っている。しかし、母はチカのことも、チカの世界のことも一切を知らない。俺の行動の意味を分かってもらうことは出来ない。誰かを傷つけてでもやる価値があったからやったと言っても理解なんてされない。

それに、母に言葉で説明されなくても、俺はもう目的のために大切なものを傷つけ、学んでいる。説教はつまらない。

「お母さんもいつまでも生きてないよ」

部屋に戻ろうとする背中で、最後に捨て台詞を聞いた。そりゃそうだろう。人間はいつか死ぬ。当たり前だ。

母と二人で顔を突き合わせて話をしたのはその日が最後だった。

一週間の謹慎が解けて、俺はスタートの合図を待ちに待った競走馬のように午前中から外へ飛び出した。走るリズムをつかむのに少し時間を要したものの、体力が落ちているとは感じなかった。食事と同じく、走ることもまた体が求めていた。

昼間はチカがいるわけでもないので、バス停に行く必要は感じなかったが、知っている人間に会って好奇の目を向けられても不快だと思い、山の方へと向かった。

水分補給をしながら走り、いつもの場所に辿《たど》り着く。そこにまだあの時と同じようにバス停があって安心した。そう簡単にはなくならないだろうが、心の芯を支える場所を目で捉《とら》えることが出来て、また走り出す足に力が入った。

家に帰る頃には流石《さすが》に汗だくだったので、シャワーを浴びて着替え、母の茹《ゆ》でたそうめんを食べた。午後も午前とほぼ同じような過ごし方をしていると、いつの間にか夜になっていた。夕食後の外出について家族ににらまれたが、早めに帰ってくることと学校に近寄らないこと、スマホを持っていくことを条件に許された。ひとまずは一つも破る気はなかった。

八月ともなると夜風ですらあまり心地いいとはいえない。バス停までの道を、背中にじわっとした汗を感じながら進む。脱水状態にならないようにと母に持たされたペットボトルの水を飲む。

いるのかどうか分からない。しかしいる可能性があるというだけで、久しぶりの再会に向け早くも胸が高鳴っていた。期待と恥ずかしさによる緊張を感じる。今日、いてくれないなかったところで仕方ない。それを分かっていつつもどこかで、いてくれるんじゃないかとそんな夢想をしていた。

どこのつまんねえ男子高校生だと、自分を揶揄《やゆ》することで少しだけ呼吸に余裕が出来る。待合室のドアに指をかけて開けると、この世界に唯一《ゆいいつ》無二の光が、あった。

「ああ、カヤ、よかった」

俺の心の中の安堵《あんど》と喜びを代わりに表してくれるような、チカのほっとした声。俺に会えたことを喜んでくれているんだろうかと、恥ずかしい期待をしながら、待合室のドアを閉める。

「ごめん、来られなくて」

答えてからベンチを見る。どの距離感で座るべきなのか、考えて結局は様々なものに理性が勝ち、いつもと同じ位置に座った。

「来れない間、家に閉じ込められてたんだ。この前もちょっと説明したけど学校から処分されてて。その間、何度も来させてたら、ごめん」

「何度か来たけど、ううん、いいの。カヤがここに来るのがずっと先になるんじゃないかと心配してしまって、だから、今凄《すご》く嬉《うれ》しい」

そんなことを言われて俺の方が嬉しいに決まっている、と言いたかったけど、流石に羞恥心《しゅうちしん》が言葉を飲み込ませた。何をしても許されるというにはまだ、あの時ほど理性を失っていない。そう、あの時。暗闇の中で顔が熱くなる。

「そんな心配させて、ごめん。戦争は？」

見ると、チカの目の光は以前の強さまで戻っているような気がした。

「まだサイレンを直せる目途が立っていないみたいで。私の家は少しずつだけど、出来上がっていっているよ。全部、カヤのおかげ」

「いや、そんなことはないけど、でも、良かった」

この一週間、罪悪感もあった。チカはそうではないと言ったけれど、あの時、まるでサイレンを壊したことを盾に取るようにして彼女に触れるのを許可させてしまった。だから、あまり感謝されるとばつが悪い。けれど、少なくとも喜びは事実なようで、よかった。

「カヤは、閉じ込められていたって言っていたけど、その間、何をして過ごしていたの？」

「特に何も。反省文書いたり、トレーニングしたり。あ、そうだ、母親に殴られたんだけど、チカは大丈夫だったか？」

「殴られたって、暴力をふるわれたの？　私の方では何もなかったけど、大丈夫？」

「ああ、うん、俺は全く平気だったし、いいんだ俺が悪いから」

「大丈夫なら、いいけど」

心配してくれていると分かる声色で、申し訳なくなる。話題を変えよう。

「チカは何をしてた？」

「私は、家を建て直す手伝いをしたり、あとは新しく出来る部屋のために、中に置くものを集めたりしていたよ。本とか、前に持って来た匂《にお》いのあれとか」

「へえ、部屋が出来上がるの俺は見られないけど、楽しみだな」

チカがまた、自分の世界に対して前向きになってくれてよかった。言ったように、見られないけれど、俺もチカの世界の出来上がりを楽しみに出来る。

「あとは何かあった？」

チカが答えてくれるのを待ちつつ、俺は手に持っていたペットボトルの水を口に含む。

「そうだね、キスのことについて考えていたんだけど」

噴き出した。水がもったいない。一部は俺の体内、水分を受け入れる場所ではないどこかに入ってしまったようで、何度かむせた。

「カヤ、大丈夫？」

「や、悪い。大丈夫」

当たり前だけど、そうか、恥ずかしいという認識を持っているのは自分だけか。文化も文脈も、共通のものだと勘違いしてしまいそうになることがある。

「もしかして、生活していてキスについて考えるのって、カヤの世界ではおかしなことだった？」

どうだろう。

「いや、変っていうほどのことじゃない、と思う。今のはちょっと水が変なところに入っただけだから」

下手な誤魔化しだなと、思った。

「水はゆっくり飲んだ方がいいよ」

「俺もそう思う」

「それで、ね、キスについて考えていたんだけど、あれはレンアイという感情の表現としてするものってカヤは言っていたよね」

「うん、まあ大体そうかな」

「じゃあ、ひょっとしたら、レンアイの分からない私がカヤにキスをしたことは、そっちの世界の文化では、カヤに失礼だったんじゃないかと心配になって」

チカは、長めの瞬きをする。

「あの時に、言った、カヤの気持ちを一緒に大切にしたいって気持ちは本当。だから少しでもレンアイってものを知りたいと思って頼んでしまったんだけど、カヤは優しいから、私の行動が本当は失礼だったのに、キスの仕方を教えてくれたんじゃないかと思って。もしそうだったら、ごめんなさい」

「失礼じゃない」

咄嗟《とっさ》に強い口調で否定してしまった。驚きの強さが語気に出た。チカにそんな心配をさせてしまっていたなんて思いもしなかったからだ。

改めて考えさせられる。

互いの文化を全く知らないというのはこういうことだ。自分の文化と照らし合わせて考えれば、時に相手の考えを無視することになるかもしれず、相手の文化を尊重しようとすれば、自分の行動が全《すべ》て相手におかしいと思われているんじゃないか勘ぐってしまう。塩梅《あんばい》があまりに難しい。

そりゃ戦争が終わらないわけだ。その点、俺は運がいい。チカと価値観をすり合わせられる。

「全く失礼じゃない。むしろ、俺の方が、チカの世界の文化にないことをしてしまって、嫌な思いをさせたんじゃないかと心配してた」

「私は、全く嫌な気分にならなかった。私は、分からなくても、レンアイの感情から起こる行動をカヤと共有できたことが嬉しかった」

「そう、か、俺も、嬉しかった」

照れる以外にすることがない。

「カヤに失礼じゃなかったなら、本当に良かった」

「心配かけてごめん。でも、本当にチカが俺に失礼なんて気にするようなことは、何もない」

どころか、チカも俺と同じような心配をしてくれていたのが、嬉しかった。もちろんチカと俺の感情には違いがあると分かっているけれど、お互い異世界の価値観を分からないなりに捉えようと歩み寄れている。

「よかった。ええと、じゃあ、また、もしよかったら、レンアイについて教えてもらいたいことがあるんだけどいい？」

「うん、俺に分かる部分なら」

言ってから思う、分かることなんてあるだろうか。

「レンアイって感情は、相手と近づきたいって気持ちに似てる？　キスっていう文化は、出来るだけ相手と体を近づけたくて出来たのかなと思ったんだけど」

「似てる、かもしれない。キスの起源は、知らないけど、そういうことなのかも。友達との違いは確かに、気持ちも体も近づいていたら嬉しいってところもある気がする」

「カヤもそう？」

「うん」

「じゃあ、近づくね」

言うなり、チカの目の光が高い位置に移動した。呆気に取られているうちに、チカは俺のすぐ近くまで来て、俺の隣、肩が触れ合う位置に座った。座る時、チカがまとっている何らかの服を挟んで、互いの肘《ひじ》がこすれた。

「嫌じゃない？　カヤ」

「う、うん、嫌じゃない」

嫌なわけがない。この距離で互いの顔を見るのがはばかられ、俺は正面を向く。チカの二の腕と思《おぼ》しき場所が、俺の腕の体温に順応していく。

「手を触った時から思っていたんだけど、カヤは温かいね」

「チカは、こっちの世界にいる人間より少し冷たい気がする」

「私の体の温度は特別に低いものじゃないから、私達の方が冷たいんだね」

　味や匂いはきちんと届かないのに、温度は届く。この差はなんなのだろうと、そんなことを考えて、心臓をなだめた。

「俺の体温は、普通より少し高いかもしれない」

「そうなんだ。確かめてみたい気もするけど、ここではカヤにしか会えないから他の人を同時に触ることは出来ないね」

　もし、他の人間がここでチカと会えたとしても、俺は果たして連れてきただろうかと思う。恋愛感情に気づく前だったなら、あるいは検討くらいしたかもしれない。

「そうだ、もしカヤが望むんだったら、今度、私がここに誰か連れてきて会えるかどうか試してみる？　私だけに会うのとは違う知識を得られるかも」

　それは、話の流れ上自然な提案だったし、本来なら試してみるくらいしてもよかったのかもしれない。けれど、俺は首を横に振った。

「いや、チカに会えたら十分だ」

本心ではあったけれど、その言葉の裏には、チカはまだ自分をたった一人の特別な人間とは認めてくれていないのだという、いじけるような気持ちがあった。表情に出ないように隠した。

「もし、試してみたいって気持ちになったらいつでも言ってほしい。これは、私のカヤへの感謝の気持ちからの提案。でも、私の中にあるカヤが大切だっていう部分では、私も同じことを思ってる。カヤと一緒にいられたら、それだけでいい」

小さな卑屈なんて、チカの言葉一つで塗りつぶされてしまう。

俺は、俺を含めた恋愛を知っている人間は、なんて単純な生き物なんだろう。チカは恋愛が何かも知らないのに、俺の気持ちを丸ごと知っているかのような言葉ばかりを選んで届けてくれる。あるいは知らないから、恋する人間が喜ぶような言葉を照れずに言えるのかもしれない。恋心を自分の中に感じてしまっている俺には、チカに簡単には伝えられない言葉が多く存在する。

それらを避けて、俺はチカの感謝の気持ちを無下にするのも悪いと思い、一つの提案をした。会えない間に考えていたことだった。

「じゃあ、代わりに一つチカに頼んでもいいかな」

「うん」

「絵を描いてほしいんだけど」

「え、でも前に、失敗したよ？」

実は以前に、俺はチカの世界の文化、聞こえない名前やあちらの文字について書いて貰《もら》えないかとペンとノートを持参したことがあった。結果はチカの言う通り、失敗。チカはこちらの世界のペンやノートを持つことすら出来なかった。

「あの時、俺がチカにペンを渡したら地面に落ちたけど、食べ物の時に直接なら食べられたみたいな感じで、俺が持ったままチカにも持ってもらえば大丈夫なのかもしれないと思って」

「なるほど。試してみてもいいかもしれない。でも、前みたいに文字じゃなくて、絵なんだね」

「うん、描いてほしいものがあるんだ」

「何？」

これを言うことは、失礼になるのかならないのか、判断し難かったので、もし失礼にあたるなら謝る覚悟で言ってみることにした。

「チカの似顔絵」

「んー」

「あ、ごめん」

ほとんど反射で謝ってしまった。同時に、この距離で今日初めてチカの方を向くと、彼女は不思議そうに目を傾けていた。分かっていたけれど、近い。

「どうして謝るの？」

「いや」

この説明は、平常心でも出来るやつだろうか。

深く考えてしまえば、確実に出来ないと思ったので、考える間もなく答える。

「チカに、外見じゃない部分で恋愛感情を持ってるのに、似顔絵を描いてもらって、チカの外見になんらかの感想を持とうとすることは失礼なんじゃないかと思って」

「なるほど。でも、私が今、すぐ描くって言わなかったのは別の理由なの。だから、色々な意味で、カヤは謝ってくれる必要がないと思うよ」

「色々な意味？」

訊《き》くと、チカは目を伏せて逡巡《しゅんじゅん》しているようだった。何か絵を描けない重大な理由でもあるのだろうか。そんな事情も知らずに俺は失礼なことを頼んでしまったのだろうか。心配して返事を待っていると、やがて彼女は俺の目を見ずに、「あのね」と見えない唇を動かした。

「私、絵だけは本当に下手で、だから似顔絵描いても、私の本当の外見と全く結びつかないと思うの。だから、カヤが何か感想を持つ絵ですらないというか」

「絵ですらない」

「絵ですらないと思う」

「ふふっ」

失礼だと分かってはいた。けれど真剣なチカの言い方と、文化的なのに絵が下手な意外性と、一瞬言うか悩んだということは気にしているんだという可愛《かわい》さと、どのくらい下手なのかを想像して、複合的に笑ってしまった。

もちろんチカに嫌われたくはないのですぐに謝る。

「ごめん、欠点を笑うとかそういうつもりはなくて、チカの言い方が面白かったんだ」

謝ったけど、チカは機嫌を損ねてしまったのか、目を大きめに開いたまま俺の方を見て何も言わなかった。まずい、これは本格的に怒らせてしまったのだろうか。けど、いつかチカの憤《いきどお》りの声を聞いた時とは目の様子が違う気がした。もちろん人を見る目を養ってきたわけではない俺の直感なんて当てにならないので、再度謝る。

「ほんと、嫌な気分にさせたら、ごめん」

「ううん、嫌な気分じゃないよ。きっと私の絵を見たらカヤはもっと笑うと思う。黙ってしまったのはそうじゃなくて、嬉しくなって」

「嬉しく?」

自分の欠点を笑われて嬉しい、チカがそんな趣味を持っているとすればもっと意外だけれど、そうではなかった。

「カヤの笑顔を、初めて見て、嬉しくなったの」

「……笑顔、初めてかな?」

あまり笑わないという自覚はある。しかしチカと過ごして、こんなにも満たされた気持ちになっていて、今まで一度も笑っていなかったのだろうか。

「うん。私が記憶している限りでは初めて。カヤの世界ではどうか分からないけど、大切な人の笑顔を見ることは、私の世界ではとても嬉しいことなの。初めてだったから、言葉が出なくなってしまって」

「そう、か。俺の世界では言葉が出なくなるほどじゃないかもしれない。でも、うん、チカの笑顔は俺も嬉しいけど」

あの時、目が細くなるのを笑顔だと確かめられた時、俺の体が嬉しさを表そうとしていたのを思い出す。

そして今もまた、大切な人だとチカが自然と口にしてくれたことが、黙るほどや泣くほどじゃないにしても嬉しかった。

「じゃあ、これからはもう少し笑うようにする」

「無理矢理じゃなくてもいいけど、笑顔を見られると嬉しい」

「普段から、心掛けてみるよ」

人生で初めて、笑顔を意識して生きる。どんな日々になるのだろう。

チカの絵の下手さ加減は見てみないと分からないし、それ以前に実験が成功するかも分からないので、次の時までに俺がペンとノートを用意する約束をした。

というところで、ポケットの中が震えた。

俺のメールアドレスを知っていて連絡してくるのなんて家族くらいしかいない。見なくても分かる。母からの「そろそろ帰ってこい」だろう。いつもなら無視するところだが、家族に迷惑をかけた自分には今、借りがある。

「チカ、今日はそろそろ行かなきゃいけない」

「カヤの方からいなくなるのは珍しいね」

確かにそうだ。本当は俺も自分から去りたくなんてない。

「うん、家族に呼ばれて」

「そうなんだ。ねえ、カヤ」

チカとの時間は終わりだと分かり、増幅する名残惜しさとは反比例して、緊張が溶けていこうとしていた。初めて知る。好きな人といるのには、体力と精神力がいる。残念なのは本当だけれど、安心する瞬間でもあった。

「キスはどんなきっかけでするの？」

それなのに、一度抜きかけた力を、猛スピードで体に戻さなくてはならなくなった。そらしかけた視線が、チカに吸い込まれる。

「きっかけって、えっと、雰囲気とか、流れとかじゃないかな」

「それは、私には分からないな」

確かに、異世界の雰囲気を理解しろだなんて、文化を理解するにも四苦八苦している俺達には難しいことだ。

「じゃあ、どんな気持ちの時にするの？」

「それは、したい時、とか」

飯を食うのは？　腹が減るから。というくらい馬鹿な答えだ。

でも、他にどんな言い方がある。

「したい時っていうのは、私は感じられないけれど、レンアイの感情が、とても強くなった時という意味？　家族への想《おも》いが強い時、互いに抱きしめるみたいに」

俺には家族とそんなことをした経験がないから分からないけど。

「そうかもしれない。相手のことが好きで仕方がない、っていう感じとか」

「カヤは」

こういう流れになるなんて考えもしなかったと、否定できる自分はどこにもいない。

「カヤは、今、どんな気持ち？」

チカの持つ価値観に誠実でありたいという願いと、自分の持つ恋心に誠実であろうという我儘《わがまま》は、実は矛盾していて、割り切れないままに、悩み続け。

そして、結局はただ正直に答えてしまう。

「相手のことが好きで仕方がない」

「キスに回数制限はある？」

「ないよ」

分からない、とは言われたものの、そこからは流れと、雰囲気だった。

互いに目をつぶれば、チカの姿が見えないことも、俺の姿が見えることも関係なく。

じっと闇の中で互いの存在を確かめる。

「ずるいことして、ごめんなさい」

顔を元の距離に戻した後、てっきり俺が言ったのかと思うような言葉が、チカから発せられた。

「回数を重ねたかったんだ。慣れて、上手《うま》くなることもあるんじゃないかと思って。それなのに、カヤの気持ちを利用したみたいになっちゃって」

撃ち抜かれる、なんて言葉は強くて馬鹿みたいで使いたくない。

「チカが嫌じゃなかったなら、俺は大丈夫」

結果、馬鹿なことしか言えない。そうしてまた、気遣いと想いの狭間《はざま》、割り切れない自分を抱え、唇と回数を重ねてから、俺は家へと帰った。

*

蜜月《みつげつ》。

そんな言葉、知っていても思い浮かべる日なんて来ないと思っていた。しかしチカとの時間に名前をつけるのなら、恥ずかしくもこの言葉がぴったりであると思う。

夏が過ぎ、秋になっても、俺達は特に何か新しい情報を手に入れることもなく、二人の時間をただ過ごした。誰にも知られない場所で、多くの時間や場所から集められ凝縮された蜜を味わっていた。

絵を描いてもらう実験は成功した。まず俺がペンとノートを持ったまま、チカに上から一緒に持ってもらい、二人の指がペンとノートから離れないよう同時に手を移動させる、その状態で絵を描いてもらった。どんな絵が出来上がったのかは、笑ってしまうので思い出すのはやめておく。

字も書いてもらった。でも当たり前のようにあちらの言語を読む能力が俺にはなかった。不思議なことに、チカに書いてもらったものは全て、彼女がペンを離し俺がノートから目を離すと消えてしまっていた。スマホでの撮影も叶《かな》わなかった。実は以前にこっそりとチカの声を録音しようとしたこともあったのだが、残っていたのは空白に相槌《あいづち》を打つ馬鹿みたいな俺の声だけで、残念ながら世界をまたいで何かを記録するのは無理なようだ。文字の形を覚えて家に帰ってから調べてみても、チカの世界の言語がこちらの世界にないことだけしか分からなかった。

結局のところ、ノートの上ではチカの外見が人間の女性に近いという感想と、チカの世界の建物はどうやら四角いらしいという情報以外に得るものがなかった。

絵にしてほしいと自分から依頼したくせに、チカの外見が詳細に分からなかったことについて、どこかでほっとしている自分がいた。

目と爪が見えるだけでチカを大切に想うのに十分過ぎる情報であると、より深く納得出来た。

ただただ、楽しい日々だった。

例えば普通の友人や恋人の間で起こるような、会話内容の枯渇も俺達の間では起こりえなかった。話題作りなんてせずとも、互いの生活は全て異世界の出来事で、興味がつきない。チカが話してくれる全ての端々に、俺の知らない文化があり、考え方がある。それらをチカの口から放たれる音で知ることが出来る。特別な時間だった。

チカはいつも、こちらの世界について細部まで想像しながら会話をしてくれているようだった。

その証拠にというと大げさだけれど、俺が話す内容や俺の外見から様々な情報を得て、伝えていないようなことに気がつく場面が何度もあった。

「カヤの世界では、気温が大きく変わる期間があるの？」

「気温？　季節ごとには変わるけど」

「キセツっていうのが、その期間のこと？」

「うん、あ、チカの世界には季節がないのか。世界っていうか、俺達の国には四種類、季節っていうのがあって。今は秋っていう季節、チカと出会った時は冬っていう季節だった。今は暑い季節から少し涼しくなって、出会った時は寒かった」

「そうなんだ、だからか」

「だから？」

「服の枚数や、外見の重たさが、少しずつ変わっているから。私達は気温の高い場所と低い場所、雨の日と晴れた日、太陽が昇っている時と沈んだ時、他には仕事によって服装を変えるけど、期間で変えたりはしないの。だから私の世界より、気温の変化が大きい、そのキセツみたいなものがあるのかなと思ったんだ」

「へぇ、俺達も場面によって服装を変えたりはするけど、基本的には季節に合わせてる。じゃあ俺からは見えないけど、チカは大体ここに来る時は同じような服を着てるってことか？」

「色や模様は違うよ。でもカヤ達ほど色々な種類を持っていたりはしないな」

「俺はあんまり持っているほうじゃないけどな。ここに来る時は動くのに楽な服装ってだけだし。昼間は大体制服だ」

そういえば制服という言葉はチカの世界にあるのだろうかと自分の説明不足を気にしたが、すぐに「学校に行く時の服だよね」という声が聞こえた。

「うん、チカの世界にも、学校に行く時の服、あるのか？」

「ない。普段着ている服を着て行っていたよ」

素直に驚いた。昼間は学校に行っているという情報から、その時間に着ている服ということで制服がどんな役割のものかチカはすぐに感づいたようだ。俺なら簡単には辿り着かなかっただろう。

チカがやはり尊敬すべき人物なのだということと、会っていない時の俺にも考えを巡らせてくれているということを嬉しく思った。

「カヤの世界では、男より女の方が冷たい？」

「んー、人によると思う。チカの世界ではそうなのか？」

「体感温度は女の方が低いっていうのを読んだことがある。体温は男女とも同じくらいかな」

「こっちでも確かに女の方が寒がりは多いかも」

「やっぱりそういうものなんだね」

「男だからって理由で、俺の体温が高いってチカは思ったのかもしれないけど、前に言ったみたいに、俺の場合は運動してるから他の男と比べてもちょっと高いと思う」

「そうなんだ」

「もしかして、チカ、寒いのか？」

「ううん、大丈夫。カヤがここにいる間は、全く寒くないよ」

つまりはそう言われるような距離にいた。

チカ自身には、俺を骨抜きにしてやろうとか、そういうつもりはまるでなかったのだろうけど、思惑と結果が結びつかないこともあるだろう。そこは俺達と同じだ。

そこは、と言ったのには理由がある。

もはや些細《ささい》ではあるけれど、やはり生物として、チカは俺達と違う存在だった。

ある日、初めてチカの髪の毛にしっかりと触れる瞬間があった。どういうきっかけであったかというのは、互いにより近づこうとしたからに過ぎない。とにかく彼女の後頭部らしき場所に手を置く瞬間があって、その時、俺は彼女の髪の毛であるという部分の手触りに驚いた。

「どうしたの？」

「チカの髪は、縛ってある部分から先も自分の、本物の髪か？」

「うん。本物だよ。何か変？　カヤの髪の毛とは違う？」

違った。

手で探ってみるとチカの髪は、恐らくこちらの世界でいうポニーテールにまとめられていたのだが、髪の毛の根元の質感と、縛られた位置から毛先にかけての質感に、明らかな違いがあった。一本の毛で部位によって大きな質感の違いがあるというのがまず俺達にはない特徴だと思うけど、それ以上に、普通の髪の毛より少し硬いくらいに思える根元に比べて、毛先の方の特殊な手触りが俺を驚かせた。

チカの髪の毛は毛先から十センチほど、現時点で俺が知る最も近い材質で表現すれば、しなやかで柔らかな針金のようだった。

針金といってもただ硬く決まった形でそこに存在するわけではない。俺達の髪の毛と同じように、束になってたわみ、揺れ動いている。今まで偶然チカの髪の毛に触れたこともあったかもしれないが、異質さに気がつかなかったのはそのしなやかさゆえだろう。しかしながら刺そうと思えば皮膚も突き破ってしまうのではと想像できて、だからチカは後ろにまとめているのかも、という考えに至る。

果たしてこれと似た手触りのものがこっちの世界に存在するだろうか。

「カヤが不快だったら、触らないようにしてね」

どう伝えたものか俺が考えている間に、妙な気を遣わせてしまったことを、心から後悔した。

「触ったことのない感覚だけど、全く不快なんかじゃない。むしろ、嬉しかったんだ。まだ知らない部分があって」

知らない部分ばかりだというのはもちろん分かっていた。けれど、知らない部分をどんどん知っていけるこの前進が何より嬉しいのは本心だった。

チカには伝えられなかったけれど、俺の言葉には続きがあった。

嬉しかった、また、好きになれる部分を新たに見つけたことが。

「私も、カヤの髪の毛、触ってもいい？」

「うん、もちろん」

涼しいのをいいことに散髪をさぼっていて伸びた俺の髪に、チカが触れる。触られて安らぐというのは初めての経験で、鮮烈だった。

「毛先まで柔らかくて気持ちいい。確かに、全然違う」

そう、全然違う。全く違う生き物であるのにも拘《かかわ》らず、こうして互いに触れ、理解しようと互いに努められる。

本当に、どうでもいいんだ、チカが人であろうがなかろうが。

その日、俺達はまた二つの世界の最接近の経験値を重ねた。

蜜月。

元々はハネムーンの直訳である日本語。結婚してからのひとつき、最も甘い蜜のような時間を表した言葉であるらしい。まさにだと思う。

俺は幸せだった。

その甘い蜜の存在を信じて生きていられたんだから。

なんて……。

そんな物分かりのいいこと、誰が言える？

＊

「チカの誕生日っていつ？」

「生まれた日って意味だよね？　××××××××だけど」

「ごめん、全く聞き取れなかった」

「うーん、なんて言えばいいんだろう。もうすぐだよ」

詳しく聞いてみると、恐らくだけど、チカの誕生日は約二週間後であるみたいだった。チカの世界での一日を数えただけなので、いくら確認しようとその長さが違う可能性もある。

「どうして？」

「最近、父親の誕生日が来て、チカの世界でも誕生日を祝う風習はあるのかなって思ってさ」

「なるほど、あるよ。家族から、×××って、特別なお祈りみたいなものを、目覚めた時にされるんだ」

「へえ。こっちではケーキ食べたり、プレゼント渡したりするんだけど」

「ケーキっていうのは何？」

ケーキの形状や原材料を説明したところ、チカの世界でも違う名前で呼ばれるほぼ同じような食べ物が存在すると分かった。

「カヤの世界では生まれた日がとても大事にされているんだね」

「どうだろうな。ただの儀式みたいなもんで、生まれた日ってのを口実にして騒いでるだけだと思うけど」

「それが楽しいなら、いいことだと思うよ」

チカに笑顔を見せられると、俺の中にある選択肢の中で、「そうだな」と頷《うなず》く行動をとる優先順位が格段に高くなる。

「チカにも何かしてあげられればいいんだけど、ケーキ用意しても味しないだろうし、プレゼントも渡せないしな」

「ありがとう。いつもカヤと過ごす時間を貰っているから、それで十分だよ」

何度言われても、その言葉は飽きることなく俺の内臓を熱くさせた。

「まあ、何か俺があげられるもので欲しいもの思いついたら言って」

「そうだなあ。あ、じゃあ、一つお願いしてもいい？」

「もちろん」

珍しいことだった。チカからの求めに、自然と声が弾んだ。ただ、果たしてチカの望みを俺が叶えられるのだろうかという懸念もあった。願いを訊いておいて叶えられないと答えれば、チカをがっかりさせてしまうだろう。俺も自分にがっかりする。十分あり得るとはいえ。

だから、それが杞憂《きゆう》だったのは非常に喜ばしい。

「前に、お互いの世界の歌を歌ったことがあるでしょう？」

「うん」

もう数ヶ月前だが、しっかり覚えている。

「もう一度、カヤの歌を聴かせてほしいと思って」

「えっ」

「嫌だったら、いいんだけど」

「いやっ、あ、今のは嫌だって意味じゃなくて、嫌なわけじゃないっていう否定のいやなんだけど、つまり別に歌うのは嫌なわけじゃない」

多少恥ずかしくはあるけれど、望まれて拒否するほどではない。それよりも今は変に慌《あわ》ててしまったことの方が情けなく、チカの言葉を借りるなら嫌だった。

「でも、そんな、なんでもないことでいいのか？」

「なんでもなくないよ。違う世界の歌を聴けるし、それに、いつもと違うカヤの声を聴けるから、とても特別だと思う」

そんな風に言われて、嬉しくないはずはない。

「それだったら、いいんだけど。別に今でも」

「ううん、せっかくだから、もう少し経《た》って、私が生まれた日に近づいてからがいいな。家族だけじゃなく、カヤにも祝ってもらえることが嬉しいよ」

祝えて俺も嬉しいと、チカに伝えながら、チカの家族というものに思いを馳《は》せていた。ついつい、目と爪だけ光っている人々が暗闇《くらやみ》の中で生活している様を想像してしまうが、もちろんあちらの世界ではチカを含めた皆の全身がきちんと見えているのだろう。

チカの姿が見られる家族をとても羨《うらや》ましくも思う。しかし見られないからこそ、俺と彼女の間に唯一《ゆいいつ》無二の、ありふれていない絆《きずな》のようなものがあるのだと誇ることも出来た。

他にはない関係性。決して届かないからこそ、存在するもの。

しばらく誕生日について話していると、チカが家族の元に帰るべき時間が来た。チカを見送ってから、俺も待合室を出る。

時計を見る。今日も少し遅くなってしまった。夏休みが終わってからもう随分と経ち、最近は家族の中で俺に対するほとぼりも冷めてきたようで、少しくらい遅くなっても過剰に心配されなくなった。それをいいことに俺はチカとの時間をのうのうと楽しんでいる。

帰り道、チカから頼まれた歌について考えていた。そういえば前の時と同じ曲でいいのか確認するのを忘れていた。どちらにせよ、前のものも含め、いくつか曲を聴いて頭に叩《たた》きこんでおこう。

二週間なんてすぐだ。チカが隣にいない間の生活を、俺は相変わらず高校生らしく送っているけれども、とても味が薄くて、そんなものが二週間分積み重なってもすぐに飲み込んでしまう。チカという特別なものを得て、俺の世界の他の部分の色がどんどんと薄れていっているのを感じる。元々、日常を走る途中で視界の隅を横切る景色に過ぎなかった家族もクラスメイトも、何もかもがいつか真っ白になるのではないかと思えるくらいに薄くなっていく。

俺以外の人間、何か自分にとっての特別を見つけた人間にも、世界はこんな風に見えているのだろうか。いいや、そんなことは多分ない。もしあるのなら、何かと出会って世界が輝いたなんて言葉がまかり通るわけがない。

この世界でたった一つの特別を持つ俺は知っている。輝くのは世界なんて曖昧《あいまい》なものじゃない。

いつもバス停の待合室のドアを開ける時には、出会えなくなる日が決して今日ではありませんようにと願う。いつか来るとは、心のどこかで知っていても、それが今日である覚悟なんてまるで出来ない。

冷たさ、硬さ、柔らかさ、甘さ、それら全てを全身で望んで生きている。

チカの生活から戦争がなくなって以来、俺達は大体週に一回から二回のペースで会っていた。全てはチカが上手く家族の目を盗んで避難所に来られるかどうかにかかっている。というのも、どうやら彼女の世界では戦争があるわけでもないのに避難所にいることはあまり推奨されていないらしい。つまり、チカがいつ来られるか事前には分からないわけだが、俺が毎日来ればいいだけ、些細な問題だ。そのような障害があるにも拘らず、頻繁に俺に会いに来てくれる方を嬉しく思う。

分からないとはいえこれまでの経験で、なんとなくではあるけれども、チカの誕生日に最も近い会合の日は予想ができた。誕生日を祝う約束をした時から数えて二回目に会った時、チカとも話し合って、次回、歌を渡すということを決めた。誕生日を過ぎてしまったら、その時はその時として。

最初から予想していた通り、その日はすぐにやってきた。

いつもこれが最初の一回であるように、とても適度とは言えない緊張を持って、待合室のドアを開ける。そこに、光る目と爪だけで姿を表す彼女がいた時には、心に、恐らくこの世界のどこにもない幸福が満ちる。この世界にはないから言い表すことは出来ない。

「カヤ」

その声がいつもよりも躍っているように聞こえた。俺もただチカを呼んで、体一つ分、離れて座る。そうすると、彼女が寄り添う場所に移動してきてくれる。

「なんか、嬉しそうだな、チカ」

「うん、今日を楽しみにしていたよ」

そう応《こた》えてくれると分かっていたのに、つい訊いてしまった。

「誕生日は過ぎてない？」

「うん。陽が沈んで、もう一度昇ったら、私が生まれた日」

「じゃあ明日ってことか。ベストタイミングだけど、ひょっとして今日来るのに無理したんじゃないか？」

誰かの行動一つ一つの意味を推し量る経験はあっても、それによって相手が傷ついたりしないか気を回すなんて、チカに会うまでしようとも思わなかった。もちろんそれは、チカだけに向けた考え方だ。俺が善人であったならば、手に入れた能力を周囲の人間に使えたのだろうけど、そうではないから。

「ううん、いつもと同じ」

「なら良かった。あ、じゃあ、チカの世界で同じ言い方をするか分からないけど」

社交辞令的なこの言葉に、こんなにも本当の気持ちを込めるのは初めてだ。

「誕生日おめでとう、チカ。一日早いけど」

「ありがとう。こっちでは、誕生日っていう言い方をあまりしないから、カヤから特別な言葉を貰えて嬉しい」

チカの目を、もう照れずに見られるはずなのに、笑顔だけは何故《なぜ》か別で、いつまでも胸に高鳴りを覚えた。

「カヤの生まれた日が来たら、今度は私が誕生日おめでとうって言うね」

「まだ先だけど、その時はチカの世界の言い方がいいな、聞きたい」

「分かった、そうする。まだずっと遠いの？」

「うん、あと数ヶ月ある」

二月の末。チカと出会った日。それを伝えると、チカは、それならきちんと覚えていられると嬉しそうにしてくれた。俺なんかの誕生を喜んでくれる存在が、家族以外にいるだなんて思いもしなかった。

「それじゃあ、早速だけど、カヤの歌を聴かせてもらってもいい？」

「うん、よしっ」

妙に気合の入った声が出てしまった。

「どうしたの？」

「いや、改まると、ちょっと緊張するなと思って」

あの時もそうであったけれど、大切な一人に歌を聴かせるなんて、経験もなければ性にも合っていない自分にとって、やはり平然と出来ることではなかった。

しかしながら、これはチカに望まれたものだ。自分の歌声なんかになんの価値があるとも思えないけれど、祝いのための歌だ。何が伝わらずとも、想いを込めてきちんと歌う。

前回会った時に、チカからは二曲頼まれていた。以前に歌った曲と、新しい曲。同じ曲を歌うのは、以前と感じ方に差が出るかを確かめるためだ。以前は互いに歌った曲のメロディを上手く捉《とら》えられなかった。今回もなんとなくそうなるような予感はあるが、チカもその程度の予想はしていると思うので、わざわざ歌う意味について話し合う必要はない。

「私は、前を向いているね」

ひょっとしたら俺の声の大小は、チカの世界にはなんの関係もないのかもしれない。でも俺は彼女の耳に口を寄せて、前と同じく小さな声で歌う。意味は知らない。今回は、もしチカの耳に鼻がぶつかってしまったとしても、あんな狼狽《うろた》え方はしないだろう。チカとの間で存在を確かめ合った時間、特別を紡《つむ》いだ時間がある。そんなことを考えておきながら緊張する自分が情けなくもあり、嬉しくもあった。俺はまだ、チカへの気持ちをそのもの以外の何にも誤魔化さず、心の中に持って生きている。

俺はなんて特別で幸せなのだろう。

「じゃあ、チカ、近過ぎたり声が大きかったら言って」

俺は、チカの耳に手を添えて、顔を近づけようとする。

「うん」

適度な距離、鼻と耳がぶつからないほどの位置に、唇を置いて、静かに息を吸う。

本当は、吸い込んだその酸素は、チカに歌を渡すために使われるはずだった。

けれど、これまでの日々を様々に思い出して、先に伝えたい言葉が出来てしまった。

「チカ、ありがとう。チカに、出会えてよかった」

囁《ささや》く程の声量だけで、息を全て使い切ってしまい、慌ててもう一度吸う。

目をつぶっているチカが小さく頷いたのが、耳に添えた指に伝わって来た。

「私も」

暗闇から聞こえてくる、いつもの声を待つ。

「初めにカヤに出会えてよかった」

なんでもないことだと、流してもよかったのかもしれない。

俺はチカの耳に添えた指を離し、彼女の顔に寄せていた顔を元の位置、背すじを伸ばして座った時に来る、その位置に、戻した。

「……カヤ？」

いつも通りのただの会話として、処理することだって出来たのだと思う。

でも、どうしようもなく、喉にひっかかった。

「どうしたの？　カヤ」

「チカ」

名前を呼びながら、喉にひっかかった何かを一度、舌の上に無理矢理引き戻した。咀嚼《そしゃく》し、味わい、それがなんだったのかを嚙み砕く。

数秒かかって、ようやく、正体がなんとなく見えて、しかしそれをチカに確認することが正しいのかどうか、いや、そんな理性的な考えではなく、ただ、嚙み砕いたそれを吐き出してしまっていいのかどうかにまた、数秒迷った。

結局は、それを口の中に放置する不快感に負けてしまった。

「どういう、意味だ」

「どういうって？」

チカが、こちらを見て、首を傾《かし》げる。

怖い。

「俺に会ったの」

杞憂に決まっている。けれど、怖い。

「初め、って」

ダメだ。

色々な、色々な考えを巡らせる時間があったのだ。本当は。チカの言葉を待つ間に様々な気持ちを整理して、比較して、自分の中で受け止める準備をする時間だってあったのだ本当は。

その時間を作れなくしたのは、俺で、チカだ。

俺達は近づき過ぎていた。この待合室で。出会ってからの数ヶ月で。

チカの目が、揺れ、そうやって、二つの光だけで表現された、たくさんの感情の中に動揺が混じっていると、俺だから気がついてしまった。

いや、ひょっとすると、俺じゃなくても気がつける奴が、いるのかもしれない。

「俺だけじゃないのか？」

「どういう、意味？」

「ここで、会ってるの」

触れなければ、互いに夢想のままでいられた。

「カヤだけだよ。ここでは」

ここでは。

「どこか、別の場所があるのか？　こっちの世界と繋《つな》がる」

「……まだ、カヤの世界と同じだと確定はしていない」

その言い方の意味は。

「けど、色々な××から推測すると、同じ世界なんじゃないかって思ってる」

「どこで」

「前に話したと思うんだけど、避難所はいくつかあるの。そのうちの一つ」

「なん、で、そんな」

「どうしたの、カヤ」

どうしたの、じゃない。

爪先《つまさき》の感覚がなくなっていくような冷たさを感じていた。どうにか体温を上げなければという気になり、口を開く。

「なんで、隠してたんだ、チカ」

「隠していたつもりは、なかった」

「じゃあ、どうして俺に訊かれて、さっき、そんな、動揺しただろ」

「自分では、分からないけど、もし動揺していたんだとしたら」

「してたよ」

「してた、なら。カヤが、怖い表情をしていたから」

チカの目の形が変わる。困っているのだと、分かる。

分かっていても、本当に言いたいことにはやはり質量があって、口からこぼれ落ちる。

「あんなに、色んなこと話してたのに、なんで言ってくれなかったんだよ」

怖い表情をしていたと指摘されすぐに反省出来たはずだ。そうしていれば良かったともいえる。けれど、そんな理性、全部後付けだ。

チカはしっかり考える時間をとってから、弁解だと誰にでも分かる声色で、「それは」と始めた。

「会話に出なかったってこともある。それに、彼女から最初に言われていたの、その場所にいることを人に言わないでほしいって。少しずつ話をして、彼女がいる場所なんて誰にも伝えようがないと互いに確認したけど、それでもカヤに伝える必要があるとは思わなくて、言わなかった」

女だと分かって、安心する程度の気持ちの揺れではなかった。

俺以外に、チカと話をしている人間がいる。

この目と爪を、見ている人間がいる。

あちらの世界が存在する、その証明となる人間がいる。

「言う必要、あるだろ、こっちの世界のこととそっちの世界の関係がどうなってるか」

「世界のことより、互いのことを話そうって言ったじゃない、カヤ」

「意味が違うだろっ」

そんな、揚げ足取りをチカが言うとは思わず、声を荒らげてしまった。

「どうしたの、カヤ、おかしい」

「俺は」

頭をよぎる。この事実の片鱗《へんりん》をチカは見せていた、のかもしれない。

体温。

制服。

ああ、そういえば、俺はチカに、犬のことなど詳しく教えていなかったのに、彼女はそれが人間と暮らす動物だと知っていた。

いつか、俺には覚えのないアクセサリーの話をしたことや、ひょっとして、俺は大声を出さないと言っていたのも、その誰かの声が大きかったからか？

そんな、そんなに前から。

チカは、俺の表情が怖いと言った。でも、自分の中にあるものが怒りや憤《いきどお》りとは違うと分かっていた。俺の中にあるのは、悲しみと喪失。あまりに大きくて、きっと、他の感情をも巻き込み、怒りや憤りや愛情や嫉妬《しっと》や、その全《すべ》てに見えてしまっているのかもしれないけれど、そんな小さなものじゃない。

悲しかった。

「俺は、本当に、チカが特別な、たった一人だと」

「私も、カヤを特別なたった一人だと思っている」

「その、誰だか知らない、そいつが」

「特別って、誰かがいたら、消えるものじゃない」

正しいと、分かっていたのかもしれない。

チカの言うことが、正しいと。でもそれは言葉の意味や、モラルや倫理と呼ばれるものや、そういう枠組みの中での正しさだ。人間としてどうしようもない感情や、想いや、気持ちが、その枠組みの中には入っていない。チカは分かっていない。

ひょっとしたら、チカが理解出来ないのは恋愛感情なんかじゃなく。

人としての強い想いそのものだったのだろうか。

「そんな簡単に、人は、納得出来ないだろ」

チカの目が、また揺れる。

俺の動揺を差し置いて、彼女が動揺することには、一片の正当性もないと思った。

「そんな、カヤは、私が会っている他の誰かがいたら、特別が、消えるの？」

すぐに否定が出来なかった。

「レンアイをしようとしているのは、カヤとだけだよ？」

自分の中で蠢《うごめ》く感情を、どうにか正しく言葉にしたくて、まとまるのを待とうと、手をこまねいているうちに。

光が二つ、横に細くなった。

「そうか、カヤは」

見てしまって、息が出来なかった。

「ふりをしていたんだね」

その笑みが、喜びや嬉しさでないこと、心に、体に痛いほど伝わる。

違う。

違うんだ、違う。

そうじゃない。

今度はきちんとすぐに否定が出来て、良かったと思ったのに、出していたはずの音は俺の耳に届いていなかった。唇が震え、歯の根が合わないのを感じていた。どうにも息が出来ず、声を発することが出来ない。それならせめて首を横に振れば良かったのに、光に目を奪われ、声に耳を奪われているうちに、いつしか否定の意味の行動を忘れた。

俺の代わりに、チカが言葉を紡いだ。

けれど。

「カヤは、×に会って×××自分が好××××だけ××だね」

聞こえなかった。

「×××悲××、キ××歌××××ゃなくても特別に×××××くれ×人××××ら」

聞こえない。

「分から×××××好き×××××××信×××たの」

「聞こえない」

どうしてだ。聞こえないのは分からない単語、こちらの世界にはない言葉だけのはずなのに、聞き取れない。チカが何かを話しているのに分からない。何も。何も。

呆然《ぼうぜん》としている間に、チカの目が、俺から遠ざかっていった。高い位置に移動し、そこから、俺を見ていた。

悲しそうな、悲しそうな目で。

「今日は××ね」

やっぱり聞こえない。けれど、この数ヶ月の中、チカと関係性を育《はぐく》んだ中で、彼女が立ち上がるのはここを出ていく時だということは分かっていた。

だから、せめて、これだけは伝えたいと、肺に残ったわずかな空気を使って、声を絞り出した。

「見つから、ないように」

俺の言葉に、チカは、悩みながらも返事をしてくれたようだった。けれど、それも、ノイズのような音にかき消されてなんと言ったのかは聞こえなかった。

すぐに暗闇、いつものように一人になる。

けれどいつもと違い、立ち上がることが出来なかった。

代わりに、一人になってようやく、俺は自らの感情を少しずつ少しずつ、抑えつけなだめられるようになった。

そうして自分がやってしまったことの大きさを理解した。

今すぐに、弁解し、謝らなければならないと望んでも、そこにチカはいなかった。

少なくとも、数日、待つしかない。

これまでにもそうしてきたはずなのに、俺の全身を燃やして灰にしてしまうんじゃないかと思うほどの焦燥が、全身を支配していた。

当然、後悔や反省なんていう人の想いが命を終わらせることはない。

けれど俺は、本当に死んでしまうのではないかと思うような感情に、その後もさいなまれ続けた。

感情で人は死なない。

当然の事実に気がつくのは、随分と経ってからのことだ。

気がついたところで、感情が清算されるわけではない。そんな瞬間は来ない。

チカと会うことは、二度となかった。

俺をたった一人の特別な人間にしてくれていた彼女は、闇の中に消えた。

俺の世界の色は、いつまでも戻らなかった。

拍手のないアンコール

どうやらこの生涯っていうのは、楽しいとかつまらないとか、そういった強い感情を持つほどのものではない。一時の突風にも例えられる感情を抱くことはあるが、すぐに風は去り、残りの時間はその風の記憶をありがたがって生きる余生に過ぎない。余生、という言葉は身体《からだ》の衰えた老人を想像させるかもしれないが、年齢は目安でしかなく、人の魂の老いは人生における突風からどれだけの時間が経過したかで測られる。老いた時、人は個々の風の欠片《かけら》を舐《な》めながら言う。あの頃は良かった。あの頃が一番楽しかった。我々は言う。

人生において意味のある時間とは、その風にさらされている時間のみであると断言できる。命の終わりを早く迎えられれば楽なのに、俺を含めたほぼ全《すべ》ての人間には自ら終わらせる勇気がないものであるから、麻痺《まひ》するかもしくは消極的に自らの命を縮める以外に日々を消化する方法がない。

時に何かしらの対象に傾倒《けいとう》したふりをし、時に何かに酔った気になって、時に嗜好《しこう》品《ひん》に手を出し、時に誰かに手を出し、そうして無為に死ぬ。

そうまでして個に固執して生きる人間はなんと愚かな生き物だろう。が、生まれてしまった以上、自分もまたその愚かな人間の一片でしかないと生きていれば自然に理解させられる。残念ではあるが、決まりきった現実に大きな落胆を抱くのは消費していく日々の中で無駄でしかなく、受け入れる以外にはない。強い感情を持って向かうほどのものではないのだ、この世界は。

母の訃報《ふほう》が兄から届いた時にも、予定通り、俺の中に強い感情は生まれなかった。ただ母の突風はいつ訪れたのだろうかと考え、他の人間と同じくその記憶をガムのように嚙《か》み続けながら生きたのだろう母の生涯を不憫《ふびん》に思った。

生まれた土地に、最後に帰ったのはもう八年程前のことだった。俺が大学を卒業してすぐの頃、実家が引っ越すこととなり、部屋に残していたものを片付けるために一度だけ足を踏み入れた。ほとんどのものを処分し、残されたほんの少しを持ち帰った。元の家と同じ町内に出来た新しい家に俺の痕跡《こんせき》は何一つ運び込まれず、俺は生まれた土地に帰る理由をも同時に捨て去った。

八年ぶりに生まれた土地を踏むのは、十代の頃まで、衣食住において世話になった母のためにに祈るくらいしてもいいかと思ったからだ。くだらない生き物として消費する日々の中、母に手を合わせる時間など無限にあった。

金曜日に連絡を受け、土曜日に通夜《つや》に出た。手配や諸々《もろもろ》の作業は、地元に残り息災に親子をやっている兄と父がすませていたので、俺は沈痛な面持ちを作って到着し、母の冥福《めいふく》を祈ればよかった。父が俺を、親戚《しんせき》連中や近所の人々に紹介して回り、彼らと挨拶《あいさつ》を交わした。

弔問客への通夜振る舞いが終われば、ほとんどの人々は帰宅する。そうして式場は、ごく近い親族のみが残る静かな場所となった。

一晩の棺守りをする隙間《すきま》に、外に出て煙草《たばこ》を吸っていると、ふらりと兄がやってきて同じく煙草に火をつけた。

「悪いな香弥、忙しいのに」

親が死んだというのに、弟に気を遣うというのもおかしな話だ。

「いいよ」

兄が俺を追ってきたのが、そんな労《ねぎら》いを言うためでないとは分かっていた。

「母さん、ずっと香弥のこと心配してたよ」

「へえ」

兄とも母とも、もう何年も会っていなかった。

「香弥は幸せに生きてるのかって、ずっと言ってた。ひねくれた子だから、変な風に思い詰めなきゃいいけどって。ああ、俺じゃなくて、母さんが言ってたんだぞ」

兄が自分の言ったことに楽しそうに笑うので、俺も笑顔を作る。

「そうか、母さんが」

「安心してると思うよ、香弥が明るい笑顔を周りに向けられるようになってて。昔のお前、とがりまくってたもんな」

また兄が笑う。俺も笑いながら「そうだったかな」と、気のいい弟のような顔をして煙を吐き出した。

話を聞き、母にこうして最後に祈りを捧《ささ》げに来てやって良かったのかもしれないと思った。そうしてもう母のいないこの場所に戻ってくる必要はないだろう、とも。

朝を迎え、やがて葬儀が始まった。一連の儀式に対する感慨は特になかった。ただ母の体が焼かれ、骨だけになった姿を見た際に、改めて人間という存在の空っぽさに寒気を覚えた気がした。気がしただけだ。

全ての儀式を終え、俺は事前に伝えていた通り、今日すぐに帰ることを兄と父に告げた。後始末を全て任せ立ち去る次男を、彼らがどう思ったのかは知らない。笑顔で見送られながら、俺は葬儀場を後にした。母からしてみれば、俺なんかに片付けを任せる不安がなくなることだろう。

葬儀場にタクシーを呼び、駅まで行くようにと伝えた。常々、タクシーの運転手は客に話しかけるべきではないと思っているのだけれど、今日も同じように思った。

「お客さん、こっちの人ですか？」

「はい。そうです。身内の不幸で、里帰りを」

無視を決め込むことも出来たけれど、生活の中でそうはしない習慣が俺に根付いていた。

「それは、ご愁傷《しゅうしょう》さまです」

「いえ」

会話は、それで終了した。一体、なんのため、誰のための会話なのかと思うが、生きていてする全ての行動はなんのためでも誰のためでもないのだから、怒りなんて持つだけ疲れる。

窓から外を眺めた。昔は、自然とそこらに残された空き家くらいしか見るものはなかったはずだが、今はもうそのどれもない。開発が進み、山々は切り拓《ひら》かれ、あの頃の面影が残るのはマンション群の中にぽつりと空いた、落とし穴のような畑くらいのものだ。

「この辺も変わっちゃってねえ、お兄さんくらい若いと知らないかもしれないけど、山しかなかったんだよ」

知ってます、と、答えることも出来たけれど、相手が特に返事を必要としていないと判断し、口から薄く息を漏らすにとどめておいた。

この場所に近づけば、なんらかの強い感情を抱くかもしれないと少しだけ思っていた。しかし、距離が近かろうが遠かろうが、何の感慨も浮かばない。いつもと同じように記憶をなぞっているうちに、タクシーは駅に到着した。

田舎の駅とはいえ、八年前と比べれば随分綺麗《きれい》になっている。時刻表を見てから、八年前にはなかった小さなテイクアウト専門のコーヒー屋でホットコーヒーを買った。改札の隣、添えられるように設置された待合室に入ると、ちょうど電車が出た直後なのか、中には誰もおらず、俺は壁に沿って置かれたベンチに座った。そろそろ本格的に寒い季節も抜けるが、何もホームでわざわざ冷気にさらされる必要はない。

待合室にはベンチの他に、ストーブと時計、いやに大きな液晶テレビが置かれていた。押しつけがましくない音量でニュースが流れる中、ホットコーヒーを一口飲む。

味が薄い。しかし店のせいではない。俺の口に入る全てのものは薄く、味気なく、大して意味のないものに変化する。コーヒーも、煙草の煙も、人の唾液《だえき》なんかも。それに慣れず、未《いま》だ味が薄いと感じるというのは、感覚が記憶に依存しているということなのだろう。記憶に期待し、そして現実に裏切られるのだ。

もう、十五年だ。

長かったのか、短かったのか。こんなにも長いとも言えるだろうし、こんなにもあっけないとも捉《とら》えられる。

また記憶をなぞる。俺の中にだけある特別。忘れていない。忘れてはいけないことを、なぞる。なぞるくらいでしか、生きていられない。

俺はもう、老いた。

時計を見つつ薄いコーヒーをすする。待合室に人が入ってくる気配があった。間隔を空けてベンチに座ったそいつを見るともなく見ると、灰色のコートを着た女だ。狭い町の駅なのだから、知り合いである可能性も考慮し顔を盗み見る。意志の強そうな目の光と、引き結ばれた薄い唇に見覚えはなかった。その希望を見るような表情からして、彼女からはまだ強い風が去っていないのだろう。素直に、羨《うらや》ましいと思った。

やがて電車が到着する時刻となる頃、待合室にはまた数人が増えていた。俺と横にいた女はちょうど同じタイミングで立ち上がり、まだ有人の改札を通ってホームに立った。まもなく来た電車に乗り込むと、車内は休日だというのに空《す》いていて、俺と彼女はまた距離を空けて隣に座った。乗り換えをするターミナル駅まで一時間強。停車する駅で時折人が乗り込んできて、目的の駅に着く頃にはそれなりの乗客がいたが、ほとんどの人間は俺が降りるのと同じ駅で席を立った。あの女も同じ駅で降りた。彼女の耳にはポケットから伸びたイヤホンが装着されている。背すじを伸ばしカッカッと足音をたてながら俺の前を歩くその姿からも、彼女が未だ突風に立ち会っていない、もしくは今まさに渦中にいる人物だということは明白だった。また羨ましくなる。翻《ひるがえ》って、憐《あわ》れにも思う。これから彼女が出会うのであろう、音や光の薄まった世界を思うと。

とはいえ世界中の人間がいつかそんな目に遭うのだから、これは彼女一人に対する感傷ではない。個人に対する思い入れなんて俺はほとんど持たない。誰かに対する強い想《おも》いなんて、もう、持たない。

この女を二度と見ることもない。そう思っていたのだけれど、彼女は俺の向かう方に歩いていき、気がつくと俺達はまた同じ電車に乗っていた。今度は車内が多少混雑していたので、隣同士ということはなかった。

また一時間ほど電車に揺られ、彼女は結局、俺が降りるまで電車に乗っていた。あんな田舎町からやってきて、こんなところまで道中を同じくするとは思わなかったが、別にどうでもいいことだった。

駅の改札を抜けるその頃には、もう彼女の顔なんて忘れていた。

*

母が死んだ日から一週間が経《た》って、俺が三十一回目の誕生日を迎えた日、あの女を見かけた。今度は駅の待合室でも電車の中でもなく、仕事で訪れたラジオ局でのことだった。どうやら彼女はそこの社員であるらしい。故郷で見た人間が数ある取引先の一つにいるという偶然がどれほど珍しいのかは分からないが、長過ぎる人生の中で起こり得ないほどではないだろう。

何度か訪れているのに見覚えがなかったのは、単に見かけなかったからか、俺が必要のある時しか人の顔を見ないからか。それでいて何故《なぜ》、今回彼女が故郷の駅で見かけた人間だと分かったのかといえば、すれ違う時に不自然なほどじっと顔を見られたからだ。訝《いぶか》しく思って、そういえば先日見た顔だと思い出した。ひょっとしたら彼女の方も、どこかで見た気がすると考えていたのかもしれない。

人間は一度対象を認識したら無視出来ないもので、次にそのラジオ局を訪れた際にも、俺は彼女に気がついた。こちらの顔を認めると彼女はまたもじっと見つめてきたので、流石《さすが》に何か用があるのだろうと挨拶をした。しかし彼女は軽い会釈《えしやく》だけをして去って行ってしまった。俺からの用などそもそもないので、当然呼び止めはしなかった。

事態が変わったのは、都合四度目に顔を合わせた時だ。いや、正確には、四度目ではなかったわけだが。

広告を入れる番組の担当者として彼女を紹介され、互いに初めて会ったような顔で名刺交換をした時だった。先に渡した俺の名刺を見て、彼女は意味不明な言葉を呟《つぶや》き、

「やっぱり……」

再び俺の顔を凝視したのだ。

彼女の上司が隣で「どうした？」と気にするのも無視し、彼女は俺の名前を呼んだ。

「鈴木くんなんじゃないかと思ってた」

俺は、その呼び方への不可解を表情で表した。

「あの、これ」

知り合いなら名乗ればいいものを、彼女は俺に名刺を差し出した。変な奴だ。受け取って名前を見る。この名前。

「覚えてる？」

正直に言うと、覚えていなかった。鈴木くん、と俺の名前を呼ぶということは、大学で出会った誰か、もしくは社会人になってからそれなりに付き合いのあった誰か。あの駅から乗っていたなら高校までの知り合い、だろうか。

しかし社会に生きる者として、覚えていないとはっきり伝えてしまえば相手の機嫌を損ねるとも分かっていたし、それが面倒に繋《つな》がる可能性があるのも分かっていた。だから取り繕おうとしたのだけれど、彼女は俺の言葉を待たずに身分を明かした。

「高校の時、同じクラスだった、あの、あんまり仲良くはなかったんだけど仲が良い奴なんていなかったから、それでは判別できない。

「よく、帰りに下駄箱で一緒になってたんだけど」

それで、思い出した。

「ああ」

こいつ、高校の時の、斎藤だ。

再度名刺を見る。確かにこんな名前だった気がする。半分ほど演技で驚いた表情を作り、相手に思い出したことを伝えた。

「覚えてくれてよかった！　この前、駅で見かけた時からそうかもって思ってたんだけど。昔の鈴木くんと雰囲気変わってたから確信が持てなかったんだ。ここに来ても、凄《すご》いニコニコしてるし。あ、勝手にもりあがっちゃってすみません、彼、鈴木香弥さん、同級生でして」

横の上司に自分の妙なテンションを説明する斎藤を見て、声の大きな上司は「それはよかった。同郷のよしみで仲良くしてやってください」と俺に笑顔を向けてきた。何がよかったのかは分からないが、俺も彼と同じような顔を作り「いや、まさか驚きました」と返した。

その言葉は取り繕ったものではあったが、二割ほど本心だった。

雰囲気が変わった、と斎藤は俺を指して言ったが、こっちの台詞《せりふ》だった。化粧をしていることを抜きにしても、俺がかろうじて覚えている彼女を構成するものが、今目の前にいる女からは感じられなかった。顔も、纏《まと》う空気も、身長すらも、まるで人が違って見えた。俺が知る斎藤は、こんな希望に満ちたような目をしていなかったし、同級生との再会を喜んだりしなかったはずだ。もちろん校舎内での彼女しか知らないとは理解しているし、十年以上の歳月が過ぎたとも分かっているが、それにしても。

しかし同級生と再会したからといって、それが斎藤だったからといって、何か俺にとって大きな意味があるわけでは決してなかった。同郷の仕事相手として関係を作っていく。それだけだ。

当たり前だが、名刺交換をした後も、ラジオ局に行くと俺は度々斎藤と会った。とはいえ、打ち合せを重ねるのは彼女とではない。斎藤と顔を合わせれば、会釈をし、別れる。立ち話をしたこともあったし、一度だけタイミングが合って複数人でコーヒーを飲んだこともあった。その程度だった。相変わらず、彼女のエネルギーに満ちた様子が気にはなったが、俺には関係がない。ひょっとすると、いつか突風が通過した時、彼女は元の斎藤に戻るのかもしれないという程度のことを考えていた。しかし。

「鈴木くん、よかったら、今度二人で食事にでも行かない？」

仕事場でたまに会う、かつての同級生。それだけの関係が続く中、突然、斎藤がそんな誘いを持ちかけてきた時には、やはりこいつは俺が知っている斎藤ではないのではないかと思った。断りたい、とは思わなかった。どちらでもよかったからだ。

「ああ、よかったら是非。じゃあ、スケジュール合わせよう、LINE教えとくよ」

これまで直接連絡を取り合ってはいなかったから、これが初めての個人的な連絡先交換だった。

俺達二人の小さな同窓会は、年度初めの慌《あわ》ただしい日々を抜け五月の連休中に行われた。斎藤は黒っぽいスマートカジュアルな服装で、俺は日中出席しなければならない仕事が一件あったためスーツ姿だった。そういえば俺は高校の同窓会なんてもちろん行ったことがないけれど、斎藤はどうなのだろう。今の彼女ならば行っていないとも限らない。小綺麗なレストランで料理を待つ間に訊《き》いてみた。

「行ったことないなあ。開かれるのは大抵週末だろうし、ラジオ局員に週末なんて関係ないからね。高校三年の頃にはそれなりに仲良い子もいたけど、連絡は個人で取れば十分だな」

そうは言ってももう二人くらいしか連絡なんて取らないけどね、と斎藤が言ったところで、ドリンクが届いた。なんのためかはともかく、一応、乾杯をした。

「鈴木くんは、地元の子達で連絡取ってる相手っているの？」

「いや、特にいない」

「仕事忙しかったらそうだよね。それに、んん、嫌な気にさせたら申し訳ないけど、あの頃の鈴木くん、ほんと近寄りがたかったし」

苦笑しつつ相手の心情に配慮した斎藤の物言いに、俺も苦笑しながら「まあ、心当たりはあるかも」と答えた。否定しなかったのは、俺が起こした事件まで含めて言っているのだろうと分かったからだ。事実を頑《かたく》なに否定すれば、相手を不安にさせる。非を認め、そして乗り越えたのだと伝える配慮が、面倒のない関係性には肝要だ。

「だから、本当にびっくりした、なんていうか、柔らかくなってて。ごめんね、改めてこんな話、職場であんまり言うのもあれかなって思って」

話の流れから触れないでいるのもおかしいと思い、斎藤を不快にはさせないよう言葉を選ぶ。

「俺も変わったかもしれないけど、こっちだってびっくりしたよ。高校生の頃を考えたら、まさか食事に誘われるなんて思わなかったから」

自分の過去に話が及ぶとは分かっていただろうに、斎藤は照れるような表情を浮かべた。演出した表情なのだろう。

「それ言われちゃうとなあ、私も大人になって、友好的になったんだよ。でも、二年生の途中からは、そんなにとがってなかったと思うよ、私」

そういえば、急に彼女の様子が変化したタイミングがあったような気もする。それがいつだったのかは覚えていない。

「昔の自分のことを考えても、昔の鈴木くんを思い出してみても、一緒に仕事をする仲になるなんて思ってもいなかったから、この縁を大切にしたいと思って誘ってみたんだけど、正直なところ断られるんじゃないかと思ってたんだよね」

「取引先の社員を大事にしといて損はないかと思って」

斎藤が未だ俺の内面の変化を探っている様子があったので、わざとらしい笑顔を作り、皮肉めいた台詞を吐いてやった。彼女は嬉《うれ》しそうに「そんなことも言えるようになったの？」と歯を見せた。

どれもこれも味の薄い料理を口に運びながら、意識を朦朧《もうろう》とさせるためだけの飲酒を繰り返した。斎藤との会話は特に面白みのないものだったが、誰かとの会話に面白みを求めなくなった俺にとってそこまで苦痛ではなかった。適当なことを妥当な表情と適切な声量で話す。会話とはそういうものだ。かつての同級生であり現在は取引先の会社にいる斎藤を不快にさせず、仕事で面倒を起こさないようにする必要があった。

「そういえば、この前は何しに帰ってたの？」

「母が亡《な》くなったんだ」

「それは、ごめんなさい……ご冥福をお祈りします」

「いやいや、謝らないで、前から分かってたことだったし」

なぜ人は近親者の死に触れる話題を出してしまった時に謝るのだろう。

「俺は滅多に帰らないいんだけど、結構、帰ってる？」

「あ、うん、休みがあればわりと。特に用事があるわけでもないんだけど、たまにふらっと充電する気分かな」

俺達があの場所で会ったのは奇跡でもなんでもなくて、ただ単に斎藤の習慣に俺が足を踏み入れてしまっただけだったというわけだ。

「鈴木くんが滅多に帰らないのは、仕事が忙しくて？　それとも家庭があるから？」

「仕事。結婚は見ての通りしてないよ」

「ああ、そうなんだ、私も見ての通り」

斎藤は俺がしたのと同じように左手の薬指を見せ、アルコール交じりの吐息をついた。そして訊かれていないのに自分から必要のない情報を投げてしまったと軽い調子で謝った。そんなことで謝っていたらきりがない。

料理が一通り運ばれてきた後に、デザートやコーヒーも胃の中に入れた。斎藤は酒や甘味、コーヒーなどの嗜好品が好きなようで、毎日必ずアルコールやデザートを摂取しているそうだ。

この後よかったらもう少し飲まないかと誘われ、俺はどちらでもよかったので、彼女の誘いに乗った。レストランの食事代は末尾三ケタがゼロだったので、綺麗に割れた。

レストランの近くにあったバーで改めて乾杯をした。カウンター席で、それぞれの酒を軽く持ち上げて見せた。

酒が体の深部にまで届いてくると、斎藤の出す話題はレストランにいた時よりも踏み込んだものとなっていった。

「鈴木くんは、あの頃、毎日何してたの？」

「何もしてなかったよ。強いて言えば、走ってたけど」

「スポーツマンだったんだね」

「スポーツ、って感覚でもなかったな。やることなかったから走ってただけで」

斎藤は何をしていたのか、興味があったわけではないけれど、訊いてみた。

「私は、音楽を聴いてたかな」

「へぇ。じゃあもしかしてそれでラジオ局に？」

「そうだね。だから今、流す曲の選曲に携われていたりして、すごく楽しい。うん、楽しいどころじゃなく、生きがいって言っていいかも。かっこつけすぎかな」

「言い切れるのはかっこいいと思うよ」

「ほんとは、そんなかっこいいことでもないんだけどね。色々あるし」

色々ある、その事実は、世に生きる全ての人間にとって当たり前だったが、俺は

「まあ大変なんだろうけど、楽しいならそれが一番だな」と、適当なフォローを入れた。

　そうか、斎藤はある意味で自らの描いた未来を手に入れたのだ。それでもまだ、風が過ぎ去っていないように見えるのは、単に彼女が異様に貪欲《どんよく》な人間である故《ゆえ》なのか、それとも、ひょっとしたら今まさに風が吹いている最中なのか。

「鈴木くんは、今の仕事は楽しい？」

　そもそも仕事を、楽しいか楽しくないかなんていう尺度で捉えた覚えが一度もない。

「変に忙しいから、充実感はあるかな。もちろん不満は色々あるけど」

「どこにでもあるよね」

「そう、それでもどうにか生きていなくちゃならない」

　それが苦痛で仕方がないが、どうしようもない。

「そうだね、ほんとそうだ」

　俺の適当な言葉に、斎藤は妙に納得したのか、深く頷《うなず》いてから笑顔を俺に向けた。

　人は自らと他人が似た境遇にいると錯覚し、理解を深めた気になることがある。斎藤もひょっとすると、高校生の頃から今に至る自分と俺の変化を、似たものであるように感じ、親近感を覚え始めているのかもしれない。

勘違いだ。確かにこの世界に生きる人間は、外から見れば全員が似たり寄ったりで、だから俺が誰かと同じように見えても仕方がなくはある。

しかし俺の中にあるものは、決して共感され得ない。

ただもちろん仕事相手に親近感を持たれて損はないので、俺も少しだけ口角をあげて「そうだな」と頷いた。

この会話を発端として、斎藤の思惑にある程度沿うような、高校生の頃にはとがった人間であったけれど、今は学び柔和な人間になったという共通点を持っているかのような、そんな応答を続けていくうちに、彼女が突然こんなことを言った。

「私、あの頃ほんとに毎日がつまらなかった」

「あの頃って、あの頃か」

「うん、そう。でも、あの頃の自分が、今思うと嫌いじゃないの」

それで分かった。再会した当初、斎藤の変化に多少は驚いた。しかし驚くほどのことではなかったらしい。彼女の変化は、この世に蔓延《はびこ》るありふれた変化の一つの形に過ぎないようだった。

彼女は変わったのだ。過去を羨む、つまらない大人になった。外から見た姿が大きく違うから、その変化が少しだけ目についたのだ。

ただ、それでもなお、突風が過ぎ去っていないように見える。不思議に思えた。かなり酔っていても分かる目の奥に宿る光は、決して俺のように余生を送る人間のものではない。

まあどうでもいい。彼女の人生がどのように遷移《せんい》しようと、俺には関係がない。あの頃あんなにも大切に、結った髪の毛を一本一本手でより分けるように味わった時間も、今となっては消費するのに一切の躊躇《ちゅうちょ》がなくなった。

互いの適当な話に頷き合っていると、気づけば日付をまたぎ、午前一時を回っていた。酒もそこそこに飲み、斎藤がトイレに立った時に一歩ふらついたのを見て、俺は勝手に会計を済ませた。嗜好品を愛する斎藤は帰宅をしぶるかもしれないが、頃合いだろう。

目を潤《うる》ませて戻ってきた斎藤に伝えると、不服には思われなかったようだったが、支払いに関しての問答が始まってしまった。金を受けとるやりとりも面倒なので「もし次があったら奢《おご》って」と伝え納得させた。

店を出て大きな通りに出てからタクシーを捕まえる。以前に同じ電車に乗っていたのを思い出し、路線が一緒ならば、家の方向も近いはずだと考え斎藤を同乗させた。ところが、運転手に住所を伝える斎藤の声を聞くでもなく聞いていると、その場所は俺の最寄り駅の路線が走る区域ではなかった。

「ほんとごめん、かなり酔ってるし、もう」

自分を恥じているのか、斎藤は両手で顔を覆《おお》っている。俺もそれなりには脳に酒が回っていたので、左にいる斎藤に触れぬよう左手を座席に投げ出し、「酒飲めば酔うよ」といつにも増して適当な答えをしてしまった。概《おおむ》ね問題ないとは思うが、何かの拍子にボロを出して得はないので、「着くまで寝ててもいいよ」と斎藤に伝えた。彼女は首を横に振って「ありがとう、大丈夫」と俺の提案を突っぱねた。

「ごめん、酔ってるから言うと思って許してほしいんだけど、すごい、嬉しくて」

「何が？」

「あの頃さ、あんなつまんなそうな顔してた二人でさ、まさか楽しく飲んでるなんて、すごいなと思って」

つまんなそう。楽しく。俺の感情を決めつけた斎藤の主観。前者は当たっていた。

斎藤は顔を覆っていた両手を、膝《ひざ》にのせた鞄《かばん》の上に置く。

「私さ」

何かを言いかけ、斎藤は少しの間、黙って助手席の背面を見ていた。ややあって、一世一代の告白か、もしくはいつか諦《あきら》めた恋を披露でもするように、息を吐いた。

「鈴木くんのこと嫌いだった」

申し訳なさそうに、自嘲《じちょう》するように、こちらをちらりと見て、斎藤は口元で笑う。

「もう時効だと思って、聞いてくれる？　元々、気にくわないとあの頃の私は思ってた。あの頃特有のほら、自分は特別だと思ってるのに、他の奴も同じような行動してたり、似たような雰囲気だったらイラつくみたいな。そういう間違った自己顕示欲だったんだけど、あのあれ、君を決定的に嫌いになった瞬間があったんだ」

知りたいわけではないけれど、言いたそうな相手には、言わせておけばいい。

「訊いても？」

「うん、鈴木くん、傘を貸してくれたでしょ？」

少し、考える。あの頃の記憶を再生する時、いつもは自然と飛ばしてしまうシーンで、立ちどまってみる。そんなことが、あったかもしれない。

「ちゃんとは思い出せないけど」

「貸してくれたんだ、私が、雨の日に傘持って来てなくて。普通さ、素直に感謝すればいいのに、なんかさ、思っちゃった。中途半端《はんぱ》な善人気取りやがってって。不機嫌な顔してるなら人のことなんて気にかけてんじゃねえよって」

斎藤は、「それもきっと、同族嫌悪《けんお》だった」と自分自身に聞かせるように呟き、それから、窓の外に目をやった。

嫌いだった、そう言われても、特に感情が動きはしなかった。人からの評価は、俺の人生をこれ以上面倒にするようなものでなければ興味がなく、ましてや過去の人間からの評価なんて心底どうでもよかった。

しかし、俺は斎藤に返すべき言葉を知っていた。彼女が俺に何故そんな話をしたのかが分かるからだ。嫌いだったことを披露するのは、そこから変化した自分の感情を評価し友好的な態度を示してほしいからだ。これを無視しても良かったが、どちらでもよかったから、相手が望んでいるのであろう答えをきちんと用意した。

「俺も、嫌いだったよ」

笑みを言葉と一緒にこぼすように意識して言うと、斎藤が窓からこちらに目を向けて、あたかも救われたとでもいうような顔をした。

「やっぱり?」

「うん、俺も、同族嫌悪だろうな」

決してそうではなかった。しかし、本当の感情を見せることになんの意味があるというのだろうか。

斎藤はくすりと笑って正面を向き、「やっぱりかー」と漏らしながら、鞄にのせていた両腕を座席シートへと投げ出した。

その動きが、遠慮のないものだったから、斎藤の小指が俺の左手の薬指に触れる。避けるのも面倒で、あちらが手を引くのを待っていたのだけれど、いつまでも斎藤は手をその場所に放置した。

彼女の小指が俺の薬指の上にのる。それから鉤《かぎ》をひっかけるようにして、搦《から》めとられた。

俺は片目でちらりと斎藤を確認する。彼女は、こちらを見ていなかった。真顔で前を向くその表情を見た俺は、選択を迫られた。

どちらでもよかった。だから、俺は手を持ち上げ薬指に絡《から》まる彼女の小指をほどいてから、改めて彼女の右手の甲に自分の左手を重ねた。斎藤の細い指の谷間に淡い力で指を差し込むと、彼女は一瞬ためらうような緊張を見せてから、俺の指をその手で包んだ。

それからすぐ、タクシーは斎藤の家の付近まで辿《たど》り着き、彼女の案内で車は一つのマンションの前で止まった。俺達は交わらせた手を解《ほど》いて、互いに礼を言い合った。

「じゃあまた。そうだ、見つからないように。ふふっ、久しぶりに言った」

頬を上気させた斎藤と別れの挨拶を交わし、タクシーのドアが閉まる。車中に残された俺は運転手に家の方角を指示して、斎藤がマンションエントランスのオートロックドアを開ける瞬間を見ていた。

どちらでもよかった。

＊

どんな不思議も秘密も、つまらない大人になれば大抵のことは理由を知ることになる。故郷に残っていた妙な言い伝えも、かつて争いから逃げてきた人々が元々その土地に住んでいた人間から攻撃を受けないよう、隠れるために空き家を利用していた名残に過ぎない。やがて血が混じって区別がつかなくなり、習慣と言葉だけが残った。お伽噺《とぎばなし》でも不気味なファンタジーでもなんでもない。

男女が行う無意味なやりとりの数々も、やがて儀式として理解する。

今日は珍しく二人の休日が重なったから無理に起きる必要もなかったけれど、ベッドから飛び起きた彼女の遠慮のない物音に起こされた。

昨日のどれかの拍子に枕《まくら》のところまで転げてきたのだろう、目覚まし時計を見てみる。十時五分前。先に起きた彼女は、デスクチェアーに座って、どうやらパソコンの起動を待っているようだった。

俺は上体を起こし、すぐそばの床に落ちていたTシャツを身に着け、ベッドのふちに座った。

「ごめん、起こしちゃった？」

「いや、別にいいよ、仕事の連絡でもあった？」

「ううん、忘れてたんだけど、今日、一般発売の日でさ」

「一般発売？」

「うん、ライブのチケット」

ライブ、あまり日常生活で自分が使う言葉ではないから、脳が意味を把握するまでに少し間がいった。音楽のライブか。

「私が好きなHer Nerineってバンドのチケットなんだけど、あ、私が担当してる番組にもたまに出てもらってるよ。前に先行抽選あったのすっかり忘れちゃっててさ。それで一般発売で買おうと思って、十時からなんだ。あと二分、いつも緊張するんだよねー」

彼女は下着にTシャツという少々ラフ過ぎる恰好《かっこう》でマウスに手をかけ、その時を待っている。いや、ここは彼女の家なのだから、ラフ過ぎる恰好なのは俺だ。

「番組に来てるんだったら、紗苗《さなえ》の分のチケット取ってもらうとか出来るんじゃないの？」

「ちょっと待って」

どうやらその時が来たようだ。彼女は食い入るようにパソコンを見つめ、呼吸を忘れたような沈黙を作った。そして、あるタイミングでカチッと一度クリックをしてから、間隔を空けてカチリカチリと、何度もクリックを繰り返す。そんなにもチケットを取るのに作業が必要なのだろうか。音楽を積極的に聴こうとしない俺がライブのチケットを取ろうとした経験なんてあるわけないので、分からない。

ところで紗苗というのは、斎藤が親から与えられた名前だ。

やがて斎藤は、両腕の拳《こぶし》を天井に向けて突き上げた。

「よかったー、取れたー。ごめん、朝からバタバタして、なんだったっけ？」

「取れたならよかった。でも、番組に来てくれるような関係だったら、チケットくらい取ってもらえるんじゃないのかなと思ったんだけど」

「んー、そりゃ言えば貰《もら》えるかもしれないけど」

斎藤は椅子《いす》を回転させて、体の正面をこちらに向けた。彼女には、日常の何気ない行動や言葉を過剰に演出して見せる癖があった。今回も彼女は自らの内面を恥じるふりをして、本当はそれが誇りなのだと言わんばかりの笑みで、言葉をこぼす。

「あなたたちの作るものが好きだって気持ちを、関係者なんて立場で濁らせたくないの」

好きなものへ、自分の中だけで完結する自己満足的な向き合い方。そんなもの、結局ライブに行くのだから結果は同じで、その意志になんの意味があるのだろうとは思うけれども。他人の自己満足に対し、貶《けな》したり呆《あき》れたりという感情を持つことの方がよほど必要ない。

「もちろん私にも仕事上の立場ってあるから、出来るだけね」

俺は、劇場型な人間関係を望む彼女が求めているのだろう言葉を選ぶ。

「そっか。じゃあ、俺も紗苗に好かれるような朝ご飯でも作ろうかな」

「おっ、嬉しい。でももう少し寝ててもいいよ」

その言葉に相反し、斎藤は椅子から立ち上がって熱を持った目つきでこちらに歩みよってくると、俺の隣に座り身を寄せてきた。斎藤の細い指が俺の筋張った手に触れる。

「今から寝たら多分間に合わなくなるよ」

俺達には今日、昼から一緒に出掛ける用事があった。本当はそんなものどうでもよかったのだけれど、流れに身を任せれば朝からまた余計な体力を使うことになりそうで、それが今は面倒くさかった。適当に唇を重ね、立ち上がる。

「冷蔵庫のもの勝手に漁《あさ》ってー」

残り香のこもった声を背中に受ける。俺はキッチンに移動し、冷蔵庫を開いた。

自分を不快にしない程度の料理の腕は身についている。加えてこの四ヶ月、現在のような関係を斎藤と続けてきた中で、彼女の好みもある程度は把握し始めていた。すっかり使い方を覚えてしまったキッチンで、牛乳入りのオムレツを半熟よりもやや固めに仕上げて皿に載せ、そこに焼いたハムを二枚加えて、レタスを刻んで添える。トーストを一枚焼いて半分にし、二人で分ければ量としては十分だ。テーブルについてインスタントコーヒーを飲みながら待っている斎藤の前に差し出す。

「簡単で申し訳ないけど」

「いいよー、いっつも一人で慌てて食べてるんだから、一緒に食べるこの時間もセットで嬉しい。ありがとう」

斎藤の礼をきちんと笑顔で受け取る。

ゆっくりと食べ終えてから、二人とも無駄にてきぱきと出かける準備を済ませた。

それから余った時間を何に使おうと考える必要はなかった。斎藤がパソコンで仕事を始めたからだ。

「今日くらいちゃんと休んだらいいのに」

本当はそんなこと全く思っていない。個人の時間の使い方なんてそれぞれが決定権を持っている。では何故言ったのかというと、斎藤が口にしたいだろう台詞を言わせてやるためだ。

「いいのいいの、私が好きでやってるんだから」

「いつも思うけど、そんな風に仕事に向き合えるのすごいな」

「誇りに思ってはいるけど、仕事に逃げてるだけとも言える」

斎藤は笑みを浮かべながらパソコン画面とスマホを見比べる。斎藤の言葉は事実だ。彼女の心身は仕事によって支えられている。そこに自らの存在意義があると、多くの人間が陥りがちな勘違いを彼女もしている。

斎藤は仕事に一区切りをつけてから、ソファに座っていた俺の首に後ろから抱きついてきた。適度に相手をして立ち上がり、財布やスマホをポケットにおさめる。

玄関を出ると想像したよりも気温が高かった。斎藤が自宅の鍵《かぎ》を閉めるのを待ち、出発する。

俺達は季節と年齢と、それから収入に見合った服装で、駅までの道を歩く。今日は二人で観劇の予定だった。斎藤にも俺にも特にそんな趣味はないのだけれど、休みの日にすることがないと言うと、斎藤がどこかで見つけてきた小さな劇団の舞台に誘ってきた。断る理由はなかった。

歩きながら、斎藤が今日までに調べた劇団についての情報を聞いている途中、彼女がじっと俺の顔を見ていることに気がついた。またあれか、とすぐに感づく。

「顔になんかついてる？」

斎藤が何を言いたいのか分かっていても、このやりとりはいつも俺の質問で始める。

「いやー、今日もかっこいい顔してるね」

そういうことを言って、斎藤は俺の顔を矯《た》めつ眇《すが》めつするので、それに対し俺は「知ってるよ」など、その時々で違った肯定の言葉を返す。すると斎藤は顔をゆがめて、「自覚うぜー」なんていう言葉で俺を窘《たしな》める。その後、なんとなく二人で顔を見合って笑う。

何が面白いのか知らないが、斎藤はこのやりとりを頻繁に、時には日に何度も仕掛けてくる。別に不利益があるわけではないので、俺も付き合う。無駄にする時間なら、俺の人生にいくらでもある。

一応のきっかけは分かっていて、五月に二人が今の関係になることを行動で了承し合った、その数日後の会話だ。何故俺を恋人という形で束縛しておきたいと思ったのか、それを斎藤が語った。

「この人のこともうちょっと近くで見てたいなって思ったんだよね。心理的にも物理的にも」

「物理的って？」

「大人になった鈴木くんの顔、好きだよ、私」

幾分か、本質を隠すための誤魔化しや照れが入っていることは分かっていた。

そして自分がある程度は異性に好かれる容姿をしているとも知っていたし、不快感を与えない表情を出来ていることも分かっていたから、「それはまあ、嬉しいかな」と返した。すると斎藤がそれに噛《か》みついてきて、結果、今日に至るまで俺達の間だけに存在するコミュニケーションとなってしまっている。

ちなみにその時、俺が斎藤と付き合うことを決めた理由についても訊かれ、彼女が求めているであろう答えを用意した。

「話を聞いてて、これまで戦ってきたんだろうなっていうのが分かって、もっと知りたくなったんだ」

駄目押しもした。

「あとは俺、意外と面食いなんだよ」

化粧や表情のせいもあるだろうが、斎藤の顔はあの頃の暗い印象とは違い男に好かれるものであるように見えたので、嘘《うそ》とは思われないだろうと思った。彼女の機嫌がよくなったので、俺の本心なんてものはどうでもよかった。

斎藤は、二人きりの空間にいる時には積極的なボディタッチを繰り返すものの、外出先での接触を求めてくるタイプではなかった。二人で、ある一定の距離を保って電車に乗り込み、観劇をするのにいかにもな駅まで移動していかにもな劇場に入った。

駆け出しの劇団なのだろうか、客はまばらだった。

他人の創作物に感動するという経験はとんとない。しかし十代の時分、かなり多くのものに無理矢理触れた経験があるので、それなりの素養はあるつもりだ。だから心動かされはしなくとも、どういった仕組みの物語なのかは理解できるつもりでいる。しかしながら今回、斎藤と共に見たものは、俺に知識がないという次元を超え理解不能であるように思えた。そもそも舞台上の男達が何について話しているのかも分からない。つまりは筋すら分からない。

こんな創作の形があるのかと、ひょっとしたらあの頃の俺ならば興味を持ったのかもしれない。今の俺にとっては、白い壁をひたすらに見続けるような一時間半だった。

終演後、演者や演出家の挨拶があったのだけれど、それも要領を得なかった。緞《どん》帳《ちょう》がおり、客席が明るくなってから、斎藤と顔を見合わせる。彼女の感想は表情で分かったので、俺達はさっさと立ち上がり劇場を出た。そして、ふらりとその辺を歩いてみることにした。

しばらくしてから、斎藤はようやく水の中から顔を出せたというように、息を吐き出した。

「はーあ」

まるで台詞のような溜息《ためいき》だった。

「わけわかんなかったー。あ、もし香弥くんが、気に入ってたらごめん。香弥くんは、分かった？」

「いや、それ聞けて安心した。俺も分からなかったから」

斎藤の中にあった緊張感が解けたような様子があった。

この数ヶ月で気がついていた。彼女はどうやら、親しい人間と同じ意見を持つことに特別な喜びを見出《みいだ》す人間であるらしい。

俺達は遅めの昼食を取るために、通りかかったチェーン店ではないカフェに入った。天気が良かったのでテラス席について、メニューを広げる。俺も斎藤も、こういう時に優柔不断ではない。店員が水とおしぼりを運んできたタイミングで、二人とも注文を終えた。

「わけわかんなくは、あったんだけどさ」

先に来たアイスティーを飲みながら、斎藤はどうやらあの公演に関する感想を述べようとしていた。

「熱はすごかったよね。なんていうか、誤魔化してないっていう感じの、俺達はこれを本気で面白いと思ってるぜっていう。そこは、好きだったな」

「うん、本気は感じた」

「だよね」

俺は何も感じていなかった。斎藤だってさしたる意味は感じていないだろうに、彼らの創作物に無理矢理な意味を見出そうとしている。自らの消費した時間になんの意味もなかったと考えるのが怖いのだろう。全《すべ》ての時間が無駄だと理解し認めることが出来るようになるのは、突風が過ぎ去ってからだ。

無理矢理作り出す感情に意味はない。想《おも》いとは、価値とは、自然に自らの中から湧《わ》き出るようなものでなければ全て嘘であるはずだ。

「どうしたの？」

「いや、なんでもない、彼らは大学生くらいなのかなって考えてたんだ」

「半分くらいはそうみたい。ツイッターとかに書いてあった」

料理が運ばれてきて、俺達は早速箸《はし》をつけた。斎藤が「上品な味付け」と評したので、俺以外の人間にとっても味の薄い料理なのだと分かった。

「時々、考えるんだよね」

斎藤はこういうもったいぶった話し方をする。

「何を？」

「さっきの舞台とかバンドの子達とか見てるとさ、私にもひょっとしたら、彼らや彼女達みたいな道を選んでた可能性があるのかなって。香弥くんは考えない？」

「んー、どうだろう。あまりないかもしれない」

ただ、いくつかの後悔を、あの時どうしていれば良かったのか、そのことだけは永遠に考え続けるのだろうとは、思っている。

「香弥くんは、自分に自信があるのかもね。私は、今の仕事や生活を手に入れるために必死で生きてきたつもりではいるけど、次もこんな良い人生に辿りつけるか分からないって思ってる。だから、他の人生も夢想してしまうんだなー」

斎藤の持つ、俺への評は決して正しくない。

そして彼女自身への評も正しいとは思えなかった。必死、という言葉からも分かるように、彼女は自らの人生を戦って勝ち取ったものだと思っている。その人生を良い人生だと言い、次があればそうは生きられないかもしれないと思っている彼女は、自分に自信がないというのが真実だとしても、同時に、自らの人生を特別なものだと勘違いしている。

「紗苗は、どんな人生選んでも、きちんと生き抜けそうだけど」

「そうかなあ。香弥くんが言うなら、そうなのかもしれない」

彼女は俺の何を信じているのだろう。

「たられば言っても仕方ないけどね、どんなに願っても他の人生は生きられないし、過去にも戻れない。香弥くんは大学では戦争とか外交の勉強してたって前に言ってたよね？　そういう系の仕事に進もうと思ったことはないの？」

「学問としての興味はあったけど、仕事にしようとは思わなかった」

嘘だ。興味があったわけではなく、明確な目的を持っていた。しかし自分には学者になって世界を変えるような才能も運もなかった。

「紗苗は？　法学部だっけ？」

「私も弁護士になろうとは思ってなかったよ。ああ、でも在学中に一回くらい面白そうって思ったことはあったかも」

「きっかけは？」

「うーん、なんだっけ、覚えてない。もう年かな？」

斎藤は笑う。俺も合わせて笑う。

「言っても同い年だし、香弥くんも、あの頃のこととかもう忘れかけてるでしょ」

つい、だ。

「いや」

つい、予定していなかった反応を咄嗟《とっさ》に声に出してしまって、その言葉に続く言葉を口にするしかなくなった。しかし思えばそれは俺が断言しておかなければならない事実だったので、不都合はなかった。

「絶対に忘れないこともあるよ」

平静に、笑顔で言ったつもりであったのだけれど、トーンの調整が上手《うま》くいかなかった。脳の命令が上手く口に伝わらなかったようだ。斎藤の右の瞼《まぶた》が、少しだけ震える。場の空気が変わった瞬間を感じ取った彼女の癖のようなものだった。

「ほら、あの頃、紗苗に傘貸してやったこととか」

「なんだ、もー、それは私が言ったからでしょー。いきなりかしこまって何かと思った」

苦し紛れではあったが、斎藤は誤魔化されてくれたようだ。

俺は反省する。

つい心の本当の部分を外に出してしまった。

しかし、仕方ないとも思った。

他はいくらでもいい。他のあらゆる意見は斎藤や他の人間に譲ってやる。

ただたった一つだけ、忘れてはならないことがある。

それだけは、誰にも譲れない。

改めて斎藤の機嫌をとり、二人で誰にとっても薄い味付けの昼食をきちんと最後まで食べた。

煌《きら》めく記憶を、無二の突風を、忘れることなんて、こんな薄い日々の中ではたとえ忘れたくても不可能であろうとも思った。

＊

出かける場所は、基本的に斎藤が決める。あまりに毎度のこととなると不自然に思われるかもしれないので最低限意見を出しはするが、採用されたいなんて気は一切ない。面倒のない関係の持続には、全てを飲み込みすぎないことも大事だ。それゆえ会話の中で意識的にこぜりあいを生み出すようにしている。それ以外に目立った喧嘩《けんか》は必要ないし、今のところ発生しそうでもなかった。その点に関しては、恋愛において斎藤が持つ距離感も作用していた。彼女はいつも俺に会っていなければならないだとか、常に気持ちを確認しなければ気が済まないだとか、そういった持続的な微熱を恋愛に求めていなかった。いつもは友人と変わらぬ距離感で生活をし、瞬間的に劇的な熱を燃やす方を望んだ。俺にとって非常に楽な相手であるということだった。

仕事に対する斎藤の価値観を理解するのには、恋愛の価値観を理解するよりも時間がかかった。

以前にこんな会話をした。

「ラジオって言ったら深夜勤務を想像されるんだけど、実際は一日中やってるからね。今はお昼の番組担当だから規則正しい生活出来てても、配置換えの可能性なんていくらでもあるし。香弥くんは、ラジオって聴く？」

「実家ではずっとラジオが流れてたよ。あと紗苗の番組はタイムフリーで聴いてる」

話題が途切れた時に、話を合わせられるよう聴いていた。斎藤は俺の行動が意外だったのか目を丸くした。

「ほんとに？　ごめん、すごくびっくりしてる」

「俺がラジオ聴くのが？」

「いや、私の仕事に興味持ってくれてるんだって。香弥くん自分の仕事の話しないから、人の仕事にも興味ないのかと思ってた」

自分の仕事にも人の仕事にも興味がない。斎藤のその俺への見立ては正確であった。それに対して俺は、人の仕事に興味がある人間は自分の仕事にも興味がなければならない、という彼女の傲慢《ごうまん》なものの見方をその会話をするまで見抜けなかった。しかしその傲慢さが俺にとって都合が悪いわけではないし、やはり仕事が彼女の矜持《きょうじ》を支えるものなのだと再確認出来たことは、関係を円滑に続ける上でありがたかった。

仕事に重きを置く斎藤にとっての突風は、やはり今まさに起きているのだろうか。もしその突風が止《や》むのが、身体的に年を取り今のように働くのが難しくなった時なのだとしたら、羨《うらや》むべき人生だ。

気づけば、斎藤と交際を始めてから半年程が経《た》とうとしていた。

二人の勤務時間は基本的には多くの社会人がそうであるように朝から夜までなので、

会うのは公私ともに用事の入らなかった夜か、もしくはあまりないが二人の休日が重なった時だ。

斎藤は最近どうやらそれなりの激務に追われているようだった。しかし彼女はわざとらしいくらいに疲れを感じさせない様子で今日も現れ、その瞳《ひとみ》の光で俺を焼こうとする。

「お疲れ様っ。お腹空いたー」

「お疲れ、食べたいものある？」

「それは仕事終わりの香弥くんが決めていいよ」

斎藤は秋物の私服、俺はスーツ姿だったが、彼女が休日だったわけではない。一応は夕方頃に仕事の区切りがつくらしく、一度帰宅し俺の仕事が終わるのを待っていたのだ。こういう時、一緒に出掛ける場所の目星がついていない場合は、斎藤の家の近所のドラッグストアが集合場所になる。今日もそうだった。

「俺はこれってピンとくるのがないから、カレー以外だったらなんでも。昼がカレーだったんだ」

「そっか、じゃあ、あそこでもいい？」

あそこと言われてどこか分かるほどに、俺と斎藤の間に時間は流れていた。

あそことは、この辺に住んでいる人間に人気のある居酒屋だ。チェーン店ではなく、店員の数も多くない。何度も通っていると見覚えのある顔も増えてきて、一人でもよく来ているという斎藤はすっかり常連として扱われている。

「あっ、今日は彼氏さんとご一緒なんですねー」

暖簾《のれん》をくぐり店に入ると、いつもいる女性店員にいやににこやかに話しかけられたので、適度な笑みを浮かべて会釈《えしゃく》した。斎藤は店員とコミュニケーションをとるのが好きなようだ。知らない店よりも自分のことを知ってくれている店、自分を風景として処理しない店を好んでいる。ただし彼女は全ての人間の好みが自分と同じではないとも分かっているので、最初にこの店に来た時に俺が拒否の姿勢をきちんと示せば、二度と二人でここに来ることもなかったのだろう。

カウンター席に横並びで通される。飲み物と以前にも頼んだ覚えのあるメニュー、加えて斎藤が店員に今日のオススメを訊《き》いてそれを注文した。

今日は何か特筆すべきような出来事はあったか、会話のとっかかりとしていつものように訊こうとしたところで、斎藤が先に口を開いた。

「いきなりだけど、話したいことがある！」

「ん、何？」

見なくても目を輝かせているのだろうと分かった。会話の始まりとして彼女がこんなにも息巻いているのは珍しかった。いつもならば何かしらのニュースやその日あったことを、様子を探るように話し始める。余程の朗報でも舞い込んだのだろうか。

二つのジョッキを軽くぶつけ合い、斎藤は早速その話したいことやらの本題に入った。

「だいぶ前なんだけどさ、高校時代の子達と連絡取ってるかって話をしたでしょ？」

「ああ、俺は連絡取ってないし、紗苗もほとんどしてないって言ってたな」

「そうそう、でもたまに連絡取ってる子も一人二人いてさ、今日久しぶりにメール貰って電話したの。それで今度ご飯行くことになって」

「へぇ」

そんな些事《さじ》を俺に話したくて仕方がなかったのだろうかと、斎藤のらしくなさを感じているところに店員が近づいて来てつきだしをカウンターに置いた。

「あ、ありがとうございまーす。そう、会沢志穂梨《あいざわしほり》ちゃんって子、クラスにいたんだけど、覚えてる？」

「会沢」

俺が台詞《せりふ》を考える時間を、店員がつきだしの説明で作ってくれた。

「覚えてるのは覚えてるけど、あんまり喋《しゃべ》ったことはないな。お、これ美味《おい》しい」

「あ、ほんとだ。っていうか香弥くんって、あんまり喋ったことない、ってわけじゃないクラスメイトいたの？」

「そう言われると弱る」

「志穂梨ちゃんは、香弥くんのことちゃんと覚えてたよ」

俺は、一度箸を止めて、ハイボールを口にする。

「俺のこと、話したんだ」

「あ、ごめん、まずかった？」

「いやいや、全然まずくはないけど、なんとなく俺のことで話題なんかあるかなと思って」

本当は、あの頃の自分を思えば、心当たりが十分にあった。

「私が実は香弥くんと再会して付き合ってるって言ったら驚いてた。どんな人になってるか訊かれたから、いい男になってるって答えといたよ」

斎藤の表情は、俺が照れることを望んでいた。

「クラスメイトだった子にそう伝えられるの恥ずかしいな」

「まあまあ、そう言わずに。それで志穂梨ちゃん、今は結婚してて苗字今井《いまい》なんだけど、彼女とご飯食べに行く約束してさ」

「うん」

「よかったら、香弥くんも来る？」

無邪気、といえばいいのだろうか。それとも、自らはクラスメイトとの壁を克服したのだから、他の人間もそう出来ないわけないと、やはり傲慢にも思っているのだろうか。

「俺がいたら会沢さんに気を遣わせるだろうし、二人で行ってきなよ」

「そっか、みんな大人だから大丈夫だと思うけどなあ。志穂梨ちゃんは、香弥くん来てもいいって言ってたよ」

次の呼吸のぎこちなさを、ハイボールで飲み込んだ。会沢志穂梨は、どういうつもりで言っているのだろう。

店員の馴《な》れ馴れしさが役立った。料理を運んでくるたびに何かしらの言葉を残していく彼女のおかげもあって、俺は誘いをかわすことができた。その結果、斎藤と会沢志穂梨の会合は二人きりの女子会になるようだった。斎藤が俺について何かネガティブな過去を知ってしまうかもしれないが、それが事実であるなら仕方がない。

ひょっとすれば会をきっかけに俺と斎藤の関係が終わることだってあるかもしれな

い。それならそれで、どちらでもいい。

一方、斎藤は全く逆のことを考えていたようで、かぼちゃを摘《つま》みながら、更なる話題を提示してきた。

「志穂梨ちゃんの方は、まあいいんだけどさ、実はもう一つ、香弥くんに出席してもらえないかなってイベントがありまして」

かしこまった様子に、なんとなく察しはついた。

「うん、何?」

「来月、私の誕生日あるじゃん?」

「二十三日ね」

「そう、勤労感謝の日」

大抵は誰にも感謝されずに働いてる、と以前に嘆いていたので楽に覚えられた。

「その時に、両親からこっちで食事でもって言われたんだけど、それ、香弥くんもどうかなと思って」

「え」

「あ、嫌なら別に大丈夫! ごめん!」

「嫌なわけじゃないけど、それこそ、家族水入らずじゃなくていいの? 両親から誘われたなら、可愛《かわい》い娘とゆっくり過ごしたいんじゃない？」

事実、忌避《きひ》したわけではない。これまでにも交際相手の親と会った経験はあるし、仕事柄、初対面の人間への対応もそれなりに心得ている。ただあえて拒否するような質問をぶつけたのは、斎藤がどれほどの感情と意図を持って俺を誘っているのか量りたかったからだ。

「そんなこと言って、私がちょくちょく実家帰ってるの知ってるくせにー」

知ってるからこそだったが、あまりしらばっくれるのもわざとらしい。無意味に斎藤の機嫌を損ねて面倒を増やしたくはない。

「何か、ちゃんとした意味があって、両親と会ってほしいってこと？」

斎藤は、唇を一度開いて、空気と決心を飲み込むように「うん」と頷《うなず》いた。

「そうだよ。だから、嫌だったら、別にいい」

俺の返事を待つ、と、斎藤は運ばれてきていた軟骨のからあげをいくつか摘むことで示してきた。

納得した。会沢の話題と、その時の高いテンションは、本題への真剣さを誤魔化す隠《かく》れ蓑《みの》か。

俺に重荷だと思われたくなかったのだろう。過去の交際相手にそういう傷をつけられたのかもしれない。考えるまでもなく、俺の選択は決まっていた。

「紗苗にふさわしいって思ってもらえたらいいな」

喜びや驚きを、顔に出していいのか迷うような表情を斎藤はよくする。こちらの対処法は決まっている。

「娘と同じくらいひねくれてる奴が来たぞって思われないように」

「もう。まあその通りだからね」

こうしてようやく斎藤は笑みを見せる。彼女は、ぬか喜びを人一倍恐れて生きているように見える。その喜びを丁寧に包んで渡されないと、気が済まないようだ。処世術として、斎藤の幸福を感じることへの猜疑心《さいぎしん》は間違っていないと思う。いずれ、全てはぬか喜びだったと気づくのだけど。

大事な用事を一つ終えて気が抜けたのか、斎藤の酒が進んでいく。最近、彼女の酒量が増えているように見える。

斎藤が話す仕事の愚痴を聞きながら、俺は考えていた。将来を見据えた交際相手として俺を両親に紹介するというのは、斎藤の中のどういった価値観に基づくものなのだろうかと。

彼女が人生において最も重要視していることを言葉にすれば、恐らく達成感だろう。

更にいえば、仕事から得る達成感を彼女は最上の喜びとしている。それは日頃の話しぶりから分かることだ。彼女が仕事というものに特別な希望を抱いているのは間違いない。なので、恋愛なんていうものは、彼女の中の性欲や、女性としての承認欲求を適当に満たすためだけに使われているのだと考えていた。しかしどうやら、俺との交際を快楽に利用するだけではなく、その先に結婚なんていうものも見つめ始めているらしい。それは、ただ社会的な常識に囚《とら》われている故《ゆえ》なのか。

まあ、なんだっていい。

もし結婚などという事態になっても俺はいっこうに構わない。どうせいつか死ぬまで生きるだけ。土に帰るまでの道程が多少変わろうと、どうでもいい。

「ごちそうさまでしたー、また来まーす」

斎藤を家まで送ってから駅に向かっても、終電には十分間に合う時間に居酒屋を出た。彼女が店員とじゃれあっているのをきちんと見届け、俺は会釈をする。背中で引き戸が閉まった音を聞いた後、横に並んだ斎藤が俺の肘《ひじ》に手を添えてきた。

「ごめんね、突然、親に会ってほしいだなんて」

声がかかってから斎藤を見下ろすと、酸味の強い果実を噛んだような顔をしていた。

「いいよ、いつかはそういう日も来るかもと思ってたし」

望まれている言葉を、選んで吐く。

「ありがとう、嬉《うれ》しかったよ。うん、ずっと嬉しいけど」

くすりと自分で言ったことに笑ってから、斎藤は俺の肘から手を放した。

「実は今日ずっと緊張してたんだよね」

「紗苗ってあんまり緊張しないイメージあるけど」

彼女がそう取り繕っていたいのを知っていた。

「そうだねそう見えるかも。でも実はかなり緊張しいでさ。ああ、でも今日は本気で緊張してたな、あの時以来かも」

「あの時？」

劇的な会話を斎藤は好む。

「初めて一緒に飲みに行った帰り、タクシーの中で香弥くんの指触った時」

そんなことがあった。俺の中では数多《あまた》ある他の記憶と同列の価値しか持たず、泥水のような曖昧《あいまい》さで心の底に沈殿していた。

「香弥くんみたいないい男連れて行ったらうちの両親、びっくりするよー」

いつものやりとりのきっかけ。俺は「そうかも」と笑って返す。

照れ隠しともとれる斎藤がひいた引き金に、いつもと同じく虚栄心があることを見逃さない。度合いは知らない。しかしはっきり、俺を装飾品として見ている側面が彼女の中にあると知っている。悪だとは思わない。その程度でいいと思う。それくらい適度に濁っていていい。人を想う気持ちなんて、淀《よど》んでいていい。このどうでもいい残り時間を生きるには。突風以外は、それでいい。

斎藤のマンションの前に着く。明日が休日であるという彼女の予定を軽く訊き、おやすみと言って別れる。そのはずだった。

「あの時の話なんだけど」

斎藤が、自分の赤くなった手の平を見ながら言う。

「あの時、ここでタクシー止めてもらって、ひょっとしたら香弥くんが、一緒に降りてくれるのかなって少し思ってた。もしそうなったらどうしようって、ドキドキしてたんだ。でも紳士だったね、香弥くん」

うふふっと俺をからかうように斎藤は笑う。何が言いたいのか分かった。

「香弥くん、明日も仕事だもんね」

どうでもいいことだ、仕事に限らず、何もかもが。

だから、相手が望むように出来る。

「うん、別に紳士じゃないから、ちゃんと替えのネクタイを彼女の家に置いて、出勤できるようにしてる」

斎藤が喜ぶのならそれでいい。面倒が起こらないならそれでいい。彼女がまだ人生に希望を持っていて、幸せになりたいだなんて夢想するなら、それもいい。

そんなことで嬉しそうな顔を出来るなんて、無知で愚かな斎藤が羨ましくて仕方がなくは、あった。

＊

「部屋の中だけ遠慮してくれたら、お店とかでは煙草《たばこ》、吸ってくれてもいいよ」

「ん、いや、やめとく。紗苗の服や髪に匂《にお》いつけるの悪いし」

「気遣い出来る男だね」

「普通のことだと思うけど。それにそんなヘビースモーカーなわけじゃないから」

「あ、そうなんだ」

「煙草自体やめてほしかったらやめるよ」

「ううん、いいよ。私のために香弥くんを変えてほしくない」

「そんな大袈裟《おおげさ》なことじゃないよ」

「大きなことだと思うよ。誰かのために好きなものを諦《あきら》めるっていうのは」

「諦めるっていうほどでもない」

「まあまあ、いいからいいから。人は、誰のためでもない、自分のためだけに変わるべきだと思うんだ」

「自分のために、か」

「そう。だから香弥くんが煙草をやめる時がきたら、自分のためにやめてほしい。体調に気を遣ってーとか、あとは、禁煙したらモテると思ってとか」

「体調は今のところ大丈夫だけど、モテるんだったら、やめようかな」

「イケメンは一人じゃ満足出来ないんだねー」

「紗苗が、満足させてくれる？」

「うん、ふふ、いいよ、させてあげる」

暗闇《くらやみ》の中、いつか命さえつかめそうだった俺の指は、無感動に斎藤の腕をつかんだ。

＊

予定通り、斎藤の両親との会合は平穏無事に終わった。

きちんと分別のある大人であるように見せられただろうし、言外に斎藤との仲睦《むつ》まじさや、収入面の安定を伝えた。一番緊張していたのは斎藤だった。親に交際相手を会わせるという経験が今までないのではと思い訊くと、予感は正しかった。何故《なぜ》初めてが俺なのかという疑問も湧いたが、そこは年齢が関係しているのかもしれない。

俺はといえば、当然緊張などまるでなかった。会合中、娘に交際相手を連れてこられた親の感情を観察していた。彼らは安心しているようであり、同時に暇つぶしのおもちゃを取られたようにも見えた。

斎藤の両親をターミナル駅最寄りのホテルまで送り届ける時にも、きちんとくだらぬ礼を尽くした。

二人きりになってから、斎藤の誘いでもう一軒行くことにした。斎藤自身へのケアも必要だろうと思っていたのでちょうどいい。駅から十分ほど歩いた場所に位置する、以前訪れたことのあるバーに立ち寄りテーブル席に座った。ふと考えれば、斎藤と共に過ごす時間の半分以上は寝ているか、なんらかの食事をして過ごしている。つまらない大人になった俺達にはそれくらいしかやることがない。

斎藤は仕事でもプライベートでも何かを乗り越えた時、決まって匂いが強めの酒を頼む。バーテンダーに注文したラフロイグを一口飲んで、彼女は大きく息を吐《つ》いた。

「お疲れ様でしたー、香弥くんほんとにありがとう」

「少し緊張したけど、楽しかったよ」

「ほんと？　私はお父さんとお母さんが変なこと言わないかひやひやしてたから、かなり疲れた」

もう一度息を吐いて、斎藤は思い出したように俺のグラスに軽く自分のグラスをぶつけた。

「香弥くん大好評だったね」

「そうだといいけど」

「香弥くんがお手洗いに立った時、うちの両親べた褒めしてたから」

当人が席をはずしていたからといって、それが本当の評価だとはいえない。あの場での斎藤の立場は、半分は家族として、半分は俺の交際相手としてのものだ。そんな娘の前で、率直な感想を口にしたりはしないだろう。もちろん真意を確かめる必要なんてない。

俺は斎藤に合わせて酒を口に含む。誰かと酒を飲む時は数回に一回、グラスを持ち上げるタイミングを相手に合わせることにしている。そうすると自然に会話のリズムが合い、相手を上機嫌にさせられる。

今夜の出来事を会話で反芻《はんすう》しながら、斎藤は二杯三杯とグラスを入れ替える。

「これ褒められたのも、嬉しかったよ」

酒気で眼球を湿らせて、斎藤が首にかかったネックレスを持ち上げた。昨晩、日付が変わってから誕生日を迎えた斎藤に俺が渡したものだ。

「ああ、可愛いって言ってくれてたな」

「んー、私が嬉しかったのはそこじゃないんだけどね。可愛いっていうのは、そりゃプロが可愛く作ってるんだから、可愛くないわけないじゃない？」

酔った斎藤は、自分の頭の中にある考えを得意げに披露したがる。

「私が嬉しかったのは、私が着てる服に似合ってるって言われたこと」

「紗苗自身じゃなくて、服に？」

「うん、そう。香弥くんが二人の思い出や私の趣味を想像して選んでくれたんだって、他の人の目からも見えることが嬉しい」

それの何が嬉しいのだろうかと思い、生まれた一瞬の間が俺の疑問を斎藤に伝えてしまったのかもしれない。もしくは最初から説明を加えるつもりでいたのか。

「大切な人の想像力の中に自分がいられる、何よりも嬉しい気がするの」

「なるほどな」

言いたいことの理解は出来たが、共感は出来なかった。

「なんか、紗苗っぽいな」

「もー、いじってんじゃんそれ」

決して嫌そうではなくにやけて、斎藤はバーテンダーにまたお代わりを頼む。

「想像力の中かは分からないけど、紗苗が喜んでくれたらいいと思って選んだよ」

嘘じゃない。機嫌を取る為に最善を尽くした。どれだけ言葉にしようと、相手の心なんて分からないのだから、その程度でいい。共感する必要はない。俺達は互いに都合よく役割をこなせばいい。

だからその台詞もきっと斎藤が嬉しく思うはずだと選んだ。しかし、彼女の反応は笑顔になって照れるというようなものではなかった。

「ねえ、あのさ」

投げかけだけで、言葉を切る。興味を持ってもらわなければ話し出すことすら出来ない臆病《おくびょう》さを斎藤は持っている。

俺は、怪訝《けげん》そうな顔を作る。

「何？」

「私でいいの？」

抽象的な問いに、俺はすぐには答えなかった。答えられなかったわけではなく、この場の正解が沈黙であると察した。

「ごめんね、突然。自分から親にまで会わせといて。今日まで結構、あの日からとんとん拍子で来ちゃってさ、調子よく言えば運命なんて見えるかもしれないけど」

運命なんてものはこの世に存在しないが、斎藤が好きそうな言葉ではあるなと思った。

「ちょっとだけ不安になっちゃった」

「何が？」

「香弥くんの未来を、使わせることが」

斎藤はこくりと琥珀色《こはくいろ》の液体を一口飲みこむ。

「結婚どうこうはさ、タイミングとかあるにしても、このまま行ったら、大事な数年を失うかもよ。私はもちろん、そうならなければいいとは思ってるけど」

斎藤はまた、中途半端なところで言葉を切る。その行動を、相手に委《ゆだ》ねる気遣いだと彼女は勘違いしている。もしくは勘違いのふりをしている。言葉を残したままにするのは、相手に不足した部分の補完をさせようとしている使役に他ならない。相手を、自分の支配下に置こうとするのに類似している。

もちろん、俺はそれらを理解した上で、斎藤の代わりに会話を紡《つむ》ぐ。

「いつか、違う道を行くかもしれないし、仲良くはいられなくなるかもしれない」

「そうだね」

「でも、そうなったとしても俺は、紗苗といた時間を、失ったとは思わないよ」

今後あるかもしれない斎藤との数年、もしくは数十年。結婚、出産、様々な事態が待ち受けるかもしれないが、問題があるとは思っていない。その時間を他のことに使うとして、得たいものなんてない。そんな俺を斎藤は利用すればいいと真に思っていた。俺を片手間に、突風を味わえばいい。いつかその突風が過ぎ去った後、二人して死んだように生きるのならそれでいい。そんなものだ、俺達なんてのは。

斎藤に心の内を読まれるようなことが万が一あれば、私を馬鹿にしていると怒るだろうか。

照れたように笑う斎藤は、「かっこいいこと言うなー」と届かない肘で俺をつつく仕草をする。

「でもその言い方は、あれだね、ちょっと訊いてみたいこと出来ちゃったな」

「あれ？」

「うん」

斎藤は一度グラスに口をつけ、中の氷をからりと鳴らしてから、首をほんの少しだけ傾けた。

「香弥くんには他にも、今までに忘れられない恋とか、ある？」

相変わらず彼女は、俺がもう持ちえない光を目に宿している。

きっと、いや、決して斎藤が何を知っているわけでもないと分かっているのに、俺は、彼女に見せてはならない部分が自分の中で立ち上がるのを感じた。しかしながら、これまでの果てしなかった時間の中で、俺はその部分を隠し通す方法を学んでもいた。だから俺の芯《しん》のざわつきが読み取られたことは、なかったと思う。

「そりゃあ、一つや二つはあるかもしれないな。ほら、男って付き合った相手を頭の中で個別に保存してるって言ううし」

読み取られた本当なんて、なかったはずだ。

なのに斎藤は、わけのわからないことを呟《つぶや》いた。

「嘘《うそ》つき」

斎藤が声のトーンを落とし渡してきたその言葉が、俺の足にまとわりつき、締め付けてくるようなイメージを持った。

感情と関係なく顔の筋肉で作り出したような笑顔を見せてから、斎藤はもう一口酒を飲む。

嘘つきとは、どういう意味だ。

俺の何が彼女に嘘と思わせたのか。

斎藤は何を読み取ったのか。

一体、俺の何を推し量ったというのだろう。

斎藤、程度が。

「嘘つきって、何が？」

訊くと、斎藤は更に笑みを深めた。

「ん、やー、モテてきただろうし、一つや二つってことないでしょー」

嘘だ。斎藤も、それが嘘だと俺にばれることを前提に言った。本音だと思ってほしいのなら、彼女は嘘つきという言葉と、トーンを合わせたはずだ。

なら、なんのつもりだ。

もしも俺の心の中に巣食うものが、この世界にありふれたものであったのなら、誰もが経験するような平凡であったのなら、彼女が俺の心中を憶測で読み取っていたとしても不思議ではない。

しかしそうではないのだ。斎藤には決して予想がつかない。想像が届かない。

深追いはしなかった。すれば、せっかく死んだようになだらかに流れる俺達の関係を壊してしまうと判断した。

この時、斎藤が己の内に秘めた何かしらは、俺達の関係に致命傷を与えるものだったのかもしれない。

しかし数日後には、斎藤とのかけ引きなどそもそも気にする必要すらなくなる可能性が、外部からもたらされた。

＊

俺は会社から、遠方への転勤を示唆《しさ》された。

元より転勤の可能性はいつ何時でもゼロではなかった。

隠すことに意味はない。次の日には斎藤を呼び出した。彼女の休日の前夜だった。大事な話があると言ってかしこまれば彼女が怯《おび》えると分かっていたので、特に何の気もなく見せて夕食に誘った。

上司から良いワインを貰《もら》ったんだと家に呼んだ。俺の話で斎藤がどんな反応をしてもいいよう、なし崩し的な結末にならぬよう、きちんとした意思を見せねば立ち去れない場所が適切であると考えた。アリバイ的に今まで何度か斎藤を家に呼んだことがあったので不自然ではなかった。ちなみにワインを貰ったというのは嘘だ。

互いの仕事が終わってから駅で待ち合わせ、俺の家へと向かった。飾り気のないマンションのエントランスを通過し、すれ違う親子と笑顔で挨拶《あいさつ》をする。鍵《かぎ》を開けて帰宅すると、我ながら生活感のない匂いがした。

「相変わらず、全然ものがない部屋だねえ。うちと同じくらいのはずなのにかなり広く見える」

「コート預かるよ」

二人分の上着をハンガーにかける。斎藤の言う通り、俺の家には生活に必要のないものは置いていなかった。最低限の家具と家電、パソコンがあるだけで、テレビも本棚も置いてはいない。ましてやインテリアなんて気にしているわけもない。

手洗いうがいを済ませた斎藤を、ローテーブルに沿って置かれたL字型のソファに促す。

「最初からワインいく？　ビールとかもあるけど」

「せっかくだから料理届いてからにしようかな。とりあえずビールでお願いします店員さん」

「よろこんで」

俺は斎藤の好みの缶ビールをグラスに注ぎテーブルに置く。「あとは自分でどうぞ」と伝えてから、再び台所に立った。夕飯は斎藤の希望でイタリアンのデリバリーを注文してある。到着するまでのつなぎで、買っておいたチーズを皿に盛りつけ、酒を飲む彼女の前に置いた。「ありがと」という声に応《こた》えるように俺もビールを開け、斎藤の斜《はす》向かいに座る。

料理の到着など待たず、いきなり本題に入ってみてもよかったのだが、話し出してしまえば食事が出来なくなる可能性もある。まずは空腹を満たすことにした。

料理が来るまでの間に、俺は架空の上司の話を斎藤に披露した。独身で食べ歩きが趣味の気の良い人という設定だ。急な仕事を片付けた労《ねぎら》いにワインを貰ったというエピソードにした。

しばらくするとチャイムが鳴り、大学生くらいの青年の手によって数々の料理が届けられた。俺達は二人でそれらをテーブルに置き、皿と箸《はし》、それからグラスと赤ワインをテーブル上に並べた。斎藤は既に二本目の缶ビールを飲み切っていた。

ワインを注いでから手を合わせ、サラダを口に運んだ斎藤が嬉しそうに口元に手を当てる。

「ベタなこと言うけど、家でじっとしてて食べられるレベルじゃないね」

「ほんとだ」

どうでもいい話をしながら二人して次々に料理を味わっていった。ワインも斎藤の舌に合うものだったようだ。いつも通り俺にはどちらの味も薄かった。

相変わらず俺達はいつも一緒に何かを食っている。生命活動に直結することでのみ積極的に繋《つな》がっている。他にやるべきと言えば、面倒なく生きていけるよう物事を処理する、それくらいのものだ。だから交際相手である斎藤と、今後の生活についてきちんと話さなくてはならなかった。

ワインを口に含みながら、俺はタイミングを見計らう。チキンフリットの皿を空け、そろそろ頃合いだろうかと斎藤の会話の隙間《すきま》を縫おうとした。だがよりにもよってそんな時に、随分とハイペースで飲んでいた斎藤が、ワインの入ったグラスを倒してしまった。慌《あわ》てる彼女を尻目《しりめ》に俺は台所からふきんを持って来て、こぼれたワインをふき取る。

「わー、ほんと申し訳ない。酔ってる」

「珍しいね」

「んー、最近あんまり眠れなくて、酔いが早いのかも」

斎藤の体調を気遣うと、話は彼女の仕事の愚痴へ移行していった。俺の望む話題に持っていくタイミングは逸したが、時間はいくらでもある。

「上司のミソジニーな一面とか、ふとした会話で実感する度に、なんなんだろうこの職場って思っちゃって。なんかね」

「そうか……本当に辛《つら》かったら、例えばなんだけど、別のラジオ局に転職とかは？」

「ない話ではないと思うけど、今のところ私が何かしらの結果を出してるわけでもないし、現実的ではないかな」

酔っている自分を反省した癖に、斎藤はまた酒を口に含む。

生きがいであるはずの仕事に追い詰められているということか。それを、斎藤はどう受け止めているのだろう。

裏切られた、とでも思っているのであれば、突風は、もうすぐ止《や》むのかもしれない。しばらく不満をぶちまけたら満足したのか、ただ単に疲れたのか、彼女は「愚痴ばっかりでごめんね、美味しいもの食べてる時に」と手を合わせて謝ってきた。

「美味《うま》いものはいつでも美味いから全然大丈夫」

そう答えてやると、思いがけず俺にとって都合の良いパスが飛んで来た。

「さっきの話だけど、香弥くんは転職の可能性とか考えたりするの？」

俺は、斜め上に視線をやり、少しだけ悩むように首を傾《かし》げた。

「んー、そうか」

せっかく相手からその話に水を向けてくれたのだから予定していた話をする、そのことに俺の中で悩む必要なんてなかった。だから俺の反応は、ふいに来た恋人からの問いに戸惑う自分を見せようとしたものだ。

「どうしたの？」

「いや、実は、今日ちょっとそのことについて紗苗に話したかったんだ」

斎藤の右の瞼《まぶた》が、俺の声に敏感に反応した。

「何？　なんか」

怖いな、と、続けそうになったのを無理矢理飲み込んだように斎藤は口を噤《つぐ》んだ。

俺にはそう見えた。

俺は、きちんと言葉を選んで彼女に転勤の可能性について話した。時期や、期間、それから予定される場所が遠方である事実も包み隠さず説明した。隠す必要がなかった。重要なのは事実を明らかにしたその後だった。

「まあ、まだ可能性の段階で決定事項ってわけじゃないんだ。けど、うん、紗苗の意見を聞きたい。もし俺が転勤になったら、どうする？」

「うーん」

彼女の唸《うな》りは、俺とは違って心からのものだろう。

「俺は、お互い仕事を簡単に辞められないのはもちろん分かった上で、素直に、紗苗との関係を終わらせたくないと思ってる。けど、なかなか会えなくなったら、前に紗苗が言ってたみたいに、時間を無駄に使わせることになるのかもしれないって心配にも思う」

大半は嘘だったが、積極的に斎藤との関係を終わらせようと思っているわけではないのは本当だった。

全ては、斎藤の判断に任せようと思っていた。遠距離恋愛という形を取るのであればそれでもよく、もちろんこの場で関係を解消するという選択であったとしても受け入れる気でいた。妙な恨みが残らなければ、それでよかった。

斎藤が一口二口と酒を口に含みながら、考えているのを待つ。何もせず彼女を見つめ続けるのも妙なプレッシャーを与えてしまうかと思い、俺は俺でテーブルに残っていた料理に箸をつける。相手の無言が、意思表示へのステップに過ぎないのか、もしくは沈黙こそが意思表示であるのかを見定めるのは会話において重要だ。この場合、斎藤が何かを言おうとしていると分かったので、俺は黙っているだけでよかった。

ややあって、斎藤がこちらに照準を合わせた気配がした。

「私は、前に香弥くんが言ってたみたいに、これから香弥くんとどんな風に時間を使ったとしても無駄になったとは思わない」

「うん」

「だから香弥くんが良いって言うなら、距離が出来るから別れるってすぐにはならないけど、でもどちらにするのか決めたいなと思う」

斎藤は相変わらずもったいぶった喋《しゃべ》り方をする。

「それは、いずれ別れるなら今のうちにってこと？」

俺が首を傾げると、斎藤はうっすらと笑みを浮かべて、風で木々が揺れ動くように首を横に振った。

「ううん、違うよ」

では、どういうことなのか。

どちら、とは。

斎藤は息継ぎをするように酒をもう一口飲んだ。

そして。

「辞めちゃおうかな」

俺の脳内に浮かんだ疑問符をよそに、斎藤の口元に浮かぶ薄い笑みが、まるで波紋のように顔全体に広がっていく。

「仕事辞めて香弥くんについて行っちゃおうかな」

久しぶりに、人の言葉に驚かされる自分を感じた。

しかしその衝撃もすぐに止む。

「それは、酔ってない時の紗苗とも相談した方がいいな」

気の迷い、そんな言葉が今の彼女の状態にはぴったりだった。

斎藤が男なんてもののために仕事を捨てられるわけがない。突風なんて言葉を使っていなくても、生きがいや青春が仕事の中にある可能性が高いとは、斎藤自身も気がついているはずだ。

「酔ってるけど、だから言ってるわけじゃないよ」

「……それは」

「前にちょっと考えたことがあるの」

「何を？」

「もし、香弥くんに何かあって、私が今の仕事を続けられないってなったらどうするのかって」

そんなの、考えるまでもないだろうに。そもそも、そんな想像をすることすら、斎藤には不似合いに思えた。

「もちろん、私にとって今の仕事は大切だし、かけがえがない経験もたくさんさせてもらってる。でも、もしも香弥くんと一緒に生きるために仕事を変えなきゃいけないんだったら、私はその時、辞めることも選択肢の一つだと思ったの。それは、今も思ってるよ」

なんとも浅はかな勘違いを、彼女はさも重大なことであるように語る。その考えを正すために労力をかけるくらいは、やぶさかでなかった。

「ついてきたとしても、そこに今みたいな仕事が用意されてるわけじゃないよ」

小馬鹿にしない、誠実な声を用意する。

「それはそうだ。私、ＣＤショップの店員さんとかもやってみたかったんだよねー、募集してたらいいな」

俺の言わんとすることを、斎藤はまるで感じ取っていないようだった。可能性に満ちた未来を尊ぶような、そんな言い方をする斎藤に、俺はたまらず「いや」と、普段ならしない口の挟み方をしてしまう。酔っているとはいえ寝言を続ける彼女に対する苛立《いらだ》ちが、声になってしまった。

「ちゃんと考えた方がいい」

「香弥くんは、私がついていくのが嫌？ ひょっとして、消極的な別れ話のつもりだった？」

「そうじゃない、けど、紗苗にとって今の仕事は、さっき言ってたようにかけがえのないものだろ？」

斎藤は悩みもせずに首肯《しゅこう》する。

「うん」

「俺の都合で、紗苗の大切なものを奪えない」

仕事を、何より突風を。

「奪うって、えらそうに。誰にも奪わせるつもりはないよ。私以外の誰の都合でもない。もし辞める必要があるなら、私は私の責任で辞めるの。前に言ったでしょ？ 人は自分のためにだけ変わるべきだって」

いつのことだったか、最近であるような気もするし、遠い昔であるような気もする。

「私は、香弥くんについて行きたい自分のために仕事を辞める、かもしれない。ま、香弥くんが転勤にならない可能性もあるし、私にも片づけなきゃいけない仕事あるから、すぐにパッと駆け落ち出来るわけじゃないけど」

俺は目を合わせ、しっかり斎藤の言葉を聞いていた。

ふいに、背中に悪寒《おかん》が走るのを感じた。何故だかすぐには分からなかった。角を曲がれば恐ろしいものがいるというような、不安に似ている気がした。

「だから、香弥くんが責任を感じる必要はない。その時になったら、私には用意があるってだけ。香弥くんが嫌だったら、別だけど。うん、もちろん嫌って言われても大人しく引き下がる私じゃないって、今までの付き合いで分かると思うけど」

斎藤はお道化《どけ》て笑い、また酒を飲んだ。

整った目鼻立ちの歪《ゆが》む様が、いやにグロテスクだった。

顔の隙間から悪寒の正体、その片鱗《へんりん》が、少しずつ少しずつ、見えてくる。

俺は、斎藤が隠し持ち続けていたものに感づき始めていた。

それがもし事実であるのなら、今まで想像すらしなかった自分はなんと愚かなのだろう。

しかし、無理もない。

まさかそれほどバカげた考えを、隣にいる人間が抱いているだなんて思えない。そんなの、全く二人して救いようがない。

思わず一口、俺も酒を口に含む。信じたくはなかった。

「そういえば付き合い出してもうだいぶ経《た》つよね」

斎藤の言う通り、俺と彼女の間ではそれなりの時間が流れていた。

今までの付き合いを思い出す。

そうして今、目の前にいる女の顔にもう一度ピントを合わせる。

こちらを向いた彼女の持つ意志のようなものが、俺の中に生まれた恐ろしさの形を明確にした。

予感はそこかしこにあったのかもしれない。

本心から、嘘であってほしかった。

「どうしたの？　香弥くん」

「いや……」

考えていた。

こいつのことを勘違いしていたのか。

向けるべき感情を間違えていたのか。

俺は、目の奥に光を宿すこの女に、ずっとある種の羨望《せんぼう》を持っていた。

まだ突風が終わっていない人間、仕事という突風を長く楽しんでいられる人間、羨《うらや》むべき人生を送る可能性を秘めた人間、そう思って付き合ってきた。

それが、大きな間違いだったのか。

「もしかして本当は今日別れるつもりだったの？」

冗談めかして、しかし心から怯えた目を向けてくる斎藤の心中を俺は量る。

そんな目をする理由は何か。俺がいなくなることの何がそんなにも怖いのか。

斎藤にとって俺なんて、長過ぎる人生の中で出会った異性の一人に過ぎない。たまたま同級生で、いくつかの偶然が重なって再会したという経緯はある。しかしこれまで付き合ってきた男のうちの一人に過ぎない俺が、目の前からいなくなる未来をどうして彼女はこうも恐れるのか。また他の誰かを探せばいいだけじゃないか。性欲と自己顕示欲を手っ取り早く満たせる人間を近くに置いておけばいいだけじゃないか。

そうじゃ、ない。

自分の鈍さを呪《のろ》う。

「紗苗」

「ん？」

なんてことだ。

「しなくちゃならない、話が出来た」

「何、改まって、どうしたの？」

斎藤の中の恐怖が更に膨れ、それに彼女自身気づいているのか、意思とアルコールの力で捻《ね》じ伏せようとしているのが分かる。その副産物として俺に向けられる笑顔が、今はただ、悲しく思える。

「大事な話があるんだ」

「何それ、怖いな」

斎藤の恐れはついに言葉になった。

「怖がらせて、ごめん」

本心だった。いつもの俺なら、今までの俺ならもう少し、斎藤の心の動きに気を遣った言葉を選んだだろうから。

「でも、しなくちゃいけない」

今ばかりは彼女に本当のことを伝えなければならない。

「そんな顔しないでよ」

俺という人間を知らせなければならない。

それを知らずにこのまま生きるのは、彼女があまりに憐れ過ぎる。

「ごめん」

今ならまだ間に合うかもしれない。

人生でほんの短い間だ。その時間に吹く突風にだけ、人は救われなくてはならない。

その記憶を抱きかかえながら生きることくらい許されなくてはならない。

当然、斎藤にだってそのチャンスは与えられるべきで。

決して、俺なんかを突風だと思うような、人生があってはならない。

*

「消防車の音がする、火事かな」

部屋にこもる緊張感を紛らわしたかったのだろう、斎藤が一口水を飲んで言った。

「紗苗、話を聞いてほしい」

「あ、もう始めるんだ」

斎藤は口角を片側だけ上げる。少し残酷なようではあるけれど俺は頷《うなず》く。

「俺達には、それ以外にするべきことがなくなってしまった」

「香弥くん、どうしちゃったの？」

「どうもしてない」

彼女はまるで俺が平常心を失っているかのように言うけれど、そうではない。

元々こういう人間で、それを彼女が知らなかっただけだ。

本来ならば、知る必要はなかった。

だが、そうはいかなくなった。

「今から話すことを、別れ話だと予想しているかもしれないけど、違う」

彼女は本当のことを知らなければならない。

斎藤はもう一口水を飲んで身構える。喉《のど》の音が聞こえる。

「結果的にはそうなるだろうけれど、例えば、何かしらの理由があって俺が別れを選択するというような、そういう話じゃないんだ」

「意味分かんないけど、別れるつもりないよ」

「むしろ、そっちから距離を取ろうと考えると思う」

「浮気してたってこと？」

斎藤が冗談めかして言う。彼女の頭には、この社会で恋愛をするための常識的な回路が備わっている。

「嘘をついていたということには、なると思う。けど、浮気というような恋愛に関わる話じゃない」

斎藤は俺の言葉を待っている。

「というか」

俺はいつも斎藤がそうするように、わざと核心部分の前で一呼吸置いた。

斎藤に真実を話すのはこれが初めてである気がした。

「俺は、誰のことも好きにならない」

相手の反応を待たずに、話を続ける。

「例えば俺には、浮気といわれるような、交際相手や結婚相手を差し置いて違う人間に恋をするということは起こらない」

斎藤は、無言で俺の顔を見て、言葉を捉《とら》え、理解し、解釈しようとする。

「それは、別にいいんじゃないの？　特定の相手がいれば人を好きにならないってことだよね？」

「相手の有無は関係ない。誰も好きにならないんだ、もう」

「……誰も好きにならないって」

言葉を復唱し、ようやく斎藤は、俺の言わんとすることを理解したらしい。

「私のことも、って言いたいの？」

斎藤にものを考える能力があってよかった。

俺はたっぷりと時間をかけて、頷く。

「紗苗に向けた感情も、恋とか愛とか、そういったものじゃない。かといって友情とか、同郷であることで生まれる情とか、そういうものでもない」

言葉に説得力を宿すため、あえて一度だけ目をそらす。

「俺にとって、お前は」

お前、なんて呼んだことは今までに一度もなかった。自信のなさの裏返しで高く保たれた彼女のプライドが、傷つくだろうと思っていたからだ。

「偶然再会したかつてのクラスメイトで、交際をするような流れになったからそれでいいかと付き合った、そういう人間だとしか思っていない」

斎藤が膝《ひざ》の上で組んでいた手が、解《ほど》ける。

「でも、付き合うって大体そういう感じじゃない？」

「そういうことじゃないんだよ」

再び斎藤の目をきちんと見て、言葉を遠ざけるように首を横に振る。

「俺は、今でも紗苗のことを別に好きじゃない」

彼女の疑問を待つ意味はなかった。

「紗苗に向けた俺の気持ちは、あの日、地元の駅で誰だか分からない女が隣に座ったと思った時から、変わっていない」

「それは……」

斎藤は黙り込む。しかし彼女の感情はショックというにはまだ弱いようだった。俺の言うことがどこまで本気なのか、量っているような目を向けてくる。

「言葉の意味、そのままだ。騙《だま》していたことを悪いとは思ってる。本当は最後まで騙すつもりでいたんだ。いや、ひょっとしたらいつか紗苗の人生にも風が吹かなくなった時には話したかもしれない。でも、この交際を意図的に終わらせる気は、今まではなかった。少なくとも、紗苗の突風を待つ気でいた」

「突風」

斎藤の表情は、疑問を持ったというようなものではなかった。ただ、聞き慣れない言葉を鸚鵡《おうむ》返ししただけに見えた。

「俺は、人生には突風が吹くものだと思ってる。他の言葉に置き換えてもいい。ピークとか、最高の思い出とか。人生はその突風を味わい、過ぎ去った後は空っぽになり、その味を思い出しながら余生を過ごすだけのものだ。紗苗からは、まだ突風が過ぎ去っていないように見えた。そして俺はそれを羨ましいと思っていたし、その点に関してだけは今もそう思ってる」

くっついた唇を一度ゆっくりと上下にはがし、その奥の舌を何度か台詞《せりふ》の素振《すぶ》りでもするように空回りさせてから、斎藤は意志のこもった声を発した。

「それは、人生、のピーク？　突風が終わったとは、まだ、感じてないけど」

「そうだと思う。紗苗はまだ俺のように空っぽじゃない。いつか空っぽになるとしても、人は自分の生涯で必ず一度は突風を味わう権利を持っているものだと思う」

「一回、待って。さっきから何を言ってるの？」

「今から言うことをよく聞いてほしい」

会話の通じない俺に、斎藤は目をテーブルに落としてから二度頷いた。納得なんかじゃなく、何かを考える上でリズムを取るような首肯だった。

「伝えなければならないんだ」

斎藤の目が、俺に戻ってくる。

「ずっと紗苗の突風は仕事によってもたらされるはずだと考えていた」

「仕事が一番大事なんだろうって、こと？」

「そうだ。けど、さっき、紗苗は今の仕事を捨ててもいいと言っただろ？　しかも、捨てる理由が俺でもいいなんて言い出した。万が一にでも、俺なんかに人生の突風を感じるなんて、あってはならないことだ」

否定の意味を込めたのだろう、斎藤の眉間《みけん》にしわが寄る。俺は先んじて彼女の反論を打ち砕く。

「いや、今はそうではなかったとしても、そうなる可能性があるなら避けなくてはいけない。紗苗が、そちらに傾きつつあるのを感じた。それじゃあ、あまりにも憐れだと思って伝えたかった」

断定、押しつけがましい言い分、憐れみ、およそ斎藤の性格からして受け入れがたいものばかりを意図的に並べる。

受け取って激昂《げっこう》してもいいだろうし、悲しみにくれてもいい。わけがわからなければ恐怖でもいい。俺から心が離れてくれるのならばそれでよかった。無為とはいえ、共に時間を過ごし、彼女には人間関係に見切りをつける程度の賢《さか》しさは宿っているだろうという、ある種の信頼はあった。

「香弥くん」

しかし、やがて呼ばれた名前に込められた感情は、俺が期待した怒りや悲しみではなさそうだった。

「その、香弥くんの突風は、なんだったの？」

そんなことどうでもいいだろうに、まるでそれが最も気になることだとでもいうように、斎藤は質問に湿り気を含ませた。

感情の動きは分からない部分があったけれど、実は彼女の興味がどうあれ、俺は自身の突風について話すつもりでいた。斎藤に、俺という人間がどうやって作られたのか知らせるため。突風を味わった人間の中でも俺がまた一つ特異な存在であることを教えるため。そうして、彼女に俺という人間を諦《あきら》めさせるためだ。

「気になるなら、教えるけど」

「教えて」

初めて人に話す。躊躇《ためら》いがないわけではなかった。しかし、俺だけの中にある本物を、斎藤に伝えるのには意味があり理由があった。

「俺の突風は、あの頃に吹いた」

凪《な》いだ心で、いつもやっているように、何度となく繰り返したように、あの頃の想《おも》いを心の中にあるままに思い出し、語る。

「あの頃って、高校生の時ってこと？」

「そうだ。正確に言うと十六歳の時。周りからどう見えていたかはともかく、あの頃の俺は生きてることがつまらなくていつもイライラしていた。そして自分の人生を特別にしてくれるものをいつも探し回ってた」

言葉にすると馬鹿みたいだ。

「色んなものに挑んでは失望する時間を過ごしていて、俺は、一人の女性に出会って、恋をした」

斎藤の眉《まゆ》がピクリと上がる。

「彼女はこの世界とは違う世界の住人だった。十八歳で、あるバス停でしか会うことが出来ず、彼女の姿は、目と爪以外は見ることが出来なかった」

当然、斎藤は不可解という表情を作った。

「幽霊ってこと？」

「俺にとっての真実は違った。そのバス停が、この世界と彼女の世界を繋いでいて、確かに彼女は存在したんだ。彼女に触れることが出来たし、俺があちらの世界のものを口にも出来た」

「それって」

斎藤が必死で、俺の言葉を自らの常識と照らし合わそうとしているように見えた。

「夢を見ていたってことはないの？　その、なんらかの、理由で」

口にはしないけれど、斎藤は俺の病気、もしくはなんらかの異物を体に入れたことによる幻覚を疑っているようだった。説明する必要はないけれど、当時はそんな病の兆候は見られなかったし余計なものを摂取してもいなかった。

「夢じゃない。俺達は何度も会った。でも、もし他の誰がこの話を信じなかったとしても、俺の中の真実の濃度は変わらない。俺が忘れない限り。だから、信じなくてもいい」

「続きを聞かせて」

ここで軽率に信じるなどと言えないところに、斎藤の持つ矜持《きょうじ》があるのだろう。俺みたいな者との時間が全《すべ》て無駄であったと納得することを許さない、涙ぐましく無駄な矜持だ。

「俺は、毎日夜になると、彼女に会いにバス停に行っていた。真っ暗なバス停の待合室で彼女が来るのを待つんだ」

地下室のくだりを説明する必要があるだろうかと考えて、ややこしくなりそうだったので省くことにした。

「数日に一度、彼女は異世界からやってくる。目と爪だけが光っていて、人の姿には見えない。俺は彼女から何かしら知識や情報を得て、自分の人生を特別にしたいと思った。でもなかなか上手《うま》くいかなかった。互いの文化を知ろうとしても、味も匂《にお》いも伝えられないし文字も読めない。だから言葉で説明するしかないんだけど、異世界の風習やルールなんて知ってもどうしようもなかった」

順を追って、俺は記憶を斎藤に渡す。

「大切だったのは、この世界と彼女の世界は影響を与え合う関係にあったってことだ。こっちで物が壊れればあっちでも何か壊れるみたいに、互いの世界で似た事象が起こる」

その話をする上で、避けては通れない話題が一つある。

「俺達はその影響を利用して互いのためになる行動が出来ないかと探っていた」

うっかり、ではなく、俺はわざとその名前を口にする。

「その実験の過程で、俺はクラスで横の席に座っていた田中の犬を逃がしたりもした」

「ん」

予定通り、斎藤は怪訝《けげん》そうな顔をした。俺の発言と、自らの記憶、どちらが正しいのかを吟味しているのだろう。しかしすぐに彼女は、手っ取り早く答え合わせを望んだ。

「私が忘れてたり、知らなかっただけだったら申し訳ないんだけど」

「うん」

「あの時のクラスに、田中って人、いたっけ?」

「いや、いない」

ではどういうことなのか、という質問をさせる意味は特になかった。

「あの頃の俺はクラスにいる奴らのことを十把一絡《じっぱひとから》げに田中という名前で分類してたんだ。どこにでもいる、俺にとって何一つ特別じゃない奴らって意味で」

言葉が何かしらの重さを持って斎藤の顔にぶつかり、衝撃を彼女の表情に広げたようだった。

もちろんこの話はここで終わらない。

「それって、私も？」

「いや」

一瞬、表情を弛緩《しかん》させた彼女には申し訳ないが、期待には決して添っていないだろう事実を伝えなければならない。

「田中達から少しだけはみ出した行動をする奴には、別の呼び名があった」

意味も価値もなく、下駄箱を思い出す。

「お前のことは、斎藤って呼んでる。あの頃から変わらない。今でもお前は俺にとって斎藤であって、それ以外のなんでもない」

様々な感情が折り重なった末だろう。彼女の表情が行きついた先に俺は安心する。

「なに、それ」

斎藤、本名須能《すのう》紗苗は今夜、初めてしっかりとした失望を俺に見せてくれた。

＊

キッチンで二つのグラスに水を注ぎ足し、片方を斎藤の前に置きながら事実を説明する。

「知ってるかもしれないけど、犬の名前はアルミ。飼い主の本名は、会沢志穂梨だ。結果的に、アルミは俺の所為《せい》で死んだ」

「志穂梨ちゃん」

テーブルを見つめたまま、斎藤が名前だけをぽつりと置いた。

「その話は、聞いてなかったんだな」

「言って、なかったよ」

「そうか」

「ねえ」

ソファに腰かけると、久しぶりに目があった。

「本当なの？」

「本当だ、全部」

「香弥くんが、志穂梨ちゃんの犬を死なせた、っていうのも？」

「ああ、結果的にそうなった。俺が連れ出したのが原因で、アルミを、死なせることになってしまった」

一瞬、斎藤の頬が緩んだような気がしたけれど、そんな表情をされる理由がないので何かしらの反応と見間違えたのだろう。彼女の表情はすぐに先ほどと同じ色を見せる。

「斎藤って……」

「そう呼んでる、今でも」

「私に言ってくれた他の言葉も、全部嘘《うそ》だった？」

どの言葉なのか、重要なのはそこだろう。俺は彼女にかけた覚えのある言葉達に思いをはせた。

「全て嘘というのが正しいかは分からない」

斎藤の顔が、今度は本当に緩む。今回はその理由があった。俺がそうなるように言葉の順番を選んだのだ。

人の気持ちを落とそうと思う時には、一度持ち上げてからにすべきと分かっていた。

「望まれていると思う言葉を、こう言えば好かれるのだろうという言葉を、選んでた。そうすれば面倒がなくなると分かっていたから」

今までで最たる落胆の表情を、斎藤が見せるものと思っていた。しかしながら彼女の表情には未《ま》だ緩みの続きが見受けられた。足りないのかと思い、言葉を付け足す。

「さっきも言ったけど、恋愛感情っていうものが俺にはもうない。正確に言うと、置いてきたんだ、十五年前のあの頃に」

その付け足しにも、斎藤が失望を上乗せしたような様子はなかった。視線を下にずらし、一口、水を飲んでから、グラスにレモンの雫《しずく》を落とすような繊細さで声を発した。

「香弥くんの突風は、恋だったんだ」

その言葉によって、斎藤と交わした会話が一つ浮かびあがる。

忘れられない恋はあるかと訊《き》かれ、嘘つきと言われた、あの時のことだ。

当時は斎藤が隠した感情の正体を見破れなかったのだが、ようやく明確になった。

恐らく彼女は、俺の心にいる誰かしら、恋敵の存在を見破り、沸き上がった嫉妬《しっと》を隠したのだろう。

「その、香弥くんが好きだった子は、どんな」

嫉妬を向ける相手の情報を知りたい理由は、どんな心理に由来するのだろう。諦めるためか、もしくは勝ち誇るためか。いずれにせよ、真実を話す以外の選択肢をとる意味がない。

「目と爪しか見えない彼女を、俺はチカと呼んでた」

暗闇《くらやみ》に浮かぶその光を、俺は思い描く。

「彼女は理知的で、いつも落ち着いていた。趣味を多く持っていて、小説や香水なんかの文化を愛していた。もちろんそれらは異世界のもので、俺が十分に体験することは叶《かな》わなかったけど」

「そう」

斎藤は軽い相槌《あいづち》を一つうち、俺の説明の続きを求めていた。

「生物としては人ではなかったんだと思う。見えなくても彼女の体に触れることは出来て、指でたどると腕も脚も頭もあるけれど、彼女の血は光ったし、髪の毛は妙な手触りだった」

あの感触を思い出そうと右手を二度開いて二度閉じる。その間に斎藤が水を一口飲み、ことりと音をたてグラスをテーブルの上に置いた。行動を起こす合図であるようだった。

「付き合ってたの？　その、異世界の子と」

口調から、様々な感情が匂った。二人の関係の終わりを迎えようかというその時に、異世界の生物なんてものについて真面目《まじめ》に語っている男に対する、呆《あき》れ、恐怖、嫌悪、そしてそれらが呼ぶ遠慮、それからどこまで本気で真に受けていいのかという、懐疑。どれだろうといい。

「いいや、彼女の世界には、恋愛という概念が存在しなかった」

「じゃあ」

「だから俺が教えた」

斎藤が口にしかけた言葉を、すり潰《つぶ》すイメージを持った。

「恋っていうものが何か、恋人が何か、恋人になると何をするのか。異世界の住人に分かってもらえるよう、言葉と気持ちの限りを尽くした」

俺のファンタジーな説明を受け、想像するものが何なのかは、どのようなフィクションを知っているか、どのような恋愛を経験してきたのか、それにより違いの出るものだろう。

しかし伝わりはしたはずだ。ただ事でないことくらいは。

そう、俺とチカの間にあった関係は特別なものだった。俺の中に存在するチカへの想いは他に類を見ない。俺がチカから受け取った光はこの世界に二つとない。俺がいかにつまらない人間だったとしても、それだけは確かだ。

「チカがどこまで俺の想いを想像してくれていたかは分からない。けれど、二人で必死に互いを理解しようと努めていた。未来がどうなろうと、ただ彼女と共有するものがあればよかった」

ただそれさえあれば。

「俺にとって、チカから受け取るもの、そして俺がチカに向けている気持ちがこの世界と、そして俺の人生の全てだったし、今でもそうだ。彼女が俺という人間を変え得る唯一《ゆいいつ》の存在だった。でも、突風は急に止《や》んだ」

とっぷう、と斎藤がまた唇をその形に動かす。

「急にチカの声が聴きとれなくなって、姿も消えた。それ以来、どれだけ待っても彼女と会うことはなかった」

推測の域は出ない。だがあれから数え切れないほど考えつくして、今ではチカの言葉が分からなくなった責任は、俺にあったのだと思っている。

きっとあの時、チカは俺を拒絶したのだ。心の距離が遠のき、言葉が理解できなくなった。何度も何度も、記憶のフィルムが擦り切れんばかりに反芻《はんすう》し辿《たど》り着いた考えだ。間違っているかもしれないし、今さら確かめる術《すべ》なんてどこにもないけれど。

「チカと会えなくなった時に、俺の人生は終わったんだ。今のこの時間も余生に過ぎない。いつ終わってもいい、いや、早く終わってくれと願ってる。ただ進んで死ぬような強い行動を起こすことすら面倒で、ここにいるだけだ」

ソファに座っていることも、斎藤と向き合っていることも、チカについて話していることさえ、ただ体が死を迎えるまでの時間を潰しているのに過ぎない。

「俺は死ぬまで、ただチカとの思い出を愛《め》でながら生きることしか出来ない。チカへの想い以外の部分は、何もない。だから、俺が誰かの人生の意味になることはないし、俺の人生の何かしらの意味に、誰かがなることもない」

もしも俺から斎藤に、偽物《にせもの》だとしても優しさみたいなものを渡せるのだとしたら、言葉を濁して察してくれという方が、よほど思いやりに欠ける。

「紗苗、斎藤とも、恋人だと、心でそう思ったことはない」

この距離で、聞こえなかったはずがない。斎藤はしっかりと俺の言葉を鼓膜で捉え、脳に届けたはずだ。その意味を自分なりに解釈している最中なのだろう、俺の顔をじっと見ながら、彼女は沈黙を続けた。

数秒後にどのような反応があるだろうかと、考えてはいた。斎藤のことだから、自尊心を保つための行動を選ぶ気がしていた。泣きわめいたり、怒鳴り散らしたりというのは彼女のプライドを傷つける行為であるはずだ。だから恐らく冷静なふりをして、劇的に、事の顚末《てんまつ》を受け入れた台詞を発するのではないか。

結果的に、俺の予想は大方当たったようだった。

「思い当たる、ことがあるの」

意味を訊かれる数秒後を前提とした言葉だ。今までならば彼女の望みを叶えてやったところだけれど、その必要は既にない。だから黙っておこうと思っていたら、そもそも彼女は俺の言葉を待たなかった。

「突風って表現はしないけど、でも、自分の人生や、自分のまるごとを変えてしまうようなものに出会って、いつまでもそのことに囚《とら》われて生きる感覚は、分かる」

どうやら斎藤はまだ理解していないようだった。囚われているんじゃない。それが、人生の全てなんだ。

窘《たしな》める、説得する、そんな感覚で俺は再度の説明を試みようとしたのだけれど、それは失敗に終わった。

「私も香弥くんと似てる」

彼女の言葉の意味を考える。

「香弥くんにとってのその子と一緒だ」

「……一緒？」

チカと一緒のものなんてあるわけがない。

「私もあの頃、チカっていうその子と同じような、人生を変えるものに出会ったんだ。出会って、ずっと囚われてる」

チカの特別さを無視するようなその言葉に、胃の中から感情が逆流してくる、ありえない感触を既に認めていた。けれど斎藤の言葉を待ったのは、ひょっとしたらという可能性を思ってしまったのだろう。斎藤にも何か、この世のどこにもない出会いや想いがあったのではないかと。

「私はね、音楽に出会った」

言葉を吐き出すのを我慢しようとした自分も、いたかもしれない。

「一緒にするな」

けれど、吐き出してから、もう斎藤相手に自分を取り繕う必要はなかったのだと、改めてつじつま合わせのように思った。

「同じものじゃないよ。けどきっと、香弥くんの気持ちに似たものを、私も抱いたことがある」

「チカを、そんな」

「何？」

斎藤の表情が変わっていた。正体が分かったからもう怖くはないというような、落ち着いた表情を浮かべる彼女に向けて、ただ単純な、怒りが噴出した。久しぶりの、純粋な怒りだった。

「そんな、なんの意味もない人間の創作物なんかと、一緒にするな」

「私にとっては、その子もなんの意味もない。けど、香弥くんにとっては、かけがえのない人なんでしょ？」

「俺達の、何が」

斎藤はこくんと、ちょうど俺の神経を逆なでするように頷く。

「分からない。自分の大切な音楽が、自分にとって本当はなんなのかってこともまだよく分かってない私に、人の大切なもののことなんて」

「その程度の気持ちを、俺の想いと、並べて」

言葉が切れて、咳《せき》が出た。

怒りが結晶となって喉に刺さったのだと思った。こんな時ですら、咳をする時には人から顔を背けるという、どうしようもない社会性が自分に備わってしまっていた。

「大き過ぎて分からなくて、ずっと考え続けてるの。香弥くんは、その子のことをどれだけ分かってた？」

「チカは」

「香弥くんも、自分にとってなんなのか、何一つ分からないから、囚われてるんじゃないの？」

「違う」

囚われてるなんて言い方は、チカが俺の心からいなくなれば、他の物事に価値が生まれるとでも言いたげで。

そうではない。俺は、この世の何にも代えられない、唯一無二の感情を胸に今日まで生きてきた。誰よりもチカが大切だ。誰よりもチカが愛《いと》おしい。俺だけが持っているこの感覚を、俺ははっきりと理解している。

人の創作物なんてものにぼんやりとした感情しか向けていない斎藤とは違う。それに類する誰とも違う。

安い共感なんてもので、俺の光を汚すな。

「私は、音楽に救われたんだと思ってた。ただ好きでいればいいんだって思ってた。

でも、本当は何も分かってなくて、私を救ってくれようとなんてしてなかったと知って、失望して、今もまだ音楽がなんなのか考え続けてる」

彼女の表情のどこかに、喜びのようなものが混ざっている気がして、俺の感情は余計に逆なでされた。

「俺とチカは、お前とは違う」

「香弥くんはその子のどこが好きだったの？」

「全てだ」

考えるまでもなかった。言い切ることが出来た。俺は、チカの存在そのものを好きでいた。

「そんな曖昧《あいまい》なものじゃなくて、香弥くんの言葉で聞きたい」

「お前は」

どうしてそうチカにつっかかる？

何故《なぜ》、俺の光に立ち入ろうとする？

俺の言葉を疑っているのか？　それともまだこいつはチカに嫉妬しているのか？

知りたければ教えてやろうと、俺は、記憶に想いを巡らせる。

「チカだけが俺の中で消え去ることのないものだ。俺の全てを肯定してくれてた」

「そう思わせてくれただけじゃないの？」

あまりにも無礼な言い草に、俺は言葉を失う。

「全てを分かり合ったり、全てを肯定し合うことは出来ないよ。肯定してくれるってことにただ寄り掛かっているのは、相手を好きっていうこととは違う」

重ね重ねこいつは、何を分かったつもりでこんなことを言うんだ。怒りを通り越して、眩暈《めまい》すらしてくる。こんなにもこの斎藤は、須能紗苗は、弁《わきま》えを知らぬ奴だったろうか。物事を考えられない奴だったろうか。

「人は相手の何か見えない部分を含めて好きになってしまうんだと思う。相手が人だとしても、ものだとしてもそう」

お前らはそうかもしれない。田中や斎藤であるお前らは。だが、チカを想う俺の気持ちは違う。特別なんだ。特別。俺がどんなにくだらなくとも、この想いだけは。

「私も、姿も形も見えない音楽に理想を感じた。私の全てを肯定してくれるって思ったこともあったよ。けど、好きなら自分自身も進まなくちゃいけないんだよ。香弥くんの話を聞いて、前の私と似てるって思った。ねえ、もし出来るなら、私と一緒に」

「もういい」

俺の中で、スイッチの切れる音がした。

演出や、何か別の意図があって、斎藤の言葉を切ったのではない。言葉の通り、もう彼女の言い分をこれ以上聞く必要はないと、そう思った。

「何も言わなくていい」

考えてみれば。

考えてみれば当たり前のことだった。何故斎藤がこうも訳の分からぬことをのたまうのか。何故自らの経験が俺にも当てはまることだと勘違いをしているのか。

そうだ、俺の経験は誰も経験したことがない特別なものなんだ。その自覚が足りなかった。俺は自分をどこにでもいるつまらない人間だと信じてきたし、俺自身は実際にそうだろう。

しかしチカとの出会いだけは、奇跡だ。

故《ゆえ》に欠片《かけら》の理解も得られず、斎藤が今まで体験した凡百《ぼんぴゃく》の出来事や、誰かから見聞きした、どこにでもある物事から推測して適当な意見を言ってしまうのは、仕方のないことだ。

俺は何を怒っているのだろう。こいつに何を期待しているんだろう。

こいつは、斎藤に過ぎない。チカとは違う。

「もう出ていってくれ」

斎藤は驚いたような顔をする。この世界中、どこにでもありふれた反応だ。

「俺達は、もう二度と、関わらない方がいい」

次の彼女の反応も予想がついた。どうせ裏切られたという思いを抱き、表情に怒りのようなものを浮かべ、そして的外れな言葉を口にする。

「何も、伝わらないの？」

「そんなつまらない反応しか出来ない奴に、これ以上チカのことを話す必要なんてない」

その一言が斎藤の怒りの堰《せき》を切ったようだった。

「何その、言い方」

「……」

「自分だけ全部分かってるような顔して」

そんな顔はしていない。まだ突風を知らない奴の戯言《ざれごと》に付き合うのが、億劫《おっくう》であるという顔はしているかもしれない。

「えらそうに」

斎藤は、俺をにらみつける。敵意を向ける価値があるほどの相手じゃないだろうに。

「昔の女が忘れられないってだけでしょ！」

「そうだよ」

黙って斎藤の罵倒《ばとう》を受け入れることも出来たけれど、黙っていては彼女に身を引かせることは出来ない。俺を責める斎藤の手を引くように主張を肯定することで、彼女がそのうち自ら後ずさるのを待つ。

「お前の言ってることが正しいよ。もういいだろうそれで」

俺は斎藤の顔から眼をそらす。予想では、彼女の手元にある水や酒をぶちまけられるか、もしくは俺の反応を引き出そうと更なる罵倒をぶつけられるのではないかと思っていた。

「何が、チカよ。全部肯定してくれたって、あんたもその子も馬鹿みたい」

ほらな。

「そうかもな」

「好きだった子のこと馬鹿にされて悔しくないの？　目と爪しか見えなかったって、どうせ見えない部分は自分の理想の外見を勝手に思い浮かべて、好きだと思い込んでたんでしょ」

「そうかもしれない」

「本当は会話なんて通じてなかったんじゃない？　ずっと嚙《か》み合ってなくて自分勝手

に解釈して分かった気になってただけかも」

「あり得る話だ」

「っていうかそんな子本当にいたの？　妄想で作った脳内彼女を忘れられないって、相当ヤバいんだけど」

「そうだな」

「なんで怒んないんだよ！」

斎藤は鼻息荒く立ち上がる。わなわなと震える手が、視界の端に見えた。

「生きてるのに意味ないって言うほど、私との時間が全部嘘だったって言うほど、そんなに大事なものなら、その頃の人生にしか価値がなかったって言うなら、せめてその頃の自分には真剣になりなさいよ！」

何を勘違いしているんだろう、この斎藤は。

俺はもちろん真剣だ。チカのことを考えなかった日はない。真剣に決まっている。しかしそのことを斎藤と言い争う理由がないと思っているだけだ。

「今の姿を、そのチカっていう子が見たらどう思うの？」

「さあ」

もう二度と会うはずもないのだから、そんなことを考えても無駄だ。それに。

「俺はもう、自分がどうだとかはどうでもいいんだよ」

「もう、いい」

斎藤はそう言うとその場から移動し、コートと鞄《かばん》を手に取って、玄関に通じる方へと歩いていった。俺は水の入ったグラスを持ち上げ、口をつける。味が薄い。

「あのさ」

そのまま出ていってくれればいいものを、斎藤の声が俺の頭に降ってきた。捨て台詞の一つでも言う気だろうか。これが最後だ。聞くだけ、聞いてやる。

「あんたさ」

「ああ」

「自分の情けなさを全部チカのせいにして、彼女を汚《よご》してるだけだからね」

今度こそ斎藤は、リビングを去っていったようだった。そちらを見はしないけれど、足音と気配で分かった。玄関のドアが開く音がして、それから閉まる音がする。

気がつけば俺は手に持ったグラスを壁に向かって投げていた。水とグラスの破片が散らばるのを、俺は座ったままじっと見た。

＊

斎藤のいない生活が始まったところで、なんの問題もなかった。

また元の毎日に戻るだけだ。当たり前のことだった。須能紗苗なんて俺の人生にとって斎藤の一人に過ぎないのだから、重要でもなんでもない。彼女もまた俺の横を通り過ぎていく人間のうちの一人だった。もちろん斎藤にとっての俺だってそうであったはずで、今後の人生で俺を覚えている必要なんてまるでない。心に留め続けるべきことは限られている。

その事実は極めて正しい。

はずであるのに、何故だろう。

不快だった。

こびりついていた。あの日、斎藤が俺に向けて放った最後の言葉が。

汚してると、言われた。

誰が、誰を。

「おはよう」

「あ、鈴木さん、おはようございます」

「頼まれてたやつ、メールで送ったから確認しといて」

「わ、早々にありがとうございます！」

あいつは言っていた。俺がチカを汚しているのだと。

馬鹿げていた。俺とチカはもう二度と会うことはない。だからこそ俺は彼女との記憶を忘れぬよう、想いを大切に抱き続けているのだ。もう二度と会わない相手を、汚すも何もあったものではない。

汚しているというなら斎藤だ。あいつが、俺とチカの思い出を汚した。あんな余計な言葉を俺の部屋に置いていった。その悪臭が俺を苦しめている。

「鈴木、今日の昼、空けられるか？」

「はい、特に急ぎのものは入ってませんけど」

「神田《かんだ》さんとこと飯食うから来てくれ。お前、気に入られてるからな」

「そんな理由でお邪魔していいなら是非」

ひょっとして、斎藤は俺とチカが互いに与えていた影響のことを言っているのだろうかと考えたが違う。

影響についての詳細な説明はしていないし、今なお俺がチカに影響を与えている可能性は既に熟慮し、波風を立てないように生きてきた。壊さず失わず落ち込まず、人生におけるマイナスの要素を最大限排除するようにだけ生きてきた。そうまでしている俺がチカを汚しているだなんて、馬鹿げている。

斎藤は、俺が自分の情けなさをチカのせいにしているとも言っていた。情けない、という言葉は俺への非難としては誤っている。もし罵倒したいのなら俺の特徴を非難すべきだ。しかしながら俺の無気力な生活を指したのであろう情けないという言葉は、この世に生きる多くの人間に当てはまるものだ。彼女は俺を貶《けな》すことに失敗している。

「鈴木くん、これあげる。お土産」

「ありがとうございます。まさか工藤《くどう》さんからお土産貰《もら》える日が来るとは思わなかったな」

「返せ、先輩からのありがたいお菓子を」

「嘘です嘘です。ありがたくプレゼントだと思っていただきます」

チカのせいにしているという言葉もおおいに的外れだ。

むしろ俺はチカのおかげだと思って今までの人生を過ごしてきた。俺が、突風を全身で感じられたこと。心から特別だと思える存在に出会えたこと。一生涯消えない想いを胸に抱きいつか死んでいけること。残りの時間全てをいかに空洞に生きようとも、この想いだけは本物として胸にあり続ける。それがこのくだらない生《せい》の中でどれだけのことか斎藤には分かっていないのだ。俺は、チカに感謝こそしているが、恨んだり、ましてや自分の人生のつまらなさを彼女のせいにしてなんかいない。

「はい、鈴木です。お世話になっております。はい、そちらの件に関しましては、先日ご説明さしあげた通り、今年度いっぱいの運用になるかと。はい、なるほど、はい、存じ上げております。それでは、上田《うえだ》の方にも確認しまして、本日中にご連絡さしあげる形でもよろしいでしょうか？　はい。ありがとうございます。それでは、失礼いたします」

何から何まで、斎藤が俺に投げつけた言葉は間違っている。

それを理解しているはずであるのに、不快だった。

あれから三週間ほど経《た》った今でさえその不快感に苛《さいな》まれるほど。

「鈴木、なんか疲れてんのか？」

今日中に終えなければならない作業を片付け、ふと息をつけば時刻は午後六時。

会社の喫煙室で美味《うま》くもない煙草《たばこ》を吸っていると、同期の男から体調の心配をされた。

彼には先日子どもが生まれた。突風の真っただ中にいる幸福によって余裕まで生まれ、余計なおせっかいを焼く気が起きたのかもしれない。

「そうかな？　最近、気をもむ件ばっかり続いてたのはあるけど」

「真面目だからな鈴木は。もうちょっと適当にやった方が長続きするよ」

この男は正しくない。適当に生きているからこそ、問題や面倒を嫌って、真面目に見えるようにやっているのだ。

「もしくはそろそろ結婚でもして、私生活支えてもらうとかな」

「そんなの、互いに支えるんだから、結果仕事と私生活でとんとんになるだけな気がするけど」

「やっぱ真面目だなあ」

俺の話す適当な言葉が妙にはまったらしく、彼は笑いながら煙を吐き出す。

「ま、子どもとかさ、支えることで、こっちの力が出るってことはあるだろ？」

まさに突風の中にいる人間の言葉だ。

自分にとって特別な存在のために生きられる。そういう時期が俺にもあった。それだけで、何者にでもなれそうな気がしてくるのだ。もちろんそうやって得たわずかな力や万能感なんていうものは全て勘違いで、突風が去ると同時に消え去る。

「子育てってのはまだ考えられないな。結婚すら予定ないし、なんか気晴らし見つけるよ」

「予定ないって、前のあの子は」

「ああ」

そういえば、彼にはあの斎藤と一緒にいる時に街で遭遇したことがあった。軽い挨《あい》拶《さつ》程度しかしていないのに、覚えていたとは。

俺の相槌でなんとなく察したようではあったが、今後何らかの勘違いをさせないためにも、ここできちんと説明しておく。

「別れたよ」

「へー、もったいねー」

もったいないか。

そういった言葉を使うなら、確かに、簡単に欲求を満たせるそこそこ整った外見の人間を手放したというもったいなさはあった。

「鈴木のこと、すごい大事に思ってくれてそうに見えたけど」

ほんの少し予想外だった分析に対して、曖昧に笑って見せた。灰を灰皿に落とす。

「そりゃ付き合ってる時は大事に思ってくれてたかもしれないけどさ。それだけじゃやっていけないよな」

「そっか、汚れた俺達にはもう、気持ちだけの恋は出来ないか」

自分で言ったことに笑う彼に合わせ、俺も笑う。

ここでもまた、彼の言い分は間違っている。きっと斎藤は気持ちだけの恋をしようとしていたし、出来たのだと思う。

それが、もしまだ突風を通過していない人間相手であったなら。まだたった一つの特別に出会えていない人間相手であったなら。

ただ、俺を相手にしようとしたそれ一つが良くなかった。俺の中で、気持ちだけの恋とやらの場所はもう埋まっていた。

ひょっとすれば、知らせずに付き合っていた俺が悪いのだと、斎藤は思うかもしれない。

ならば俺はこの胸に残る不快感を受け入れ、罰を受けるべきだろうか。彼女が突風に出会うまでの時間を奪った者として、裁かれるべきだろうか。

馬鹿げている。そんな必要はない。

黙っているのが罪だと、石を投げつける権利を持つ人間なんていてたまるか。

そんなことは、斎藤にだって……。

「どうした？」

「……いや」

「まあ鈴木なら次もすぐ見つかるだろ」

「どうだろうな」

「おっと、こんなとこで野郎が恋バナなんてしてたら、吸わない奴らに煙たがられる」

腕時計を見た彼はまた自分の言ったことに笑いながら、煙草を灰皿に捨て、喫煙室を出ていった。

一人室内に取り残された俺は、あとわずかばかり残った煙草に口をつける。

いつも薄いと感じている煙草の味が、しなくなっていた。

戸惑っていた。突如、頭の中に浮かび上がってきたものを整理するのに必死だった。

それゆえ自分の体が起こしている行動に注意を向けられず、煙草を捨ててから気がつけばもう一本、吸いたくもないのに火をつけている。

今一度、先ほどの会話と思考の流れを思い返す。

同期の彼から斎藤についての話題を出され、彼女のことを考えた。

好意だけでは恋愛は出来ないという言葉を受け、斎藤の望むものに自分が当てはまらなかったのだということを己の中で確認した。正しい認識だ。

そして、自らの中にある本心を伝えなかった自分は、贖罪《しょくざい》をすべきなのかと考え、そんなわけはないと一蹴《いっしゅう》した。人が全ての考えや行動を見せてくれなかったことに憤《いきどお》るなんてあまりに身勝手で、あまつさえ責めるなんて明らかな越権行為だからだ。

しかし、俺は、かつてその身勝手な行為をしたことがある。

一番大切な存在をそうやって傷つけてしまったことがある。

チカが話してくれなかった。ただそれだけに耐えられなかった過去がある。

あの時の自分を、心の底から後悔している。

しかし一方で、チカへの想《おも》いが本当だったからこそ、より彼女を知りたかったからこそ、あんなことを言ってしまったのだと、それこそが俺の想いの強さの証明だったと信じている。

そう、だから俺は、気持ちが分かるはずなのだ。

なのに俺は、否定した。

俺が本心を見せなかったことに斎藤が憤っていたとしたら、それはあまりにも馬鹿げていると、疑いなく思った。

全てを知りたいなんて愚かだと。

つまり俺は、かつて自分がチカに向けていた気持ちを、棚に上げた。

チカへの想いがここにあったのなら、大切な相手の全てを知りたいと願う心を馬鹿にするなんて、出来ないはずだ。

出来ないはず、なのに。

まさか。

一瞬でも、忘れていたのか。

全身に恐れが満ちようとする。煙草の先端から灰が落ちる。

「いや」

自らの中に湧《わ》き起こりそうになったものを否定するための言葉が、つい口から漏れてしまった。

そんなわけがない。チカへの想いを俺が忘れるなんてこと、あるわけがない。

あんなにも強かった想いを。重かった想いを。そう簡単には。

でも、あの時の自分を否定するような考えが頭をよぎった。

「違う」

そんな馬鹿なことがあってたまるか。

俺は、チカへの想いだけを抱き続けることで生きてきた。毎日毎日あの頃のことを思い出す。思い出し続ける。それだけをして生きてきた。

忘れてなんて、いるはずがない。

あの、まだ寒さの残る季節に、バス停で出会ったんだ。

少しずつ互いを理解していった時間を。伝わらなかった数々の言葉を。感じることの出来なかった匂《にお》いを。共有することの出来なかった味を。チカの世界で起こる戦争の日々を。チカがサイレンを嫌っていたことを。アルミの死を。雨の中で立ち尽くす田中を。チカに救われたことを。チカの為にラジオとチャイムを壊したことを。サイレンが壊れチカが喜んでいたことを。チカの体に触れたことを。初めてキスという行為に喜びを感じたことを。蜜月《みつげつ》を過ごしたことを。チカと笑い合ったことを忘れるわけがない。

理知的な。

創造的な。

俺を肯定してくれた。

特別な存在だった。

大好きだった。

チカ。

どうして、俺を置いて行ったんだ。

忘れる、はずがない。

指が震えて、火のついた煙草を落としてしまう。拾う、というただそれだけの常識的な行動がとれず、俺はポケットから代わりの煙草を取り出し何故だか火をつけようとしている。震えた指では上手《うま》くライターの火をつけられず、結局俺は煙草もライターもゴミ箱に捨てる。床では吸いかけの煙草が一本の煙を立ち上らせている。

覚えている。チカのことをはっきりと覚えている。

しかし、気がつく。

俺が心の中に思い浮かべることが出来るのは、全てただの事実に過ぎなかった。

あの時の想いの強さを、重さを、激しさを。

心の中で描けない。

どれだけチカのことを想っていたのか、という事実としてしか思い出せない。

強かったはず、重かったはず、激しかったはず、という言葉でしか思い出せない。

胸が高鳴りもしていない、躍りもしていない、締め付けられもしていない。

つまりは、刻まれているはずの気持ちを、俺はただ読んでいるだけで、あの時と同じようには感じられていない。

だから、かつての自分自身を否定するような考えも、平気でしてしまった。

そのことに心が痛まなかった。

ああ、駄目だ。許されない。

全部が消えてしまう。

この想いがなければ、全《すべ》てが嘘《うそ》になってしまう。

チカが、嘘になってしまう。

俺は、必死に、必死に、あの日々に心を寄せる。

チカと、歌を届け合ったことがあったはずだ。あの時、俺はチカとの接近が嬉《うれ》しかったはずだ。

そして確か、互いの世界の歌声が聴こえず、どんなものだったか分からなかったんだ。

いや、違う。歌は届いたが、メロディが聞き取れなかったのだっけ。

脳が、端っこから腐って落ちていくイメージが湧いた。

怖くて仕方がなくなる。

自分が今、こうなっている理由を探す。

どうしてこうなったのか。

どうして、こうなったことに、今、気がついてしまったのか。

俺は、ポケットのスマホに手を伸ばしていた。取り出す拍子に一度落としてから拾い上げ、震える指で必死に操作する。着信履歴から久方ぶりにその名前を見つけ出すなり、すぐさまタップし、耳に当てる。

相手が仕事中である可能性とか、そもそも俺からの電話に出ないであろうとか、そんなことは考えなかった。

しばらくのコール音の後、相手は「はい」と事務的な声と共に電話を取った。

「俺に、何をしたんだ」

我ながら説明の足りない問いであることは分かっていた。文章を紡《つむ》ぐ部分が、既に腐り落ちてしまったのかもしれない。

須能紗苗が何も答えないので、俺は今使える限りの頭を使って、伝える。

「チカへの想いを、思い出せないんだ。あったことは覚えてるのに、その感情をはっきりと浮かべられない。そんなはずが、ないんだ。そんなはず」

彼女は、まだ黙っている。

「お前が、あの時、何かしたんじゃないか」

支離滅裂なことかもしれないと、思わなかった。呪文《じゅもん》でも魔法でもなんでもいい、何かしたなら、早くこの間違いを解いてくれと心の底から思った。

ややあって、あちらから息を吸いこむ音がかすかに聞こえる。

「九時に、うちに来て」

須能紗苗はそれだけを言うと、こちらが肯定する間も否定する間も与えず、ぶつりと電話を切った。

心配した同僚が呼びに来るまで、俺は喫煙室に立ち尽くしていた。

＊

いても立ってもいられなかったが、指定の時間まで俺に会う気はないということなのだろう。九時ちょうど、俺は須能紗苗が住むマンションの前でタクシーを降り、足早にエントランスへと向かった。合鍵《あいかぎ》は会わない期間に郵便受けへと投函《とうかん》していたので、部屋番号を入力して彼女を呼び出す。

応答がなく、もう一度呼び出してみるが、やはり反応はなかった。

焦《じ》れる気持ちを抑えつけ、電話をかけてみようと考えた時、メッセージが届いた。

十五分程遅れるということだった。

十五分間、ただやきもきと到着を待ち続けた。須能紗苗が久しぶりに会う俺にどんな態度で接してくるのかなんてことは、考える余裕がなかった。考える必要も、特にはなかった。

出入りする住人に怪しまれるのも気にならず、エントランスの前に立っていると、しばらくして一台のタクシーが停まった。乗っている横顔から、待ち人が現れたことを知り、俺はタクシーに歩み寄ろうとする足をグッと抑えた。

支払いを終えた須能紗苗は、比較的フォーマルな恰好《かっこう》でこちらに向かって歩いてくる。挨拶はあちらの出方によって決めるべきだろう。そう考えていると、彼女は何も言わず、こちらの目を見ながらツカツカと近づいてきて、拳《こぶし》を自分の顔の横に作りいきなり俺の顔を殴った。

細腕から繰り出されるパンチなんてダメージにはならない。が、あまりに予想外の行動で、呆然《ぼうぜん》とする。彼女は「入場料」とだけ言って、鍵でエントランスを開けた。

何を言うべきか分からず、ひとまず須能紗苗の後ろについて入場を済ませ、エレベーターに乗る。彼女は無言だった。俺もそれに合わせて無言でエレベーターを降り、久しぶりのドアの前へと立った。

部屋の中は、交際していた時のままだった。俺の私物もそのまま残っている。未練だなんだということを考えたが、ひょっとすると二人で再びここに居合わせることを予見していたのかもしれない。

「座ってて」と指示を受けた。俺は以前の定位置、テーブルのキッチン側に置かれた椅子《いす》に座る。家主である彼女は、上着を脱いでから赤いケトルで湯を沸かし、インスタントのホットコーヒーを二杯作ってテーブルの上に置いた。

飲み物なんてどうでもよかったが、一応礼を言い、彼女が向かいに座るのを待ちわびた。

やがて須能紗苗の尻《しり》が椅子と接着するかしないかのところで、俺は我慢の限界を迎えた。

「教えてほしい」

目が、じろりと力を持ってこちらに向く。

「俺に、何をしたんだ」

須能紗苗は俺から視線を外すことなく、一度鼻で深く息をしてから答えた。

「何もしてない」

「そんなはずない」

「本当に、私は私以上のことは何もしてない。もちろん催眠術だとか、呪文だとか、そんなことは一切してない」

「じゃあ、なんで俺を呼び出した」

思わず、摑《つか》みかからんばかりに身を乗り出してしまう。それでも彼女は俺から目をそらすことも、驚いてのけぞることもしない。

「私は、何もしてない。でも、起こったことは分かる」

「私は何もって、じゃあ、あいつか？」

椅子に座りなおし、俺は職場に記憶を伸ばす。須能紗苗が首を傾《かし》げた。

「あいつって？」

「職場の同期の奴だ。でも、あんななんの意味も持たない奴が俺に影響を及ぼすなんて」

「あのさ」

須能紗苗が、歯切れよく俺の思考を切る。

「残念ながら、人はみんな特別なんだよ」

馬鹿げている。

「特別なもんか」

「特別なんだ。出会うものや人の全てが。その中で、何から影響を受けるのか、それを自分で決めるの」

「俺が影響を受けるのは、チカだけだ」

須能紗苗は、一度コーヒーカップに口をつけ、唇から細く長い息をついた。

「教えてあげる。あんたに何が起こったのか」

心を取り繕うことはもう出来ず、ようやく正解が得られるという期待と共に、不都合なことを知ってしまうかもしれない恐ろしさが心の中に湧いた。

それでも、立ち止まる選択肢はなかった。

「教えてくれ。頼む」

「忘れたんだよ」

そのあまりに簡単な言葉を理解する前に、脳裏に映像がよぎった。

自分が目の前の女に暴力をふるうものだった。

しかし実際に、俺が出来たことといえば馬鹿みたいな、音声にもなっていない、呼吸のようなものを一つつくだけだった。

「忘れたの。チカへの想いを、これまでの時間の中で」

「そんなわけ」

「でも、実際に、あの頃と同じ想いを持ってないって気づいたんでしょ?」

須能紗苗は俺の回答を待つつもりでいるようだった。俺は首を横に振る。

「違う。違うんだ」

「電話で言ってたじゃん」

「一時的なものだ、きっと、今に、原因が分かれば、すぐにでも思い出す」

「私は、忘れたよ」

一体なんの話だ。

「音楽を初めて好きになった時の衝撃や、高校時代にあんたを嫌いだったこと、事実としては覚えてるけど、もうあの気持ちを抱くことは出来ない」

「俺のは、そんなどうでもいい気持ちじゃない」

自分の語気が弱まっているとは分かっていた。怒りたいのに、それよりも不安が勝って、まるで救いを求めるような声になってしまっていた。

須能紗苗は俺の態度をどのように感じたのだろうか。哀れだと思っているような気がした。

「いいんだよ、忘れて」

「よくない」

「私達は、ずっと覚えてなんていられないいんだよ」

こいつはふざけたことを言っている。いいはずがない。いいわけがない。

俺は自分の心のどこかにあるはずの燃え盛る想いを必死に探る。

あの時、チカのことをどれだけ想っていたか、浮ついた言葉で言うならばどれだけ彼女を愛していたのか。彼女を自分のものにしたかったし、彼女のものになりたかった。彼女さえいれば他には何もいらないと信じられた。

探す。探して探して、探すほどに、分かる。

どうしようもなく、気づかされる。

自分が浮かべた言葉の中に、答えがあった。

いた。

したかった。

なりたかった。

信じられた。

心の中に湧いたもの全て。

全て、過去の想いだ。

その想いを現在の形ですくい取ろうとすれば、それらは砂のように崩れ指の間をすり抜けていく。

「嘘だ」

「嘘じゃない」

何をもって否定するのか。こいつは何を知っているのか。

不快だ。払いのけるために、怒ってもいいし、対話を諦《あきら》めてもよかった。

でも、出来なかった。

自分自身に突き付けられていた。

信じていた自分の想いの量が、大きさが、重さが、形が、現在進行形で抱くものではないということを。

ぬけがらが、流れ落ち、消えていく。

そんな、そんなの。

「嫌だ」

砂の一粒も、手の平に残らない、悪夢みたいだった。

「忘れたくない」

須能紗苗にそれを伝えたところで、どうにもならなかった。

彼女だけではない、誰にも俺の感情を呼び覚ますことは出来ない。ましてや異世界からチカを連れてくるなんて出来るはずもない。

きっかけに過ぎない。誤魔化していた事実に気がついた些《さ》細《さい》なきっかけに。

それでも俺は、奇跡のようなものを願ったのだ。恥ずかし気もなく。

まだ終わりたくないと、心から願った。

須能紗苗は、情けなく意味のない言葉を吐く俺を見ていた。

笑うのではないかと思った。どうだ私の言うことが正しかっただろうと、居丈高に俺を見下すのだろうと。

ところが、彼女は下唇を噛んだままじっと俺を見ていた。

「忘れていいよ」

彼女は、繰り返す。俺は首を横に振る。

「忘れたら、全てが嘘になる」

今度は彼女が、ゆっくりと首を左右に二往復だけさせる。

「嘘になんてならない。私達は忘れていく。どんなに強い気持ちもちょっとずつすり減って薄れて、かすれていく。でもその時の自分の気持ちが嘘だったことには絶対にならない。あの頃、死にたくなるほど退屈だったことも、大好きになれるバンドと出会って変わろうと思ったことも、香弥くんが、チカを好きだった気持ちも、一つも嘘じゃない」

「忘れたら、証明出来ないじゃないか」

「出来るよ。ねえ、香弥くん」

テーブルの上で組まれていた俺の両手に、須能紗苗は手を伸ばし重ねる。

たった数週間前、手を離した男の手をもう一度握る心境が、俺には分からない。

恐らくは、嫌悪《けんお》し、呆《あき》れ、見下したのだろう相手の手だ。それらどの感情とも、真剣に向き合おうとしなかった俺の手だ。

「あんたのこと、ほんとにくそ野郎だと思った」

何を、突然。

「私が今までに出会った中でも一番しょうもない人間かもしれないと思った。自分に酔ってて、こじらせてて、その癖社会人としての顔だけはちゃんと出来て、こんな奴を好きだって思った自分も馬鹿だって」

正しい。あの時俺は、須能紗苗にそう思われるように仕向けた。

「許せないって、今日まで何回も思った。でも」

須能紗苗の瞼《まぶた》がぴくりと震える。

「態度はともかく、私の人生について考えて、本当の自分を曝《さら》してくれた」

それは違う。俺はそんな。

「香弥くん、アルミっていう子を死なせたこと、後悔してるみたいだった」

そんな人間じゃ。

「この人は、ただ、人生との距離感が分からなくて泣いてる馬鹿なんだって思った」

彼女の手にぐっと力が入る。

「これからのこと、私なんかには何一つ分からない。けど、これだけは言える」

気づけば俺は。

「私が今、違う生き方をした私だったのかもしれない香弥くんともう一回向き合いたいって思うこの気持ちも、いつか必ず忘れる」

須能紗苗の言葉に耳を澄ましていた。

「だから今、その自分の心と大切なものに恥じない自分でいなくちゃいけない。そうでいたい。悩んで苦しんで今を積み上げていくことしか出来ない。それを繰り返した時に、チカを好きだった自分が確かにいたっていう今が出来る。音楽に影響を受けた自分は間違ってなかったたって今が出来る。そうして生きていくことしか出来ないんだよきっと。だから、もう、いいよ」

須能紗苗の、左目から一つ、涙が落ちる。光ってなんかいない、凡庸な涙だった。

「忘れても大丈夫」

チカへの想いの残滓《ざんし》が、心の中に残っていた燃えかすが、崩れて落ちていく。その破片達が、俺の心の底に落ちる過程で消え去っていく。でもほんの少し、流れ切らなかった想いの一握りが、誰にも見せるはずのなかったものが、言葉としてこぼれてしまった。

「ごめん」

音にすべき言葉ではない。ましてや人に聞かせるような思いではないのに。

「チカ」

もしくは、ずっと、伝えたかったのかもしれない。

「あんなに好きだったのに、チカだけを想ってきたはずだったのに」

誰にもどこにも届かないはずの気持ちを。

「俺の顔とか声、もう忘れたかな。出会ったことだけでも、覚えていてくれたらいいな」

須能紗苗だけが聴いていた。

目を伏せてぎゅっと俺の手を握って。

この世界の色は戻らない。息苦しさは抜けない。許されてもいない。

それでもこの世界にいていいのだと言われている気がした。

＊

年が明けて二週間ほどが経った。世間はすっかり日常を取り戻しており、俺達の毎日も平常運転に戻っていた。とはいえ、一般的な正月休みがあるわけではない紗苗に合わせ俺も帰省などはしておらず、大きな変化は元々ない。

『今日の夕飯、あそこ行こう。出し巻き食べたい』

土曜日、自らの昼食を作っていた折に、紗苗からのメッセージが届いた。すぐに『OK』と返信をする。昼食用に玉子焼きを作っていたけれど、まあいい。玉子焼きと出汁巻きは違う。

恐らく急な思いつきでメッセージを送ってきたのだろう。絵文字も顔文字も使われていない文面がそれを物語っている。

出来上がった昼食をテーブルの上に並べ、俺は先日新しく買ったラジオのボリュームをあげる。もうすぐ、紗苗が担当している番組が始まる。

デジタル時計の分数を示す部分がゼロになった瞬間、ラジオから機械的な音が流れ、徐々に耳なじみの良いBGMへと変わっていく。女性パーソナリティが快活に昼の挨拶と今日の日付や時刻、そして自らの名前をリスナーに届ける。彼女のオープニングトークを聴きながら、俺はサラダに手を付けた。毎回のオープニングトークを作るのが実はなかなか大変みたい、と紗苗が言っていたことを思い出した。

今日の話題は、友達が元カレとよりを戻したというものだった。まさか紗苗が吹き込んだ話じゃないだろうなと訝《いぶか》しみながら聴いていると、どうやらまるで違う話で、自意識過剰を恥ずかしく思った。

赤の他人の恋愛話を聞きながら、どこも色々あるのだなと俺はゆで上がったブロッコリーをかじった。

俺達にも色々とあった。そして再び交際を始めた。

ラジオに投稿するような面白い話なんてありはしないけれど、話し合いの末、そういうことになった。表面的には円満に見えるかもしれないが、紗苗からは未《いま》だに「えっと、斎藤がなんだっけ？」とこの十六年間のことを責められ続けている。

もちろん紗苗との交際を再開するにあたっては、彼女が俺をどう思っているかという部分が最も重要だった。彼女はあの時の言葉通りにまだ俺を見ていたいと言ってくれた。「馬鹿みたいで心配になるから」とも付け加えた。

俺が罪悪感を飲み込んで彼女の提案を受け入れたのは、流されたという理由だけではない。彼女が戦っている姿を見たいとか、彼女の容姿が好みだとか、そういった嘘でもない。

俺がもしこれから死ぬまでの人生をほんの少しでも意味あるものに変えられるとしたら、ひょっとすれば俺だったかもしれないという彼女に学ぶべきなのではないかと考えたからだった。自分本位で失礼だとは思いつつ、はっきり伝えると、予想外に彼女は嬉しそうに笑った。

「人は、変われるよ」

その言葉を、俺はまだ真っ向から信じられない。

これまで長い年月をかけて自ら無味無臭にしてきたこの人生を、簡単に変えられるだなんて思っていなかった。けれど、信じたいと思った今を、積み上げたいとは思っていた。

「人は変われると言えばね」

俺がそこそこ神妙な面持ちでいたところ、紗苗がその場の重い空気を変えようとしたのか、何かを打ち明けようとする時の表情を作った。ネタばらしを楽しみにしているくせにそれでいて緊張している。俺のことが嫌いだったと、打ち明けた時のような顔だ。

「私が、整形してるの気がついてた？」

「え、え？」

妙な声が出た。彼女の顔をじろじろ見ても縫い目や継ぎ目なんてないから分からない。

「自分の顔が嫌いでさ。就職前にちょこちょこっとね。未だに親からは定期的に見ないと顔を忘れるなんて嫌味言われるけど」

「気づかなかった、けど、でも、確かに、見覚えないと思ったんだ」

「そう。でもそもそも覚えてないだろうなと思って、勢いで突っ切ったの」

ついでに地元の駅で初めて見かけた時、すぐ俺には気がついていたけれど、話しかけよう話しかけようとして勇気が出ないままずっと同じ電車に乗っていたのだ、ということも明かされた。

隠されていたと知り嫌な気分になることなんてまるでなかった。彼女は自らの道を自分で摑み取ろうとしたのだ。素晴らしいこと、なのだろう。彼女が自分の嫌いな顔を変えたように、俺も、チカに顔向けできないような人生を変えられる日が来ればいいと、今は思っている。この気持ちだっていつか忘れるかもしれないけれど。

昼食を食べ終えても、ラジオ番組はまだ序盤も序盤だ。食器を片付けてから、ノートパソコンを広げ、今任されている案件の準備に取り掛かる。

結局、俺の転勤は見送りとなり、紗苗はまだラジオ局で働き続けている。紗苗はせめて自分の納得の行く答えを見つけるまでは今の仕事を続けると言っていた。彼女の行きつく先がどこであれ、彼女自身の決心が指し示す方に歩いてほしいと願っている。

ラジオパーソナリティが送られてきたメールを読み上げては、リクエストされた楽曲を流していく。途中、事前に収録されたアーティストのインタビューやCMが挟まれるが、基本的にこの番組はリスナーからのメールによって成り立っている。俺も何か、昔聴いていた曲の一つでもリクエストしてみるかと、そう思った時だった。

『続いては、ラジオネーム「ルックルック」さんからリクエストが届いておりますー。日村《ひむら》さんこんにちはー、はいこんにちはー！　私のリクエストは「Her Nerine」の新曲、「輪郭」です。この曲本当に最高で、毎日の中で突然ぽっかりと穴が空いたように感じる、そんな時に聴くと、こんなことを歌ってくれる人がいるんだと泣きそうになってしまいます、ぜひかけてください！　ということで、他にもこの曲にたくさんのリクエストをいただいております。私もハーネリは大好きなんですが、早くこの曲をライブハウスで聴きたいと切望しています。それでは、聴いてください、「Her Nerine」で、「輪郭」』

その音楽がかかり出した時には、特に何を思うでもなかった。抒情《じょじょう》的なイントロについても。特に良いとも悪いとも思わなかった。俺にはまだ知識以外のところで音楽の価値を判断できる心がない。赤ん坊のようにこれから育てていくものなんだろうと思っている。

そんな風にこの曲「輪郭」についても聴いていたのだけれど、女性ボーカルが歌い始めたところで問題が生じた。

ラジオ局側にトラブルがあったわけでも、電波が入らなくなったわけでもない。俺だ。俺に問題がふりかかった。気がつけば立ち上がって、呼吸も忘れて、ラジオを見つめていた。

空っぽな世界で
空っぽな心を埋めてゆく
分け合った罪の重さの分だけ
愛の輪郭をなぞるように

俺はこの歌詞を知っていた。

このバンドのことも、この曲のことも、何一つ知らないのに、俺はこの曲の、この部分を知っている。

真っ暗なバス停、耳にかかる吐息、伝え合った、歌。

歌詞を聴けば、あの時の歌にしか思えない。

どういうことだ。

先ほど確かに新曲だと言っていた。

チカの世界の歌じゃ、なかったのか？

この世界とあちらの世界の関係性について久方ぶりに考えながら、俺はしばし呆然としていた。

＊

「ハーネリに会いたい？　どしたの、突然」

いつものあそこの居酒屋でいつもと同じように店員から「まだ別れてなかったんですね、よかった」といじられ、席について乾杯をするなり紗苗に相談を持ちかけた。

「そのバンドに会いたいっていうよりは、『輪郭』っていう曲の歌詞を書いた人に会ていうか、ハーネリはほとんどの曲書いてるのボーカルのアキって子なんだ。私、実は結構仲良くて。いい子なんだけど、いきなりなんで？」

躊躇《ためら》いがないといえば嘘になるが、ここで真実を隠すことに意味はない。俺はきちんと紗苗に今日のことと、それからかつての記憶を話した。

「なるほどね」

「まあ、俺の記憶違いかもしれない」

「本当に同じ曲だったら凄《すご》いことだね。偶然だとしても、何か意味があるんだとしても。それに……いや」

何かを言いかけて、紗苗は床の荷物入れの中に置いてある鞄《かばん》の中からスケジュール帳を取り出し、確認し始めた。

「そしてこれも、偶然だったとしても、何か意味があるんだとしても凄いことなんだけど、来週末にね、アキが出る弾き語りのライブがちょうどあるの。『輪郭』をやるかは分からないんだけど、一緒に行く？　挨拶《あいさつ》くらいは出来ると思うよ」

「ありがとう」

心からの感謝を伝える。てっきり笑顔になってくれるとばかり思っていたのだが、紗苗は唇を尖《とが》らせた。

「もしかして、スケジュール的に無理させてる？」

「ううん、納得してるし、大人だから色々飲み込んでいこうとは思ってるんだけど、やっぱさ、妬《や》けるんだよね」

彼女はそう言うと、俺の腹を小突いた。申し訳なく思い、同時に今回のことで何かしら、この現実に向き合うヒントを見つけられるよう願った。

翌週、俺達は繁華街の駅前で集合した。同僚ということにして紹介すると言われたので、無難にスーツを着て到着すると、「ラジオ局でそんなにピシッとした人あんまりいないけどね」と一蹴《いっしゅう》された。スーツでここに来た理由には、背筋を伸ばし久しぶりの緊張を隠したい意味あいもあった。

早速駅前から移動し、人々の間を抜けてライブハウスへと向かう。大きな交差点を越え、客引きへの警告アナウンスを聞きながら、大きな映画館を横目に歩いていく。

地下室の入り口のような場所に着くと、紗苗が「ここ、ここ」と下り階段を指さした。

初めてライブハウスというものに入場する。この場所で、紗苗は音楽を自らの心身に染《し》み込ませていたのだなと思えば、チカと会っていたあのバス停のことを思い出さずにはいられなかった。

階段を下りていく。受付のような場所に辿《たど》り着き、そういえばまだ紗苗からチケットを受けとっていなかったことに気がつく。背中に声をかけようとすると、彼女は左手をあげて背後の俺を制した。

「すみません、新川《しんかわ》さんからご招待いただいてる須能と申します」

「はい、ではこちらにご記入お願いしてよろしいですか？」

そういった会話をして、紗苗は受付の女性から二枚のシールを受けとり、一枚を俺によこした。俺は特に何か言いたげな顔はしていなかったと思うが、紗苗はフロアに入場してすぐのところにあったバーカウンターでビールを二杯買うと、その一杯をこちらに差し出した。

「音楽にお金を落とすっていうのにも色々方法がある。はい、かんぱーい」

受けとり、プラカップを合わせる。するとまるで俺達の到着を待っていたかのように、フロア内が暗くなった。すし詰め状態というわけではなかったけれど、客はそこそこに入っていた。俺達は見やすい場所に移動する。

ステージ上、現れた人影に、あちらこちらから拍手と歓声があがった。外見から男性だと分かる。今日の出演者は二人と聞いているので、アキは二番手ということだ。

二十歳前後に見える彼は、自分を迎え入れてくれる客に対して照れたような笑顔を浮かべていた。華奢《きゃしゃ》な印象の彼だったが、ギターを持ち椅子に座ると雰囲気が一変した。伸びやかな歌声は力強く、この声を持って生まれたのなら、音楽を自らの突風と考えるのは間違いではなかったのだろうなと、勝手なことを思った。

やがて彼は八曲目で出番を終えたようだった。また照れた笑いを浮かべ、会釈《えしゃく》をしながら奥へと消えていく。

拍手の余韻が残る中、フロアの灯りがつく。隣にいる紗苗をなんとなく見ると、彼女は両口角を持ち上げる無言の笑みを見せてから、スマホを取り出し何かを打ち込み始めた。

感想を訊《き》かれるかもと思っていたが、彼女は俺が創作物に感動する能力を持ち合わせていないともう知っている。だから尋ねてこないのは、俺ではなく周りの客に気を遣ったのだろう。先ほどまで歌っていた彼のファンがいれば気を悪くさせる可能性がある。

俺もいつか歌や小説に感動することを覚えて、紗苗と共感し喜び合うような日が来るのだろうか。来たとしても遥《はる》か遠い未来であるかもしれないし、ひょっとすると死ぬまでそんな日は来ないかもしれない。もしいつか共に涙を流すような日が来るのだとしたら、そんな未来も悪くないと今の俺は思っている。

十分程、ステージ上の機材を入れ替えるのに時間があった。

その間に紗苗は俺にこのライブハウスとの思い出を語ってくれた。

高校時代、初めてこの街に来てここまでの道を歩いた時の緊張感や、名前だけを何度も見聞きしていたこの場所に足を踏み入れた時の感動。音が鳴り始めた瞬間に、色々な思いが頭の中を駆け巡り号泣してしまったこと。その後も何度も足を運び、人が集まる場所だから嫌な思いをした覚えだってあるが、それでもまたライブハウスに行きたいと今なお思い続けていること。

「それこそ、初めて来た時みたいな感動を今も爆発させられるかって言ったら無理だと思うけど、でも、色々知ったから新しく感動出来ることも、たくさんあるって思う」

だから大丈夫だよ、と、紗苗は言わなかったけれど、伝えようとしてくれているのだ。それは俺に向けた言葉でもあるだろうし、彼女自身に向けた言葉でもあるだろう。ひょっとしたら、このライブハウスにいる人々、全員に向けられた言葉なのかもしれなかった。

やがて、ステージ上で準備をしていたスタッフがいなくなり、暗転する。まだ誰も現れてはいないのに、拍手と歓声が沸き起こる。

緊張をしていた。

今から現れる人物が、何者なのか。

あの歌を歌う彼女は、チカの世界とどのような関係があるのか。

徐々に早くなっていく俺の鼓動とは対照的に、そろりとした動きで、ついにアキと呼ばれる人物がステージ上に出てくる。

薄暗い中でぼんやりと、ギターを抱え、椅子に座る動作が見える。一拍置いて彼女がマイクに顔を近づけると、ゆっくりとステージ上に光が灯っていった。

「こんばんは、Her Nerine のアキです」

彼女の表情は、ホームページで見たものよりも不機嫌に見えた。お世辞にも愛想がいいとは言えない声色で簡単な挨拶だけを済ませ、彼女は早速一曲目の演奏を始める。

アキもまた、歌唱を始めると途端にそのイメージを変えた。目を細めた、眠たげで不機嫌そうな表情からは想像が出来ない。彼女の口から流れてきたのは、この空間全てを震わせるような歌声だった。ラジオで聴いてはいたが、目の前にするとここまで違うものかと驚いた。

二曲歌い終え、彼女は横に置かれた水を飲み、ギターのチューニングを終えてから、マイクに口を寄せた。

「次は、好きな曲のカバーを。『15歳』」

それだけ言って、またアキは一言ごとに全身の力を使い切ってしまうような声で歌い始める。

歌詞をきちんと聞き取りながら、俺は、自らの十五歳の頃のことを考えていた。ひょっとすると紗苗もそうだったかもしれない。この会場にいる多くの人々がそうだったかもしれない。

あの頃なりたくなかった大人になってしまったことを、どれだけの人間が悔やむのだろうと思った。悔やんだ後に出来ることはなんなのだろうと、考えた。

その曲も終わりを迎え、拍手の中、アキは気にせず喋《しゃべ》り出す。

「次、新しい曲なんですけど、『輪郭』っていう曲を」

隣で、紗苗の背すじが伸びるのが分かった。俺は、息を飲み込んだ。そんな俺達のことなんて気にするわけもなく、アキは自らが作ったというその曲を歌い始める。弾き語りで歌われる「輪郭」を聴くのは初めてだった。

ギターのみで演奏できるようアレンジされた「輪郭」は、よりアキの歌声の特徴を浮き彫りにしていた。悲しいことに、チカの歌声をはっきりとは覚えていない。

空っぽな世界で
空っぽな心を埋めてゆく
分け合った罪の重さの分だけ
愛の輪郭をなぞるように

それでも聴けば、俺はやはりその歌詞を知っていると、確信に近い思いを抱いた。

心についた跡をなぞられている感覚だった。

「輪郭」の後、アキは三曲を歌い終えると一度ステージから去り、鳴りやまない拍手に応《こた》えて再度ステージに立った。同時に一番手だった青年もギターを持って登場し、二人は一つの曲を一緒に歌い上げ、大団円といった様子でライブは幕を閉じた。

紗苗と顔を見合わせる。

「『15歳』って曲、やってたでしょ？」

「カバーって言ってた曲だっけ」

「そうそう。あれ私が大好きなバンドのボーカルが参加してる曲でね、弾き語りでカバーしてる女の子がいるって先輩から教えてもらって、アキに出会ったの」

何か意味があったのかもしれないね、と紗苗は呟《つぶや》くように言ってから、スマホを見た。どうやらアキのスタッフから連絡があったらしく、移動する。

俺は紗苗の後をついていく。紗苗が一人の男性スタッフに声をかけ、二人が挨拶を交わすところにまじり、俺も笑顔で頭を下げた。

いかにも関係者以外立ち入り禁止然とした扉の奥に足を踏み入れる。そこは存外狭く、幾人かの大人達が作業をしている中にポツンと、袋に入れた氷を喉《のど》に当てながらスマホを見るアキがいた。

紗苗が周囲の大人達に挨拶をしながら忍び足で歩み寄ると、アキは顔をあげ、ステージ上では不機嫌にしか見えなかったその表情をほころばせた。

「あ、須能さーん」

「久しぶり！」

「かっこよかったですか？」

「うん、めちゃくちゃかっこよかった」

「つれしいなあ」

「『輪郭』、弾き語りも良いね」

「良い曲でしょ、あれ」

へへっと笑うアキの顔には、ステージ上には持ち込まなかったのだろう幼さが見える。年齢は二十一歳だと聞いていた。

どう本題を切り出したものだろうか。紗苗の後ろに控え直立不動で考えていると、紗苗が会話の切れ目で半身をこちらに向け、俺をアキの前へと差し出した。

「あのねいきなり申し訳ないんだけど。彼、同僚で、『輪郭』を聴いてアキの大ファンになったんだって。ちょっと挨拶だけでもと思ったんだけど、いいかな？」

「はじめまして、鈴木香弥と申します。弾き語り、素晴らしかったです」

アキの前に出ても、緊張を隠し用意していた挨拶に適度な興奮の匂《にお》いを混ぜて渡すことが出来た。本心を隠して生きてきた毎日に感謝出来ると、言えなくもない。

アキはまた朗らかな笑みを見せる。

「おー、ありがとうございます。はじめまして。Her Nerineってバンドのボーカルやってます。アキっていいます」

にこやかに笑う彼女の挨拶を、俺はぐるぐると回る頭でかろうじて受け取れた。

彼女と対峙《たいじ》して何を言えばいいのか、何を訊けば、チカが歌っていた歌とアキの関係性を知れるのか。ここに来るまで様々なことを考えてきていた。

「輪郭」が作られたきっかけは知りたかった。気に入ったと伝えた後なのだから不自然ではないはずだ。アキ自身のことも知りたいが、それを突然訊くのは不自然だろうか。地元の友人とバンドを組んだことがHer Nerineの始まりだと公式のプロフィールで見た。そこから話を広げるべきだろうか。彼女がチカもしくはチカの世界を知っているというようなことはないだろうか。

持ってきたいくつもの考えを上手《うま》く彼女に届けようと、乾いた口を開く。

「……アキってどう書くんですか？」

自分で口にした言葉に耳を疑った。

緊張も重なり、数多《あまた》の思考が絡《から》みあった結果、どうでもいいようなことを訊いてしまった。話せる時間も、限られているだろうに。

表情では表さなかったが悔やんでいると、アキは一瞬驚いたような顔をした。しかしすぐに気持ちのいい笑顔で「えっとね」と、指で空中に何かを書き始めた。

「安いに芸能の芸で、安芸って書くんですよ」

「……あ、ひょっとして、名字ですか？」

俺は早くこの話題から切り替えなくてはと焦《あせ》っていた。

だから、なんの覚悟も持たなかった。そんな場所に意味のあるものが含まれるわけはないのだと。

「そうそう、名前で呼ばれるのなんか恥ずかしくて、名字でやってるんです。名前は、こう」

また、アキは指を空中で躍らせる。くせなのかもしれない。

横に一本線を引いて、そこから五画ほどの同じ動きを二度繰り返し、更に四画ほどを書く。

読むことはできなかったが、

「一つの歌」

まるで、歌うために生まれてきたような彼女の名前を、

「それで、イチカ」

聞き間違えたかと思った。

「アキ、イチカです。本名」

何度も、数え切れないくらい、心の中で唱えた覚えのある響き。

恐らく表情を作ることも忘れてしまっていた。

「かっこつけた名前でしょ？　それもはずいんですよねー」

人懐《ひとなつ》っこく、アキ、安芸一歌は笑う。

思わず、咄嗟《とっさ》に紗苗の顔を見る。そのことを知っていたのだろう彼女は、何かに耐

えるような表情で小さく頷《うなず》いてから、素早く笑顔を作った。

「そんな簡単に本名教えちゃって大丈夫？　悪用されちゃうかもよ」

「いや、須能さんの同僚どうなってんだよ」

女性二人はじゃれあいながら、まるで同志のように笑う。

それを俺は見てもいたし聞いてもいた。

そのはずだった。


気がつけば。

光る二つの目がそこにあるように思った。

光る二十の爪がそこにあるように思った。

いや、あった。

声が聞こえた。

かすれた記憶としてではなく。

今、そこに彼女がいるようだった。

いやいたんだ。

『外見や声すら違って、すぐには、私だって分からないかもしれない』

あの時は、なんのことか分からなかった。

『でも、私達が選べないような深い場所で変わらないものがあるんじゃないかな』

チカは消えた。バス停もなくなった。戦争は終わった。

『もし、私がカヤの世界で生まれていたとしても』

何も残らなかったと、思っていた。

『きっと、カヤに出会う』

そうだったのか。

俺達は、出会い方を知っていたのか。


「カヤっていうのはどう書くんですか？」

目の前のアキの声に引きずられて、俺の心は、今この場所、ライブハウスの楽屋に戻ってくる。慌《あわ》てて表情を作ろうとして、すぐにそんな必要がないことに気がつく。

俺はようやく本物の笑顔を浮かべる。

「香りの香に、弥生《やよい》とかの弥って書きます」

「なんかしゃれてる」

どうするべきだろうかと考えた。目の前のアキという子の存在をどう捉《とら》えればいいのか、何を伝えるべきなのだろうかと。

こちらの世界とあちらの世界が繋《つな》がっていたこと、結局どんな影響があるのか分からなかったことをふまえれば、チカにあたる存在がこちらの世界にいるという突拍子もない現象も、あり得ないとは限らない。

だったら、それをどうにかして伝えるべきなのかもしれない。そうして彼女に何かしてあげられることがあるのかもしれない。

考えた、けれどふと、ここにいてくれる紗苗の横顔を見て行きついた答えは、本当にこれしかないというほど単純なものだった。

アキと紗苗と三人で滞りなく会話を進め、今度は是非バンドでのライブに来てほしいと言われ、俺は楽しみにしていると本心から告げた。

別れ際《ぎわ》、アキは紗苗と友達のように手を振り合ってから、俺にはきちんと会釈をしてくれた。

俺は最後に、彼女に伝えたいたった一つを渡した。

「お互い、幸せでいられるように、願っています」

初対面の相手から伝えられる機会があまりないだろう言葉を受け、アキは不思議そうな顔をして「あ、あざす」と少しおどけた様子でまた一度会釈をした。

周りにいた大人達にも軽く挨拶をしてから俺達はフロアに出る。人がほとんどいなくなったライブハウスを出て、階段を上り、地上に立って俺は改めて紗苗の顔を見た。彼女は様々な色の表情を順番に浮かべ、唇を開く。

「大丈夫？」

たった一言の優しさに甘え、俺は頷く。

「ありがとう」

色々と言いたいことはあるだろうに、紗苗は飲み込んで笑ってくれた。

空を見上げる。

チカも、あちらで俺に出会ったのだろうかと、最後に想《おも》いを馳《は》せた。

＊

二月末になって、俺は自然と誕生日を迎えた。年を重ねる日に対し特別な感情はなかったが、今年は少し例年とは違う誕生日を過ごすこととなった。

「おーい」

遠くから聞こえた声にそちらを見てみると、ワゴン車の近くで兄が手を振っていた。

地元の駅前でぽつんと佇《たたず》んでいた俺と紗苗は、我が家の兄のテンションの高さに苦笑しながら、歩み寄る。

「悪い悪い、待たせちゃって。はじめまして、香弥の兄です」

俺への謝罪もそこそこに、兄は嬉《うれ》しそうな顔で紗苗に挨拶をした。社会人としてよく出来た紗苗は、鞄を肩にかけた状態で両手を前で重ね恭《うやうや》しく頭を下げる。

「はじめまして、須能紗苗です。今日はわざわざありがとうございます」

デレデレとした兄は「全く問題ないです」と言いつつ、紗苗を後部座席にエスコートする。弟として極めて鼻白む思いではあったが、俺も大人しく車に乗り込んだ。

ちょうど俺の誕生日である日が週末と重なり、また紗苗の休日でもあったので、俺達は鈴木家を訪ねることになった。目的は紗苗が俺の家族に挨拶をすること、そして先週一周忌を迎えた母の仏壇に手を合わせること。わざわざ来なくてもいいと言ったのだけれど、彼女の希望により今日という日が実現してしまった。明日は二人とも朝から仕事なので、帰省とはいえ実家で昼食会が催されるだけだ。薄ら笑いを浮かべて乗り切ればいい話なのだが、朝から「営業スマイル香弥は禁止だから」と紗苗に釘《くぎ》を刺されている。「あの顔見ると斎藤って呼ばれてる気がする」と言われれば、彼女の言葉に従わざるをえない。

車で移動中、兄はずっと紗苗に話しかけていた。紗苗は紗苗で嬉しそうに「高校のクラスメイトで」「ラジオ局で働いてて」「弟さんと違ってお兄さんとてもお話しやすくてびっくりしました！」などと会話を繰り広げている。俺はじっと、流れゆく景色を見ていた。

実家に到着すると、いつから待っていたのか家の前には父がいて、最近飼い始めたという猫を抱いている。

朗らかな笑顔を浮かべた父からも紗苗は手厚い歓迎を受け、玄関までの道をまるでどこかの姫のように導かれていた。

靴を脱いで手を洗い居間に移動すると、予想外にそこには母方の祖父母もいて、俺は面食らった。父方の祖父母は既に亡《な》くなっているので、ここにはいない。

紗苗は祖父母にも挨拶を済ませ、それから仏壇に手を合わせてもいいかとたずねた。もちろん拒否されるわけなどなく、俺も共に母の仏壇に手を合わせる。

母の死に、特別な哀しみがあったわけではなかった。しかし、今になってみると、現在の自分で母と会えていればもっと何か違う会話が出来たのではないかと、そんなことは思った。

居間の低いテーブルには六人で食べるとは思えない量の料理が用意されていた。出前を取ったのだろう寿司や、祖母が作ったと思《おぼ》しき大皿に盛られた煮物や唐揚げなどが並んでいる。テーブルの周りに並べられたソファの一つに俺と紗苗が並んで座るやいなや、父が何やらそわそわとし始めた。

「紗苗さんは、酒は」

「大好きです！」

ここぞとばかりに答えた紗苗に、父は喜んでどこからか一升瓶を持ち出してきた。結婚の挨拶でもないいんだぞと思いながら、俺も父の酌を受ける。

食事会はつつがなく進んだ。俺の家族も紗苗も楽しそうだったのでそれは良かったのだろう。

仕事の話や、都会での暮らしの話、俺の母の話や、紗苗から見て俺がどうなのかという話が飛び交っていた。

「赤ちゃんみたいで可愛いです」

非難とも聞こえる紗苗からの評にも、俺の家族達はたいそう嬉しそうな笑顔を浮かべていた。香弥をどうかよろしく頼むと、父は頭を下げた。

俺は基本的に会話を適当に受け流していればよかったが、一つだけ、紗苗に伝える意味も、それからひょっとすると母に伝える意味もあったかもしれない、父からの投げかけに心からの言葉を返した。

「こんないい人、大切にしろよ、香弥」

「……うん」

口の中にあった食べ物を飲み込んでからきちんと答えた。

「俺の時間を使って、ほんの少しでも、紗苗のために何か出来たらと思ってる」

父も兄も、それから紗苗も驚いた様子だった。

食事が終わってから、兄が買ってきたという茶菓子と共にコーヒーを飲んだ。夕方になり紗苗の実家にも顔を出すことを告げて、会はお開きとなった。

簡単な土産と、また必ず紗苗を連れて帰ってくる約束を持たされ、俺達は鈴木家を出た。

紗苗の実家までは多少距離があったが、車で送ろうかという兄の提案を、紗苗はせっかくだからたまには地元を歩きたいと丁重に断わった。

紗苗の家は、いわゆるかつての山の方にある。今はすっかり開発が進んで、歩いていても当時の面影はほぼない。

「あの頃ってこっちの方を走ってたの？」

並んで歩く紗苗からの質問に、俺は頷く。

「うん。いい坂があったんだよ」

「バス停もこっちの方だった？」

「うん。そうだ」

それだけ話して、俺達は無言で歩いた。

しばらく歩いていくと、俺達はあの頃はなかったマンション群の前にさしかかった。

そのマンションに住んでいるのだろう子ども達が駆け回る横を、通り過ぎていく。

前方からベビーカーを押した女性が歩いてきていたので、俺達は狭い歩道を下り、車の通っていない車道に避《よ》けた。

すれ違う瞬間、ふいに女性の顔を見てしまいハッとした。

しかし、声をかけることも、また、何かに気づいたような表情を浮かべることさえしないよう努めた。

心の中でだけ、俺があの頃から本名で呼んでいた、どこか俺と似ている彼女にも元気でいてほしいと願った。どこかから「つまんねえの」と聞こえたような気がした。

「ねえ、香弥くん」

マンション群の間を抜けた頃、紗苗に名前を呼ばれた。

「うん？」

「さっき言ってたことなんだけど」

歩きながら紗苗の方を見ると、彼女もこちらを見ていた。

「何もなくなったからって、私のために生きようなんて思わないでね。そんなことしてほしくないし、私も香弥くんのために生きたりしない」

紗苗は歩き続け、俺はそれまで通り彼女の歩調に合わせる。

「私達には、誰かの全てを分かってあげることなんて出来ない。全てを肯定してあげることも出来ない。出来るのは、横に並んで歩くことくらい」

口角を上げた紗苗はそこで一度立ち止まった。俺も同じように立ち止まり、彼女の目をきちんと見る。

「こんな風に互いを見て、たまに手を繋いで、たまに似たようなこと思ったりしてさ、忘れる度にまた考えて、生きていこうよ。そしていつの間にか、死のう」

言うと、紗苗はまた歩き始めた。俺も背中を追い、横に並ぶ。

彼女の言葉を受け様々な思いが巡った。

紗苗の言うその生き方の先に、大切なものに恥じない自分がいるのかもしれない。

「まあ、長い人生、ここからが本番だよ」

「そうしたい」

頷くと、紗苗に脇腹《わきばら》を小突かれた。隣を見て、彼女に悲しい顔をさせていなくてよかったと思った。そんなことを嬉しく思える自分がいればいいと願った。

この日々の名前を決めつけるには早すぎると、ようやく気がついた。

小説『この気持ちもいつか忘れる』は、ロックバンド THE BACK HORN とのコラボレーションによって執筆された。コラボレーションは双方がインスパイアし合う非常に密接なかたちで行われ、THE BACK HORN は5曲を制作。EP「この気持ちもいつか忘れる」として発表した。

「この気持ちもいつか忘れる」

THE BACK HORN

歌詞

ハナレバナレ

ハートブレイクな世界よ　くたばれ
何者でもないまま　駆け抜けるよ

出会いは突然だった　眼差しが貫いて
爪が心に刺さって　ずっと離れそうもない

名付けられる前の闇　乱雑に散らかった価値観
君という光で全部暴かれるだろう

［ドウセ他ノ誰カト腰振ッテルヨ］
うるせえな　あの瞳ん中　生きてみたいだけ

何でそうなった？なんて　言われたって
知らないよ　心臓が叫び出してんだ
この境界線を越えて　君に触れたい
距離なんてそこにあるだけだろう

ハートブレイクな世界よ　くたばれ
何者でもないまま　駆け抜けるよ
生き抜いた君と　死ねなかった俺と
その違いは何だろう　空は青すぎて
少しの沈黙の後に君はこう言った
「確かなのは　今二人ここにいること」

全身細胞レベルで覚えとくよ
この気持ちをいつか忘れたって

聴かせてよ君の物語を
誰も知らない秘密の場所で
こんがらがった糸をほどくように
ほんの少しづつ君を知ってく
まぐれ当たりを運命なんて呼ばなくてもいいかな
指先に未来が触れて

何千何万回　想いを伝えたって
足りないのなら抱きしめるから
今すぐ会いたくて　走り出すなんて

今時　恋愛小説でも無いよって笑っておくれ
何でそうなった？なんて　言われたって
知らないよ　心臓が叫び出してんだ
この境界線を越えて　君に触れたい
距離なんてそこにあるだけだろう

痛いほど眩んだこの日々を
全存在懸けて刻みつける
ハートブレイクな世界よ　くたばれ
何者でもないまま　駆け抜けるよ

作詞 作曲：菅波栄純
編曲：THE BACK HORN

突風

心がモノクロームに侵されたあの日から
分厚い雲は晴れない

過ちという名の雷響く
甘い蜜月は終わりを告げて

張り裂けてゆく感情も　この存在も消して
運命は悪戯な影法師
鏡のような世界で光見つけ合った
あの眼差しを

どうやらこの人生は突風が過ぎ去れば
全ては死ぬまでの余剰
償いという名の暇潰しだろう
時の流れにこの身を委ね

しらけてゆく魂を　抱いたままで踊れ
命が僅かでも望むなら
頼りない朝焼けが味気ない日々を
ただ照らしてく

後悔という名の土砂降りの中
愛しき声は届かなくなって

張り裂けてゆく感情も　この存在も消して
運命は悪戯な影法師
鏡のような世界で光見つけ合った
あの人よ

消えない虚しさを　抱いたままで踊れ
誰もが風を待つ　いつだって
人生を覆す突風吹き抜ける
その瞬間を

作詞：松田晋二
作曲：菅波栄純　岡峰光舟
編曲：THE BACK HORN

君を隠してあげよう

「おいていかないで」点滅する信号機
歩き出す俺のシャツを摑んで
「ってか　なんで泣かないの」って不機嫌な顔
俺だって君みたいに泣ける人になりたい

「ショック療法だ」って君が言い出したとき
嫌な予感がしたんだよ
よりにもよって大切な存在を
失う映画を観るだなんて

案の定　映画館で泣いて
喫茶店で泣きじゃくって
「ON・OFFのスイッチがこわれちゃったよ」
って鼻水垂らすから　少しだけ笑えたけれど

君を隠してあげたい
この残酷な現実から
その悲しみが癒える時まで
君をそっと隠してあげよう

「そういや死にたいって言ってたよね
だったらあんたの寿命を分けてあげてよ
生き返らせてよ」
涙ぐんで　君はずっと空をみてた

無茶振りだって言ったけれど
マジな話それも良いな
こんな命抱きしめていたって
なにも出来ないって
とっくのとうに諦めてたけど

君の涙を止めるために
この命なら使い果たそう
君が爆笑するような体張ったギャグを
いつか見せようかな

大粒の涙落ちて君は俺を見つめてる
「アンタもいなくなるの?」
ああそうか　俺は気づいてしまった

君の涙を拭うために
自ら選んでここにいるんだ
この両腕の中へ君を招待しよう
逃げ場所くらいにはなれるから

君を隠してあげたい
この残酷な現実から
その悲しみが癒える時まで
君をそっと隠してあげよう

込み上げる　止まらない思いが
こぼれてく涙になって
ずっと一緒に泣きたかったんだ
君が生きる意味をくれたんだ

作詞 作曲：菅波栄純
編曲：THE BACK HORN
弦編曲：森 俊之

輪郭　～interlude～

空っぽな世界で
空っぽな心を埋めてゆく
分け合った罪の重さの分だけ
愛の輪郭をなぞるように

価値観　重ね合って　体温を触り合って
理由を確かめ合って　存在を伝え合って
ただお互いの形を
認め合って　認め合って
この気持ちをいつか忘れても

作詞：松田晋二
作曲：山田将司
編曲：菅波栄純

輪郭

空っぽな世界で
空っぽな心を埋めてゆく
分け合った罪の重さの分だけ
愛の輪郭をなぞるように

価値観　重ね合って　体温を触り合って
理由を確かめ合って　存在を伝え合って
ただお互いの形を
認め合って　認め合って
この気持ちをいつか忘れても

空っぽな世界で
空っぽな心を染めてゆく
溶け出した夜の孤独の模様だけ
生きる居場所を彩るように

かじかんだ両手広げ　心臓を触り合って

呼吸を確かめ合って　感情を伝え合って
ただお互いの命を
抱きしめて　抱きしめて
この季節を風が連れ去っても

産み落とされた場所で生きろなんてさ
君がいるわけでもないのに
一つになるほど　線を超えていこう
届かない想いなど　そこにはないと願うよ

価値観　重ね合って　体温を触り合って
理由を確かめ合って　存在を伝え合って
ただお互いの形を
認め合って　認め合って
この気持ちをいつか忘れても
この季節を風が連れ去っても

作詞：松田晋二　住野よる
作曲：山田将司
編曲：THE BACK HORN

「この気持ちもいつか忘れる」

1. ハナレバナレ

2. 突風

3. 君を隠してあげよう

4. 輪郭 ~interlude~

5. 輪郭

All Tracks Produced by THE BACK HORN

THE BACK HORN

山田将司：Vocal

菅波栄純：Guitar, Programming

岡峰光舟：Bass

松田晋二：Drums

Piano, Programming：森 俊之（Tr.3）

Strings：藤堂昌彦ストリングス（Tr.3）

Vocal：世武裕子（Tr.4）

［OFFICIAL WEBSITE］
https://thebackhorn.com（PC・Smart Phone）

［-THE BACK HORN CLUB- 銀河遊牧民］
https://fc.thebackhorn.com（PC・Smart Phone）

［SPEEDSTAR RECORDS］
https://www.jvcmusic.co.jp/-/Artist/A014057.html（PC・Smart Phone）

解説

菅《すが》波《なみ》栄《えい》純《じゅん》

この物語を読んだのは、もう何度目だろうか。まるでカヤの人生を生きたかのような余韻にひたりながら、長いため息とともに最終ページを閉じる。そして、作家・住野よると、俺たちTHE BACK HORNとのコラボレーションの日々を思い出す。

『この気持ちもいつか忘れる』は、住野よる初の恋愛長編小説だ。そして、THE BACK HORNとのコラボというかたちで執筆された作品でもある。二〇二〇年に発売された単行本特別版には、プロジェクトを通して俺たちがつくったCDがつけられた。この文庫にも、小説に続くかたちで曲の歌詞が掲載されている。

まず、あのときのプロジェクトについて簡単に説明しておきたい。最初にはっきりと言いたいのは、住野さんとのコラボレーションは、通常のコラボとはまったく異なるものだったということだ。

音楽は、どんなジャンルに対しても伴走できる。だから、基本的にコラボとの相性はいい。映画の主題歌などは、映像と音楽のコラボの一つだ。このようなケースでは、主役は映画であり、音楽はサポート、わき役という関係になることが多い。そして、これまで俺たちが経験してきたコラボは、このタイプのものだった。さらに言うと、主役となる作品がある程度は完成形が見える状態からコラボが始まっていた。

だが、このプロジェクトは違っていた。立ち上げ時点では、小説は一文字も書かれておらず、曲のイメージもできていなかった。つまり、双方が無、ゼロの状態から、五分と五分の関係でたがいの作品をつくっていかねばならないのだ。ゴールも完成のかたちも、まったく見えていないなかでの船出だった。

＊

俺たちが初めて住野さんと会ったのは、あるライブの後のことだった。知り合いの編集者に連れられた住野さんが、楽屋を訪ねてきてくれたのだ。THE BACK HORNのファンで、これまでに何度もライブに来ていると言った。うれしかったし、そのとき「いつかいっしょに仕事ができたらいいですね」と話したことを覚えている。ただし、この手の話はその場限りの盛り上がりで終わることが多い。しかし住野さんは違った。その後、レコード会社に正式にコラボについての依頼があった。「やりましょう」、俺たちは即答した。

そして改めて打合せをし、いろいろなアイデアを出し合った。だが、現実的に考えていくと、どんなかたちのコラボがいいのか、まったくわからない。ものすごく難しいことを始めようとしているんだということだけは、よくわかった。

大きな一歩もあった。住野さんが「恋愛の話を書きたい」と言ったのだ。デビュー作『君の膵臓《すいぞう》をたべたい』は恋愛ものと言われることが多かったそうだが、住野さんにはそのつもりはなかった。だからこそ、意識的に恋愛ものを書いてみたい、と思ったそうだ。

二回目の打合せで、音楽は「ミニアルバム」のようなかたちでまとめるという方向が見えてきた。これまでも映画などの主題歌をつくったことはあったが、一曲だけでは「物語」からこぼれ落ちてしまうものがたくさんある。だから今回は、複数の曲をつくることでより多くのものをすくい取りたいと思った。

その後しばらくして、住野さんから小説の途中までのあらすじと書き出し部分が送られてきた。

今度は、俺たちの番だった。送られてきたものからイメージを広げて曲をつくろうとしたが、とにかく情報量が少ない。この時点では結末もどうなるかわかっていなかった。だから、物語がどんなふうに膨らんでいくのか想像をし、ときには自分の頭の中で大胆にデフォルメした。一曲目にはプロジェクトを周知する役割もある。ものすごいプレッシャーだった。この段階が一番きつくて、何曲も没にした。

その結果生まれたのが「ハナレバナレ」だ。歌詞もメロディもTHE BACK HORNらしく仕上がっている。だが、小説を読んでから聴いた読者のみなさんなら、歌詞にさまざまなモチーフが織り込まれていることに気づくだろう。そういえば、打合せのなかで住野さんが「日本の映画の主人公は、なぜみんな走っているんでしょうかね」と言ったことがあった。そのことが頭に引っかかっていたので、この曲の歌詞に反映させた。

メロディは、カヤの人生をイメージした。疾走感あふれる前半、中盤のメロウな部分、そしてふたたび疾走感あふれる後半。それぞれに、つまらないと言って走っていた高校時代、チカとの出会い、その後の日々、そんなイメージを重ねた。

住野さんはこの曲を聴いて、小説のさまざまなシーンを膨らませてくれたという。さきほどの「走る」歌詞については、作中での「誰かに会いたくて仕方がない時には、決して走ってはいけない」という一節につながったそうだ。また、中盤のメロウなメロディは、チカとカヤの「キスの場面」にインスピレーションを与えたという。そうやって書き進められた原稿を送ってもらい、それを読んだ俺たちがさらに曲をつくり、その曲を聴いて住野さんがさらに執筆を続け……こんな共同作業が続けられた。

住野さんからは「チカがカヤに歌うシーンで、THE BACK HORN の歌詞が登場したら面白いのではないか」とも言われた。そして、送られてきた原稿では、歌詞の部分が○○○○と空欄になっていた。そこには、ドラムの松田晋二《まつだしんじ》（マツ）が四行分の歌詞を書いた。「輪郭」の歌い出しに当たる部分である。

マツは相当悩み、住野さんを質問攻めにして「チカの世界には『愛』はありますか」とか「チカが住んでいる国はどういった状況ですか」といった「あの歌が生まれる世界」について、詳しく聞いていた。チカの住む世界への想像力が必要だったというのはメロディに関しても同じで、作曲を担当したボーカルの山田将司《やまだまさし》も相当頭を悩ませていて、あの当時、相談の電話がかかってきたりもした。

そのような苦労を経て、曲は完成に近づいていった。だが、二番の歌詞四行分だけは、空欄のままにしておいた。俺たちはこの部分を住野さんに書いてほしかったのだ。住野さんから送られてきた歌詞を見て、そのクオリティの高さに驚いた。言葉の選び方が素晴らしかったのだ。読者のみなさんは住野さんなら当然と思うかもしれないが、作詞には、メロディに乗せる歌詞だからこその手法がある。韻はもちろん、歌として聴いたときに気持ちのいい言葉の順序とか。住野さんの歌詞には、俺たちが十年、二十年かけて見つけた手法がしっかりと反映されていて、初めて作詞した人間のものとは思えなかった。でも、それが作家・住野よるなのだと思った。俺たちが十年、二十年の時間をかけ、汗水垂らしながら歌詞を書いてきたのと同じように、住野さんは凝縮された時間の中で、それこそ血を流すようにして小説を書いて、言葉と格闘してきたんだということがよくわかった。

小説の後半では「突風」という言葉がポイントとなっているが、そこからインスピレーションを得た曲が「突風」だった。ベースの岡峰光舟《おかみねこうしゅう》がつくったメロディの断片を二人で整理したら、THE BACK HORN らしいロックな曲調になった。だからこそマツの書いた歌詞は、小説の世界に寄せたものになっている。

「君を隠してあげよう」の歌詞は、住野さん原作の劇場アニメ「君の膵臓をたべたい」の映画を見たあとに思いついた。帰りにとんかつ屋に寄ったとき、急に湧《わ》いてきた感じで、お店の人に紙をもらって急いでメモした。あの曲には、自分が住野さんの作品から感じているものを詰め込んだ。

本作『この気持ちもいつか忘れる』を含め、住野さんの書いた小説は、読者にとって「お守り」のような存在になっている気がする。住野さんの小説を読んでいるあいだだけは、痛みや苦しみのある現実世界から物語の世界に隠してもらえる、そんなお守りだ。

だから俺は、この曲のタイトルを「君を隠してあげよう」にした。そういう意味で、住野作品は「優しい」と言えるのだが、その優しさには「でも君はまた現実に戻るときが来るんだよ」というニュアンスも込められている気がする。ただし、突き放しているのではなく「必要になったらまたいつでも隠してあげるから、安心して現実世界に行ってらっしゃい」というような。そしてこの感覚は、俺たちTHE BACK HORNの音楽の土台とも共通している。

「君を隠してあげよう」の歌詞では、小説を読んでいて気になっていた人物、田中のその後の人生を想像してみた。いわばスピンオフだ。田中の幼馴染《おさななじみ》、「俺」という架空の存在をつくりあげ、二人の会話形式で進んでいく。今回のコラボを通し、俺が住野さんに教えられたことの一つは、想像力と描写力の大切さだ。だからこの詞も、大胆に書くことができた。

*

本作の主人公・カヤが現実にいたら……と考えてみる。もしかしたら俺は、カヤと親友になっていたんじゃないか、という気がする。カヤには、すごく共感できるところと、頭をひっぱたきたくなるような腹立たしいところ両方がある。現実世界で俺が友だちづきあいしているのは、だいたいこのタイプの人間なのだ。

カヤは「俺はクラスメイトより世界の仕組みをわかっている」という態度をとっているのに、周囲からは単に「幼稚」に見られているというような、自分の認識と周囲からの認識がズレているタイプの人間だ。ここは自分も一緒だ。だから共感できたし、似ているからこそ恥ずかしくなったり、腹立たしく思えるところもたくさんあった。チカについては、憧《あこが》れ、絶対的な存在のように感じられた。改めて考えてみると、自分はカヤと同じ視点からチカを見ていたのだと思う。たぶん、カヤがチカに対してキュンとしたところで、俺も毎回、キュンとしていたのでないだろうか。

住野作品を語るうえで欠かせないのが、この「キュン描写」だ。俺はひそかに、映画の北野武《きたのたけし》監督と、作家・住野よるには共通点があると思っている。北野作品では、毎回「新たな殺し方」が登場する。以前テレビで見たとき、北野監督は「こうやって殺したらいいんじゃないかって四六時中考えていて、思いついたらメモを取っている」と言っていた。

一方の住野作品では、毎回、新たな「キュン描写」が登場する。たとえば本作でいえば、こちらの世界を知らないチカが、カヤに対して「キス」の意味や仕方を聞くシーン。現実世界でわれわれは、これからキスしそうだという雰囲気の中で、相手からキスの意味や仕方について問われることはまずない。それを、自分の好きな子に対して説明しなければならないという恥ずかしさたるや、想像を絶する。でも、その恥ずかしさこそがキュンとくるところなのだ。「自分たちが当たり前だと思っていることを改めて聞かれる」というのが、今回の作品で住野さんが新たに発明した「キュン描写」なのだと俺は思う。

住野作品の特徴についてもう少し言及するなら、「モノローグ」が挙げられるだろう。『君の膵臓をたべたい』を初めて読んだときから感じていたことだが、住野作品にはモノローグが頻出する。本作も、カヤによるモノローグから始まっている。

モノローグのおもしろさは、モノローグの内容、つまり心の中の声と、実際の表情や言動とのギャップだ。住野さんの四作目の『か「」く「」し「」ご「」と「』では
まさにそのギャップがテーマとされていた。本作でも、とくに後半の「拍手のないアンコール」では、カヤの発言とモノローグとのあいだのギャップが描かれている。そして、本来は隠されているはずだった心・モノローグの部分が、どんどん表出してこようとしてくる。読み進めながら、外に出てくるな、そっちには行くなと思っている

自分と、外に出てくるのを、時限爆弾が爆発するのを固唾《かたず》をのんで見守っている自分。裏腹な感覚に襲われながら、ページをめくる手を止められなくなる。

＊

以前、住野さんはあるインタビューの中で、「THE BACK HORN の音楽のイメージについて「闇《やみ》の中から光に手を伸ばすということ」と答えていた。じつはこれ、俺たちが自身の音楽に抱いている感覚と同じだった。ライブの最中、ステージ上で俺たちはたくさんの光を浴びている。もう大丈夫だ、光の中にいるんだってことはわかっているのに、そんなときでも暗闇の中にいるように感じてしまう。そうやってもがいているところが THE BACK HORN 独特のダイナミズムに繋《つな》がっているのだとも思う。もしかしたら、作家・住野よるも、似たようなことを感じているのではないだろうか。ベストセラー作家となりながらも、いまなお闇の中から光に手を伸ばすようにもがき続けている。強くなるのではなく、弱さを忘れないまま作品を書き続けている。だから俺は、一人のファンとして、住野よるの新たな作品を心待ちにしているのだ。

（二〇二三年四月、「THE BACK HORN」ギタリスト）

この作品は二〇二〇年十月新潮社より刊行された。

湊かなえ著

母性

中庭で倒れていた娘。母は嘆く。「愛能う限り、大切に育ててきたのに」——これは事故か、自殺か。圧倒的に新しい〝母と娘〟の物語《ミステリー》。

湊かなえ著

豆の上で眠る

幼い頃に失踪した姉が「別人」になって帰ってきた——妹だけが追い続ける違和感の正体とは。足元から頽《くずお》れる衝撃の姉妹ミステリー！

彩瀬まる著

あのひとは蜘蛛を潰せない

28歳。恋をし、実家を出た。母の〝正しさ〟からも、離れたい。「かわいそう」を抱えて生きる人々の、狡さも弱さも余さず描く物語。

彩瀬まる著

暗い夜、星を数えて

―3・11被災鉄道からの脱出―

遺書は書けなかった。いやだった。どうしても、どうしても——。東日本大震災に遭遇した作家が伝える、極限のルポルタージュ。

竹宮ゆゆこ著

砕け散るところを見せてあげる

高校三年生の冬、俺は蔵本玻璃に出会った。恋愛。殺人。そして、あの日……。小説の新たな煌めきを示す、記念碑的傑作。

竹宮ゆゆこ著

心が折れた夜のプレイリスト

元カノと窓。最高に可愛い女の子とラーメン。そして……。笑って泣ける、ふしぎな日常をエモーショナル全開で綴る、最旬青春小説。

太宰治著
晩年

妻の裏切りを知らされ、共産主義運動から脱落し、心中から生き残った著者が、自殺を前提に遺書のつもりで書き綴った処女創作集。

太宰治著
人間失格

生への意志を失い、廃人同様に生きる男が綴る手記を通して、自らの生涯の終りに臨んで、著者が内的真実のすべてを投げ出した小説。

朝井リョウ著
何者
直木賞受賞

就活対策のため、拓人は同居人の光太郎や留学帰りの瑞月らと集まるようになるが——。戦後最年少の直木賞受賞作、遂に文庫化！

朝井リョウ著
何様

生きるとは、何者かになったつもりの自分に裏切られ続けることだ——。『何者』に潜む謎が明かされる、発見と考察に満ちた六編。

芦沢央著
許されようとは思いません

入社三年目、いつも最下位だった営業成績が大きく上がった修哉。だが、何かがおかしい。どんでん返し100％のミステリー短編集。

芦沢央著
火のないところに煙は
静岡書店大賞受賞

神楽坂を舞台に怪談を書きませんか——。作家に届いた突然の依頼が、過去の怪異を呼び覚ます。ミステリと実話怪談の奇跡的融合！

伊坂幸太郎著

オーデュボンの祈り

卓越したイメージ喚起力、洒脱な会話、気の利いた警句、抑えようのない才気がほとばしる！　伝説のデビュー作、待望の文庫化！

伊坂幸太郎著

重力ピエロ

ルールは越えられるか、世界は変えられるか。未知の感動をたたえて、発表時より読書界を圧倒した記念碑的名作、待望の文庫化！

恩田陸著

六番目の小夜子

ツムラサヨコ。奇妙なゲームが受け継がれる高校に、謎めいた生徒が転校してきた。青春のきらめきを放つ、伝説のモダン・ホラー。

恩田陸著

夜のピクニック

吉川英治文学新人賞・本屋大賞受賞

小さな賭けを胸に秘め、貴子は高校生活最後のイベント歩行祭にのぞむ。誰にも言えない秘密を清算するために。永遠普遍の青春小説。

小野不由美著

東京異聞

人魂売りに首遣い、さらには闇御前に火炎魔人、魑魅魍魎が跋扈する帝都・東京。夜闇で起こる奇怪な事件を妖しく描く伝奇ミステリ。

小野不由美著

魔性の子

―十二国記―

孤立する少年の周りで相次ぐ事故は、何かの前ぶれなのか。更なる惨劇の果てに明かされるものとは――「十二国記」への戦慄の序章。

米澤穂信著　ボトルネック

自分が「生まれなかった世界」にスリップした僕。そこには死んだはずの「彼女」が生きていた。青春ミステリの新旗手が放つ衝撃作。

米澤穂信著　満　願
山本周五郎賞受賞

磨かれた文体と冴えわたる技巧。この短篇集は、もはや完璧としか言いようがない——。驚異のミステリー3冠を制覇した名作。

上橋菜穂子著　精霊の守り人
野間児童文芸新人賞受賞
産経児童出版文化賞受賞

精霊に卵を産み付けられた皇子チャグム。女用心棒バルサは、体を張って皇子を守る。数多くの受賞歴を誇る、痛快で新しい冒険物語。

上橋菜穂子著　狐笛のかなた
野間児童文芸賞受賞

不思議な力を持つ少女・小夜と、霊狐・野火。森陰屋敷に閉じ込められた少年・小春丸をめぐり、孤独で健気な二人の愛が燃え上がる。

町田そのこ著　コンビニ兄弟
—テンダネス門司港こがね村店—

魔性のフェロモンを持つ名物コンビニ店長(と兄)の元には、今日も悩みを抱えた人たちがやってくる。心温まるお仕事小説登場。

町田そのこ著　夜空に泳ぐチョコレートグラミー
R-18文学賞大賞受賞

大胆な仕掛けに満ちた「カメルーンの青い魚」他、どんな場所でも生きると決めた人々の強さをしなやかに描く五編の連作短編集。

森見登美彦著

太陽の塔

日本ファンタジーノベル大賞受賞

巨大な妄想力以外、何も持たぬフラレ大学生が京都の街を無闇に駆け巡る。失恋に枕を濡らした全ての男たちに捧ぐ、爆笑青春巨篇！

森見登美彦著

きつねのはなし

古道具屋から品物を託された青年が訪れた奇妙な屋敷。彼はそこで魔に魅入られたのか。美しく怖しくて愛おしい、漆黒の京都奇譚集。

綿矢りさ著

ひらいて

華やかな女子高生が、哀しい眼をした地味な男子に恋をした。でも彼には恋人がいた。傷つけて傷ついて、身勝手なはじめての恋。

綿矢りさ著

手のひらの京《みやこ》

京都に生まれ育った奥沢家の三姉妹が経験する、恋と旅立ち。祇園祭、大文字焼き、嵐山の雪――古都を舞台に描かれる愛おしい物語。

万城目学著

悟《ご》浄《じょう》出《しゅっ》立《たつ》

おまえを主人公にしてやろうか！　西遊記の悟浄、三国志の趙雲、史記の虞姫。歴史の脇役たちの最も強烈な〝一瞬〟を照らす五編。

舞城王太郎著

阿修羅ガール

三島由紀夫賞受賞

アイコが恋に悩む間に世界は大混乱！同級生は誘拐され、街でアルマゲドンが勃発。アイコはそして魔界へ!?今世紀最速の恋愛小説。